一鬼夜行　花守り鬼

小松エメル

ポプラ文庫ピュアフル

目次

花守り鬼

一鬼夜行

小松エメル

序

日が昇る、少し前のことである。店奥の作業場で行灯《あんどん》をつけ、こそこそと何やら作業をしている男がいた。男が元通りにしようと四苦八苦しているのは、山茶花《さざんか》の花弁——もっとも、本物の花ではなく、簪《かんざし》の細工物である。

（本物でなくて良かった）

男は思わずふうっと息を吐きかけて、慌てて飲み込んだ。溜息《ためいき》を吐いたところで居間に寝ている妹が目を覚ますことはないだろうが、もしもということもある。男は静かに呼吸を整えてから、再び修繕に取り掛かった。花弁の一つが根本から綺麗《きれい》に割れてしまっていたが、片割れはちゃんと男の手中にある。糊《のり》を塗り合わせ、取れぬようにしっかりと固定すればよいだけの簡単な修繕だった。それなのに、男は難儀していた。なかなか手元を固定することが出来なかったのだ。

（……くそ）

男は内心舌打ちをした。手の震えを堪《こら》えながら何とか修繕を終えた頃には、行灯の灯《あか》り

もいらぬ刻限になってしまっていたが、

「――ねえ、誰《だれ》か簪を知らない？」

妹の声が聞こえて男はようやく我に返った。戸を隔てているとはいえ、妹が起きたことにすら気づいていなかったのである。

「……知らぬな」

そう答えたのは恐らくこの家に居ついている付喪神《つくもがみ》の釜《かま》の怪だろう。しかし、本当に釜の怪なのか否かは、居間を覗《のぞ》いてみても分からぬ話である。何しろ、妖怪《ようかい》は朝昼には姿を現さぬのだ。

「どこにいっちゃったのかしら……」

妹の途方に暮れたような呟《つぶや》きを聞いた男はすくりと立ち上がり、戸を開けて居間に入った。仏壇の前に座り込んでいた妹は、姿勢が崩れているせいか、いつもより小さく見えた。

「お前が探しているのはこれか？　花弁の一片が割れたので直した」

男はそう言いながら、妹に簪を差し出した。慌てて手を出した妹は、それからしばらく割れた一片を見つめていたが、

「直してくれてありがとう」

そう言うと、常のようににっこりと笑んだ。男は特段何も応えず無表情で店に戻っていったが、その実ひどく安堵《あんど》していた。簪を受け取った時、妹が泣き出すのではないかと考えてしまったからだ。一瞬ではあるが、顔が歪《ゆが》んだように見えたのである。

（物が壊れたくらいで泣くような娘ではないというのに）

いらぬ心配をしてしまった、と男は照れ隠しのように眉根《まゆね》を寄せた。すると、

「め、目の前でそう恐ろしい顔をするな！」

しゃもじもじらしき小心者の怪の声が間近で聞こえてきた。男がうっとうしげに前や横に手振りすると、何かに当たったような手応えと、「ぎゃ」と小さな悲鳴が上がったが、男は少しも気に留めなかった。それよりも、気掛かりがあったからだ。男は開店の用意をしながら、それについてずっと考えを巡らせていた。

（もう出てこぬだろうか……？）

あれですっかり諦《あきら》めがついたのならばいい。しかし、そうでなかったら――。


翌夜――。

（またか……）

男の懸念通り、それは出てしまったのである。男は布団《ふとん》に潜り込みながら、昨夜と同じように薄目を開けて寝た振りをしていた。暗闇《くらやみ》の中、その闇よりももっと濃い影が部屋中を歩き回っている。何かを探している様子ではあるが、己が行くべき場所も分かっていないようなたどたどしい足取りだった。しばらく徘徊《はいかい》した後、影はある場所で足を止めた。

またしても仏壇の前だと気づいた男は、しばし考え込んだ。

（起きて止めるべきか、否か）

己の身体《からだ》は少しも動き出す気配がない。このままでは昨夜同様見て見ぬ振りを決め込んでしまうだろう。止めるどころか、確かめることも出来ず、そうかといって忘れてしまうことも出来ず――胸のうちが悪くなるばかりだった。

（……何を躊躇《ためら》っている。放っておけばまたやるかもしれぬ）

昨夜と同じことがまた起きてしまったら――妹が一瞬だけ見せた哀《かな》しげな表情を思い出した男は、腹を決めて頭を持ち上げようとしたが、

パキッ――。

嫌な音が響いたせいで、とっさに動きを止めた。本来ならば影の手を摑《つか》む豪胆さくらいはあるものの、男が身を起こしたのは影の気配がすっかりなくなった頃だった。男はまず隣の布団を眺めたが、妹はきっちり目を閉じて健やかな寝息を立てていた。音を立てぬように布団から這《は》い出た男は、そろりと仏壇へ向かって確かめた。曾祖父母《そうそふぼ》と父、それに妹の父母の位牌《いはい》はしっかりとそこにある。その奥に置かれている人を模した木製の守り札が倒れているばかりで、何もなくなってはいない。しかし、男は守り札を元に戻しながら思い切り渋面を作った。仏壇の手前に置いてあった簪が床に落下していて、その簪の山茶花の一片――昨夜とは違う花弁――がまたしても折られていたからだ。

男はそれを摑んで静かに店に出ると、作業場に座った。すっかり直し終えたところで、男はもう一つの異変にはたと気づく。夜中だというのに、常ならばうようよと湧《わ》いてくるはずの妖怪達がちっとも姿を現さぬのだ。しかし、そこかしこに気配はする。思いを巡ら

すと、昨夜もそうだったような気がした。

「何故《なぜ》姿を現さぬ？」

居間に戻って布団に入った時ようやく天井から声が落ちてきた。

「怪ならばよいが、悪霊《あくりょう》は気味が悪い」

男は寸の間黙って、衣擦《きぬず》れに紛れる程小さく答えた。

「あれは――悪霊ではない」

悪霊であるはずがない――影の正体に薄々心当たりを感じていた男は、そう信じたかったのだ。しかし、誰とも分からぬ怪は無情にこう言い放ったのである。

「まだやるぞ、あれは。そしてそのうちに違うものを手折《たお》るのだ」

聞かぬ振りをしたのか、すでに寝てしまったのか、男は返事をしなかった。

パキッ――。

しかし、男の想《おも》いとは裏腹に、翌夜と更にその翌夜も同じことが続いた。


(……まただ)

四枚目の花弁が割られたときも、男は寝た振りをし続けていた。

(捕らえられぬのは、己に意気地《いくじ》がないからだ)

そう誤魔化《ごまか》していたが、本当のところは気づいていたのだ。夜中に現われて簪を探す影が日に日に禍々《まがまが》しさを帯びていっていることに――。男はその禍々しさが恐ろしくて身動きが取れなかったのではない。あの影が本当に悪霊になってしまったのか、それを確かめるのが怖かったのである。

（哀しみや悔しさを堪えきれず、つい折ってしまったのだろう）

現われた当初、男は影を哀れに思っていた。だから、見逃そうと思ったのだ。命はどうやっても生き返らせることなど出来ぬが、簪ならば自分が直してやれる。妹には悪いが、五枚あるうちの花弁の一つが折れることは堪えてもらおうと考えていた。しかし、一枚ではすまず、結局四枚も折られてしまったのだ。妹が何も言わぬことだけが救いだったが、かといって何も気にしていないとも思えなかった。

部屋中にじわじわと言い知れぬ奇妙な気が充満していく中で、勘の鋭い妹は何故か一度も目を覚まさなかった。常ならば影はじきに消えるかという頃、

（……!?）

男の背中にぞくりと悪寒《おかん》が走った。簪を折るとそのまますっと消えてしまうはずの影が、この夜は隣の布団の前に立ち、妹を見下ろしているのである。ただの影なので、目があるわけでもない。ただ、見ているのはひしひしと伝わってきた。怨《うら》むような視線ではなかったが、そうかといって慈しむようなものではない。男は影の動向を薄目を開けたまま窺《うかが》っていた。すると、間もなく影は踵《きびす》を返して再び仏壇の前に向かっていったので、男は息を吐いた。

（このまま消えるだろう）

男はそう思っていたが、影はなかなか姿を消そうとしない。何度も何度も仏壇の前に置かれた件《くだん》の簪を持ち上げようとしているのだ。しかし、簪はぴくりとも動かぬ。影は簪に触れられるものの、手に持つことは出来ぬ様子である。昨夜もその前も、そのまた前もそうだった。恐らく、本当は持ち帰りたいのだろう。四夜目のこの日、影はずっと試みていたが、ただの一度も簪を持ち上げることは出来なかった。

「どうして……」

かすかな囁きのような声を聞いた男は、思わず半身を起こした。隣の布団を見ると、妹はぐっすりと寝ている。しかし、聞こえてきたのは妹の声音とほとんど同じだった。男は仏壇の前で肩を落として座り込んでしまった影に声を掛けた。

「それ程欲しいのか？」

「これは私の物よ」

それは妹のものだ――男はとてもではないが言えなかった。それが言えるものなら、毎夜気づかぬ振りなどしていなかったことだろう。やがて、影は闇に溶けこむように消えていったが、男は中途半端に身を起こしたままだった。ようやくのことで仏壇の前に行った男は、倒れた守り札を直して、床に落ちて四枚目の花弁が折れた簪を手に取った。

――まだやるぞ、あれは。そしてそのうちに違うものを手折るのだ。

誰ともはっきり分からぬ怪に言われた言葉は、半分当たっていた。

（しかし、もう半分は当たっておらぬ）

男は簪を握り締めながら己にそう言い聞かせた。残る花弁はあと一つ――。男はどうすべきか分からず、健やかな寝息を立てている妹をじっと見た。妹は寝ている時まで口元にうっすらと笑みを浮かべている。穏やかで優しげで、可愛《かわい》らしい寝顔だ。頬《ほお》にほんのりと色づいた桃色を見ているうち、男は何故だか泣きたいような心地になってしまった。

「……簪などどうでもよい」

妹に言ったわけではない。影にでもない。妹にとっても影にとってもその簪が大事な物であるということは承知していたが、男にはそれよりももっと大事な物があったのだ。もう何度もそれを無くしてしまっていた男は、これ以上無くすわけにはいかぬと思っていた。生きている妹の寝顔をしばらく見つめていた男は、己の青白い顔を撫《な》でると、簪を持ってひっそりと作業場へ向かった。

四枚目の花弁を修繕しながら、男は昔のことを思い出していた。そこには、この山茶花の簪も出てきた。簪を髪に挿《さ》して笑っていたのは、妹の深雪《みゆき》と面差しのよく似たもっと年上の女だった。

――喜蔵《きぞう》に妹が出来るのよ。

――妹?

――守ってやってね、お兄ちゃん。

男――喜蔵は無意識に、昔と同じようにこくりと頷《うなず》いた。

一、よもつへぐい

「どうもどうも、荻《おぎ》の屋《や》さん。ご無沙汰《ぶさた》しております」

そう言って荻の屋の暖簾《のれん》を潜《くぐ》って現われたのは、愛嬌溢《あいきょうあふ》れる笑顔の大柄な若者だった。ふたつきの竹籠《たけかご》を背負《せお》い、足には脚絆《きゃはん》を付け、手には傘を持ち——いかにも旅の途中に立ち寄った風である。帳簿をめくっていた喜蔵が手を止めて視線を上げると、若者は丁寧に頭を下げた。

「すっかり暖かくなりましたね。お変わりありませんでしたか？」

「……」

喜蔵はうんともすんとも言わぬ。鋭い目で見つめられた若者は、初めて会った時のようにわたわたと焦り出しながら、思い出したように背負い籠を下ろすと、そこから象の形の釣り香炉《こうろ》を取り出した。

「い、いやだなあ、忘れちゃいました⁉　高市《たかいち》です。ほら、ふた月くらい前に愛宕《あたご》の社でお会いして、その後このお店でこれを売ってもらった者ですよ」

喜蔵は微妙に首を捻《ひね》った。何も高市――名は今初めて聞いたが――のことを忘れてしまったわけではない。ただ少し驚いていたのだ。

(更に大きくなった)

縦は流石《さすが》に変わりなかったが、横幅と厚みが大分増しているように思えた。気のせいかと思いじっくりと眺めてみたものの、やはりどう考えても大きくなっている。ふた月でこれほど厚みが増すということは――。

「西の方は美味な物が多い、か……」

「え?……あ、ああ、何だ。覚えていて下さったんですね!」

高市はほっとしたように、額《ひたい》に浮かんでいた汗を拭《ぬぐ》った。喜蔵は旅の若者こと高市がふた月前に分かれる間際、「これから西へ行く」と言っていたこともしっかり記憶していた。

(しかし、確か古道具を求めに行ったはず……)

高市は変わった古道具を集めるのが趣味である。土地土地の古道具屋を巡っては、掘り出し物がないか見て回っているのだという。しかし、肥《こ》えに肥えた高市の身体を見て、(食道楽の聞き違いだったか?)と喜蔵は首を傾《かし》げた。

「ああ、もしかして俺が様変わりしているので分からなかったのですか? そうでしょうそうでしょう。この旅で一貫《いっかん》も痩《や》せましたからね」

嬉《うれ》しそうに笑う本人は、己の変化をちっとも認識していないようである。

「西へと言いましたが、このふた月ほとんど京《きょう》にいたんです。住めば都といいますが、京は何ともよい土地でしたよ。人も優しいし、美味《うま》い物も多いし。ほんの数年前まで毎日のように血なまぐさいことが起こっていたなんて、とても思えぬ程長閑《のどか》なんです。いいですよ、京。ほら、お宝もこんなにたくさん」

高市は喜蔵に見せるため、先程背から下ろした籠のふたをちらりとめくってみせた。ざっと中身を見た喜蔵は、少し目を見張った。孔雀絵《くじやくえ》の描《か》かれた煙草盆《たばこぼん》に、鮮やかな朱塗《しゆぬ》りの大和虫籠《やまとむしかご》、猫足がついた端渓硯《たんけいけん》にふたの部分が虎の形をした印籠《いんろう》など……手に取ってみないと何とも言えぬが、どれもこれも一介の古道具屋が扱う代物ではないように見える。喜蔵の視線に気づいた高市は、一つだけ道具を取り出した。それは野点《のだて》籠と呼ばれるもので、屋外で茶を楽しむための携帯用の茶道具だった。

「どう思われます？」

喜蔵は高市から差し出されたそれを手に取ると、籠を眺めながらふたを開けた。中には茶碗《ちやわん》と茶筅《ちやせん》と茶杓《ちやしやく》、それに棗《なつめ》と香炉が入っていた。

「……非常によい物ですね。籠も中身も、良品過ぎる程良品だ。まず、籠の竹の組み方が複雑で面白い。だが、それでいて少しの乱れもなく整然と組まれている。茶碗は大振りだが、濃茶をするには丁度よい寸法だ。色もよいし、何より碗の中に描かれている蝶《ちよう》が風変わりでいい。すべての道具に蝶の絵があるが、どれも同じようでいて少しずつ色形に変化がある。唯一絵が描かれていない茶杓は、切止が蝶の形になっていて何とも凝《こ》っている──これらは、家康《いえやす》公より前の時代の物でしょう。その割に恐ろしく状態がいいですが」

普段は無口な喜蔵がなめらかに述べた弁に、高市は満足そうに頷いた。

「喜蔵さんは本当に目の利く方だなあ。正しくおっしゃる通りです」

「この野点籠といい、その中の古道具といい、随分と値が張ったのでは？」

高市は野点籠を受け取りながら、何とも言いにくそうな顔をして頭を掻《か》いた。

「それが全然……ただ、これらを譲って頂くまでには色々と変わったことがありました。この持ち主は滅多に誰かと商談はしないんですよ。ああ、でも荻の屋さんだったらあるいは……今度夏辺りもう一度行こうかと思うのですが、良かったらご一緒しませんか？」

すると、喜蔵はいきなり勢いよく立ち上がって、高市の前に立った。影が差した喜蔵の顔は「ひっ」と喉《のど》が引きつく程恐ろしい。思わず後ずさりした高市は柱にどんっとぶつかってしまい、「閻魔《えんま》さん、俺を食べないで」というように頭を太い手で守り込んだ。

「あ、あわわ……ご、ごめんなさい！　まだお会いして二度目なのに、馴《な》れ馴《な》れしくしても、申し訳ありません……！」

何をそんなに怯《おび》えているのか訳が分からぬ喜蔵は、首を傾げてこう言った。

「……せっかくだが、同行は遠慮します。茶を入れてくるので、待っていて下さい」

呆気《あっけ》に取られた高市を捨て置いて、喜蔵が台所へ向かおうとしたところへ、ひょいっと暖簾がめくられて四角い顔が現われた。

「その茶二つ追加でお願い出来ますかぃ？」

そう言ってニッと笑った珍客に、喜蔵は眉を持ち上げた。四角い顔に太い首の主《ぬし》・平吉《へいきち》は、浅草《あさくさ》の岡場所にある『菊屋《きくや》』という女郎屋《じょろうや》の番頭だ。堅物の喜蔵と岡場所の番頭というのは一見して結びつかぬが、ふた月前のとある事件をきっかけに知り合ったのである。喜蔵が彼と会うのはそれ以来だった。

「非道だ。まったくもって、非道極まりない……俺ぁ物心ついた頃からずっとここへ通っているっていうのに、一度たりとも茶なんて出されたことないぞ⁉」

腕組みをして文句を垂れながら入ってきたのは、三日に一度は顔を合わせている幼馴染《おさななじみ》で腐《くさ》れ縁《えん》の彦次《ひこじ》だった。七三に分けた総髪に、桜吹雪《さくらふぶき》の着流しを粋に着こなし、白い面に目鼻口が綺麗に並んでいる。いつ見ても見目だけは上等である。喜蔵はこの竹馬の友を、いつも通り冷ややかな目で作業場の上から見下ろした。

「犬に茶を出す馬鹿《ばか》はいない」

「おいおい、するとお前は犬っころが幼馴染なんだな？」

「俺の幼馴染は絵師に弟子入りしたきり、隠されて行方《ゆくえ》知らずだ」

彦次は十一歳の時絵師に弟子入りしたが、その三年後には師匠の娘に手を出して破門されてしまったのだ。それからというもの、女遊びに明け暮れ、借金まで作る風来坊《ふうらいぼう》のような人生を送っていた。最近になってようやくまっとうな絵師になる決意をしたものの、その日暮らしの無頼な性質《たち》は変わっていない。

「俺は生憎《あいにく》一度も行方をくらましたことはねえよ。あ、一度あるか……でも、あれはたったひと月半のことだし、そもそも俺のせいじゃねえし……」

「お前のせいだ！」

喜蔵と平吉に同時に怒られた彦次は、うなだれて肩を落とした。ふた月前の一件は確かに彦次のせいではなかったが、失踪《しっそう》騒ぎを起こしていたのは紛れもない事実である。迷惑を被《こうむ》った喜蔵と平吉は、それを未《いま》だに根に持っていた。

「すいやせんね、お客さまがいるというのに、しつけのなってない犬連れてきちまって」

平吉が高市に会釈《えしゃく》をすると、高市は恐縮したようにぺこぺこと腰を折り曲げた。

「いえいえ、俺はほとんど客ではないので……どうぞお構いなく」

「てことは、喜蔵さんのご友人で？　するってえと、この後一緒にお行きになる？」

そりゃあいい、と笑ったのは平吉一人だけだった。喜蔵と高市は顔を見合わせて、互いに首を傾げた。

「えっと、どこへ行くんです？」

高市が訊《き》くと、平吉は抱えていた風呂敷《ふろしき》を解《ほど》いて、中にぎっしりと詰まった酒を見せた。

「待父山《まっちやま》へ花見をしに行くんですよ、これから皆で」

そんな話は初耳である。事の主謀者に気づいた喜蔵は、

「……おい、犬っころ」

と冷たい声音で主謀者――彦次を呼んだが、すでに彼の姿は店内になかった。何とも逃げ足が速い男である。平吉は酒を再び風呂敷で包み、腕に抱え込みながら笑った。

「まあ、いいじゃねえですか。今、あっちは桜が満開らしいですぜ」

いいですねえ、としみじみ言う高市に、平吉は商売人らしくもみ手しながら応えた。

「高市さんもよかったら是非。宴《うたげ》は参加する人間が多ければ多いほど楽しいもんですよ」

「いいんですか？」

ぱちぱちと重そうなまつげを瞬《まばた》きさせた高市に、「もちろん」と平吉は白い歯を見せた。

高市は振り返って「楽しみですね」と喜蔵に笑いかけたが――。

「俺は行きません」

「ええ⁉　どうしてです？」

「わざわざ店を閉めて出かけていくまでのことではないからです。花見など、それにかこつけたかしましい騒ぎを見聞きさせられるだけで、何の益もない」

そう言い捨てた途端に平吉が噴き出したので、喜蔵はむっとした顔をした。

「いやね、彦次の野郎が『喜蔵ならこう言うはずだ』と今喜蔵さんが言ったそのままを言っていたもんだから……ひひ、すいやせんね」

謝りながら、平吉はまだまだ笑っていた。高市もつられて笑いそうになったが、喜蔵の額の青筋がひくひくするのを見て何とかこらえたのである。

「でもねえ、世の中そんなに益のあることばかりやっていちゃならねぇんですぜ？　侍がやっとうばかりしてちゃあ死人や怪我《けが》人が出るだけだし、商人が金儲《かねもう》けばかりしてちゃあ世の中に金が回らねぇ。世の中ってのは、ぐるぐると風車みたいに回りに回って動いていくもの。喜蔵さんもたまにゃ動いてやらねえと、後ろがつっかえて上手く回りやせんぜ」

「おお、良いことおっしゃいますねぇ！」

高市は大層感心したようだが、喜蔵は平吉の口八丁振りをうっとうしく思うだけだった。顔を顰《しか》めた喜蔵に、「場所取りのことなら心配いりませんぜ」と平吉は見当違いなことを言って胸を張った。

「知り合いにちょいと頼んでおいたんで。待父山のてっぺんの真ん中に池があって、そのまん前にでかい桜木が立っているんですが、毎年その大木の下でうちの者達は花見をするんです。あそこで飲み交わす酒は、そりゃあもう最高ですよ」

よくあの場所が取れたものだ、と喜蔵は呆《あき》れた。平吉の言う桜木は待父山で一等大きく、皆こぞってあの木の下で花見をしたがるのだ。世事に疎い喜蔵でも知っているくらい有名である。かと言って心動かされたりはしないのだが――。

「とっても楽しそうですね」

むっつり黙った喜蔵の代わりにそう答えたのは、居間から姿を見せたおかっぱ頭の可憐《かれん》な少女だった。

「へ？　あ、そちらは――」

平吉は慌ててだらっとしていた身形《みなり》を整えた。

「こんにちは、妹の深雪と申します」

「ええ⁉」

深雪を初めて見た高市が思わず叫んでしまうのも無理はなかった。深雪は非常に可愛らしい娘で、喜蔵と似ているところなどほぼ見当たらぬ。大層気立てがよく、働いている牛《ぎゅう》鍋《なべ》屋でも看板娘として重宝がられていた。とある少年には「兄のいいところが皆妹にいっちゃったんだ」と言われてしまっているくらいである。凜《りん》とした目元に一寸《ちょっと》だけ面影があるものの、それに気づく者はまれだった。深雪が折り目正しくお辞儀をすると、二人の男は倣《なら》うように畏《かしこ》まって頭を下げた。

「は、はじめまして、高市さん。高市と申します」

「はじめまして。いつもご贔屓《ひいき》にありがとうございます」

ぱっと顔を赤らめた高市を喜蔵は睨《にら》んだ。深雪は高市の隣に視線を移し、小首を傾げた。

「平吉さんですね？　彦次さんから聞いています」

「どうも、俺もあいつから深雪さんの話はよく聞いています。あ、それはもしかして」

目ざとい平吉は、居間と店の境に置いてあった四角い風呂敷包みを指差した。

「はい、お弁当作りました」

深雪はにこりとして、包みを持ち上げた。どうやら、中身は重箱のようである。

「やった！　すみませんね、深雪さん。図々《ずうずう》しく頼んじまって。おお、ずっしり」

平吉は深雪に礼を言いながら弁当を受け取ると、「これであとは」という風に喜蔵を見た。喜蔵はその視線を無視して、深雪に胡乱《うろん》な顔を向けた。弁当を拵《こしら》えて準備するくらいだ、知らぬわけがない。何故言わなかった？　と訊こうとして、喜蔵は一瞬黙った。

「……何をしている？」

「店じまいよ。お店閉めないとお花見行けないでしょう？」

　商品に布を掛けて、箒《ほうき》を持って掃除し始めていた深雪は、喜蔵に背を向けたまま、あっさりと言った。

「俺は行かぬ」

　喜蔵が不機嫌な声音で返事をしても、深雪はせっせと箒を動かし続けている。

「お花見は今日しか出来ないけれど、お店は明日も明後日も開けられるわ」

「花見などするより、店をやっている方が余程《よほど》よい」

「皆とお花見したことないのに、いいかどうか分からないじゃない」

　思い込みよ、と言われた喜蔵はふうっと息を吐いた。

「花見などくだらぬ。そんなに行きたいのならば、お前だけ行って来ればいい」

「そんな――」

　平吉と高市は口を挟みかけたものの、深雪の顔を見て口を噤《つぐ》んだ。帳簿を見ていた喜蔵は深雪の表情が見えぬのでどんな事態が起きているのか気づかない。平吉と高市がこそこそと耳打ちし合っていることにも気づかず、喜蔵は彦次を思い浮かべながら文句を述べた。

「……行くにしても、あやつは色魔だから関わらぬ方がいいぞ。弁当まで作らされたようだが、持っていかずともよい。あれにうちの物を食わせるのは癪《しゃく》だ」

　それにしても、彦次はいつ深雪に声を掛けたのだろうか？　油断がならぬ、と喜蔵はますます彦次を忌々《いまいま》しく思った。

「大体にして、あやつがお前を誘うなどおかしな話だ。あやつはお前と何の関わりもないのだから……やはり、花見など行かぬ方がいいのではないか？　行ったところで何があるというわけでもない。お前は今日わざわざ休みを取ったのだろう？　八百屋《やおや》の娘とでも出掛けてくる方がよいぞ」

喜蔵はそこでようやく、相槌《あいづち》さえ打たぬ深雪を変に思って顔を上げた。平吉と高市はそわそわと落ち着かぬ様子で、喜蔵を見てぱくぱくと口を動かしている。

（はやくあや……？）

二人が何を言っているのか分からぬまま、喜蔵は帳簿を閉じながら押し黙ったままの深雪に言った。

「片付けはしなくてよい。俺はここにいるのだから」

深雪はそれでも手を止めず、後は戸を閉めるだけの状態までやり遂げた。

「……おい、聞いているのか？」

本当に聞こえていないのかもしれぬ。そう心配してしまうくらい深雪は何も言わなかった。喜蔵は作業場から下りて、深雪の傍《そば》に行った。

「おい――」

振り返った深雪の顔を見て、喜蔵は思わずたじろいでしまった。そこにあったのは、すべてを拒絶するような冷え冷えとした表情だったのである。

（何だ……？）

一体何故そんな顔をしているのか——喜蔵には皆目分からぬ。だが、それはあまり物事に動じぬ喜蔵の心をぐらりと裏返す程の威力があった。深雪は前掛けを外して、畳みながら喜蔵の横を通り過ぎる時小さく言った。

「分からないの？」

がらりと音がして、半開きだった戸が全開になった。そこにはどこかに消えたはずの彦次が偉そうに仁王立ちしていた。

「ほいほい、連れてきたぞ！　花より美しいご婦人を！」

「こ、こんにちは。お花見誘って下さって、どうもありがとうございます……」

彦次が前に押し出したのは、裏長屋に住む未亡人の綾子《あやこ》だった。花より美しい、というのは誇張ではなく、真っ白で肌理《きめ》の細かい肌に長いまつげ、桜色の唇をしたその面はまるで生き人形のようである。高市はよろけてまた柱にぶつかり、仕事上美人に見慣れているはずの平吉も思わず口をぽっかり開けて驚いた顔をしていた。

「お、もう一人の花より可愛い娘さんも用意出来たみたいだな。あ、いい匂《にお》いがする。平吉の持っているのは弁当か？　ありがとう、深雪ちゃ……」

彦次はそこで不自然に言葉を切った。かすかではあるが、喜蔵の顔が歪んでいるように見えたのだ。そして、店内に蔓延《はびこ》る不穏な空気に気づいた彦次は、平吉と高市に目線を遣《や》ったが、二人して目を逸《そ》らした。睨むように床を見ていた深雪は、彦次に顔を向けてにっこりと笑った。

「彦次さん、綾子さんを誘ってきてくれてありがとうございます」

「い、いやいやそんな……」

彦次は横目で喜蔵を見たが、喜蔵は無言で作業場に戻り、無表情に戻って先程とはまた別の帳面を開き始めた。綾子は困惑した顔で深雪と喜蔵を見比べていたが、深雪はそんな綾子に向けて「お花見楽しみですね」と明るく言った。

「そ、そうそう！　皆揃《そろ》ったことだし、いざ行かん花見！」

彦次が大きな柏手を打つと、平吉と高市も「おう！」と呼応して手を上げた。遅れて小さく手を上げた綾子を見て、深雪は微笑《ほほえ》んだ。その笑顔にほっとした彦次は、作業場に近づきながら言った。

「ほら、さっさと行くぞ」

彦次が手を伸ばして帳面を閉じさせようとすると、喜蔵は彦次の手をその帳面で叩いた。

「いてっ！　何すんだよ！　閉じなきゃ行かねえだろ？」

「いいの、彦次さん。お兄ちゃん行かないんですって」

喜蔵の代わりに答えたのは、またしても深雪だった。

「え？　いや、でも……」

「花見が嫌いな人連れていっても仕方ありませんから。あたし達だけで行きましょう」

彦次は困惑して喜蔵を見たが、喜蔵は若干眉根を寄せただけで何も言わぬ。

「まあ……喜蔵さんいらっしゃらないんですか？」

がっかりしたような様子の綾子を慰《なぐさ》めるように、深雪は綾子の腕にそっと触れた。

「お兄ちゃんの分まで楽しんできましょう？　あたし、綾子さんにこの前教えて頂いた竹の子の旨煮ときんとんを作ってみたんです。よかったら召し上がってみてくださいね」

「まあ、本当？　嬉しいです」

はにかみながら微笑んだ綾子に、深雪も笑みを返した。

「あたしも嬉しいです……さあ、早く行きましょう」

深雪はそう言うと、綾子の手を引いて、振り返ることなく出て行ってしまった。綾子は戸口から出る時喜蔵に気遣わしげな目線をちらりと送ったが、喜蔵は見ていなかった。

「……じゃあ、俺達もそろそろ」

平吉の言葉に、高市はうんうんと何度も頷く。喜蔵に会釈をして出て行った平吉に少々遅れを取った高市は、

「あ、荻の屋さん……すみません、また！」

深々礼をすると、慌てて皆の後を追った。そして店の中にいるのは、喜蔵と彦次だけになった。

「おい、何があったんだ？」

彦次は気遣わしげに問うたが、待てど暮らせど喜蔵から返答はない。肩を竦《すく》めた彦次は、花見の荷を担いで踵を返した。

「後からでいいから来いよ。来たらいい物見れるから、絶対に来いよ？」

彦次は手を振り振り出て行ったが、下を向いていた喜蔵がそのことに気づいたのは数分後のことである。帳面を夢中になって読んでいた――わけではない。

「あやつは馬鹿者だけれどいい奴《やつ》だなあ」

喜蔵の右方から甲高い声が響くと、「馬鹿者だからいい奴なんだよ」と上方から低い声音が聞こえてきた。

「どうしてこれの友をやっているのじゃろうか。顔も怖いが、中身も朴念仁《ぼくねんじん》で情もないというのに」

居間から洩《も》れてきた変わった口調の怪は、十中八九茶杓の怪である。

「だから皆に構われているのでは？　哀れみを誘うのだろうよ。人間はそれが好物だというからね」

口の悪い女怪は、恐らく撞木《しゅもく》だろう。姿が見えぬことをいいことに、荻の屋に住みついている妖怪達は好き勝手に喜蔵をこき下ろした。常だったらひと睨みで一蹴《いっしゅう》するところだが、この日の喜蔵にそんな余裕はない。

「おい店主。何故お主は懲《こ》りもせず、いく度も鬼姫の機嫌を損ねるのだ？」

（何故、は俺が聞きたい）

実は、深雪の様子が変だったのは今日が初めてではない。眉根を寄せていたり、溜息が多かったり、口数が少なく妙によそよそしかったり――と数日前からどうも様子がおかしかったのだ。しかし、客や近所の者や彦次達など、喜蔵以外の者にはいつも通りの好《よ》い娘であるらしい。

（すなわち、俺に何やら思うところがあるのだろう）

理由は分からなかった。それどころか、喜蔵はついさっきまで深雪が自分に対して怒っているとは思っていなかったのだ。ただ単に虫の居所が悪いとか、季節の変わり目で調子が悪いのかとばかり考えていたのである。そのくらい、理由は思い至らず、喜蔵は腕を組みながらぐるりと首を回した。

「……何故だ？」

そんなこと知るか、妖怪に訊くな！　とあちこちから責められて、喜蔵は口を噤んだ。煩悶《はんもん》ゆえの顰め面だったが、傍から見ると常にも増しての閻魔顔である。妖怪達は怖くなったのか、黙り込んだ。

「馬鹿店主」

こんな時、そんな風に話し掛けてくる怖いもの知らずの妖怪は二妖しかいない。煩《わずら》わしく思った喜蔵は、無視を決め込んだ。とことこと小さな足音が響き出して間もなく、墨色の細い足が視界に入ってくる。それでも知らぬ振りをしていると、帳簿の上に乗ってきたので、喜蔵はぱたんと帳を閉じた。

「早く追いかけた方がよいぞ」

帳簿の頁と頁の間からもぞもぞと出て来たのは、硯《すずり》に手足が生えた硯の精である。妖怪にしては何の迫力もなく、力らしい力もないが、喜蔵の家に憑《つ》く妖怪達の中では一等古参であり、皆から一目置かれる存在らしい。他の妖怪達は日が暮れなければ姿を現さぬが、この硯の精は朝でも昼でもこうして姿を現して喜蔵に説教を垂れる。

「今追いかけねば、後々ひどく悔いることになろう」

喜蔵は無言のまま横に置いてあった桶《おけ》を取り、股《また》の間に挟んで歪みを直し始めた。

「いいのか？　これはお節介で申しているわけではないぞ」

硯の精が桶の上に乗って作業を阻むと、喜蔵は硯の精を押しのけて横を向いた。しかし、硯の精はすぐ傍らに留《とど》まったままだった。構わず作業を続けていたものの、いつまでもそこにいるので、根負けした喜蔵は渋々答えた。

「……追いかけて謝れと言うのだろう？　理由も分からず謝ることなど誰がするものか。妹相手にご機嫌取るのも御免《ごめん》だ」

「妹？　何を申しているのだ？」

硯の精は細い目を更に細くして、いつになく喜蔵を馬鹿にした目で見た。そんな目をされる謂《いわ》れはないと喜蔵が睨み返すと、硯の精は喜蔵の後ろを指差した。

「あの高市という気のいい若者の後を追わずしてよいのか？　と申したのだが」

畳の上に置かれていたのは、高市の野点籠だった。確かに返したはず——だが、野点籠はそこにある。ぐうと唸《うな》った喜蔵は、すくっと立ち上がった。羽織を脱ぎ捨て、身支度をする喜蔵の耳には妖怪達の話が聞こえてきていた。

「……よくもまあ、ちょうどよい口実があるものだな」

「わざとに決まっているさ。追いかける口実にあの太い男の籠から抜いておいたのだろ？」

「顔の割になんと気の弱い男よ！」

嘲笑《ちょうしょう》の的となった喜蔵は、歯嚙《はが》みしながら急いで高市の後を追った。


明治六年初春――外は思ったよりも暖かかった。四月になったのは二日前のことである。綿が抜かれて軽くなった着物を身に纏《まと》った町人達は、心も軽くなったようにどこか浮き足だって見えた。暦が変わると同時に春がやってくるわけではないが、何となく空気が違う。寒さを耐え抜いて生きてきた者達の生命の息吹を感じる――というのは、硯のくせに風流な妖怪の言である。春らしく、今日は非常によく晴れている。雲はちらほらと見えるものの、長い間空を見上げていられぬくらいに明るかった。

「花見日和だねえ」

通りの誰かが嬉しそうに呟《つぶや》いた。本当にその通りだと喜蔵も思ったが、そうかと言って浮き足だちはしなかった。そもそも喜蔵は、生まれてこの方浮き足だったことなどないのだ。待父山の麓《ふもと》までは徒歩で十分くらい掛かる。麓から頂上までは三分くらいだ。喜蔵の早足ならば、皆が麓に辿《たど》り着く前に追いつきそうである。常だったら更に足を速めるところだったが、喜蔵の足の進みはあまりはかばかしくない。

――分からないの？

先程の深雪の言葉と、その時の表情が引っかかっていたからだ。しかし、喜蔵に心当たりはない。少なくとも、深雪があれ程機嫌を損ねるような原因は思い浮かばなかった。

（いや、気づいていないだけで取りこぼしがあるかもしれぬ）

些細《ささい》な事柄まで掘り返しながら歩いていたら、いつの間にか待父山の近くまで来ていた。

「あめ〜あめだよ〜甘いあめだよ〜」

「江戸前鰻《えどまえうなぎ》〜ついさっき捌《さば》いたばかりの新鮮な鰻〜！」

花見客を目当てに行商や露天がひしめいていた。待父山へ花見しに行くと思《おぼ》しき者も大勢通りを歩いている。辿り着く前からこれか、と喜蔵は辟易《へきえき》したが、そうは言っても高市に野点籠を返さずして引き返すわけにもいかぬ。客引きされるのは仕方あるまい、と意を決して歩みを進めたが、ただでさえ喜蔵に声を掛けようというつわものはいない。今日の喜蔵は考え事をしていて、特に恐ろしい顔つきだった。行商人は回れ右をし、前を歩いていた人間はそっと横に逸れた。

「そこのお兄さん」

しかし、麓が見えた辺りで喜蔵はにわかに声を掛けられたのである。目の端に映ったのは、首から紐《ひも》で箱をぶら下げた小柄で小太りの行商人だった。目深にほっかむりをしているため顔はよく分からなかったが、箱の中には蓬《よもぎ》と思しき草団子が整然と並んでいる。丸々としていて、光に反射して輝いている様が食欲をそそる。

「おひとついかがですか？」

喜蔵はもちろん無視して歩を進めた――はずだった。

「どうです、うまいでしょ？」

（……何をしているのだ……）

喜蔵は思わず己に問い掛けてしまったが、無理もない。何と喜蔵は、行商人が差し出してきた団子を頬張っていたのだ。いくら考え事をしていたからとて、見ず知らずの他人から差し出された団子をそのまま口にするなど、天地がひっくり返ってもするはずがない。喜蔵はしばし呆然《ぼうぜん》としていたが、そのうち羞恥《しゅうち》に耐えられなくなって俯《うつむ》いてしまった。

「……あと五つ包んでくれ」

財布から金を出した喜蔵がぶっきら棒な声を出すと、団子売りは薄笑いを浮かべながらそれを受け取った。傍《はた》で見ていたあめ売りも忍び笑いをしている。いよいよいたたまれなくなった喜蔵は、笹に包まれた団子をさっと袂《たもと》に入れると、逃げ出すように歩き出した。

麓から頂上に至るまでのなだらかな山道を登っている途中、喜蔵はいく本かの桜木の前を通りすぎた。あまりお目にかかったことのない真っ赤な色の桜もあって、

（梅も桜も変わらぬ。ならば梅見の方が空いていて良さそうだ）

とひねくれたことを考えながら、喜蔵は皆のいる小高い山の頂《いただき》を目指した。そうして道が開けると、眼前に桜色が広がった。目にした瞬間、冬の持つ厳しさをついこの間まで感じていたはずの身体が、すっかりうららかな暖かさに包まれたような気がした。情緒の乏しい喜蔵でさえ、

（春だ……）

と思わず心の中で呟いてしまったほど、待父山は疑いようもなく春だった。喜蔵は中心と思しき方へ歩きながら、少し存外に思った。これほど見事な景色ならば、景勝地巡りが大好物である東京人は満開の桜以上に集まっているはずだ。しかし、桜が十分とするならば、桜人は七分といったところだった。予想していたより少人数で喜ばしかったが、少々肩透かしを食ってしまった。

頂上の中心にあるひょうたん池の名は、すなわち池の形から取られたものらしい。目指す場所はすぐに分かった。そこら中に桜木はあったが、街道寄りの凹の部分にあるそれは、一目見て分かる程他のどの木よりも大きく、実に見事だったのだ。気が遠くなるような年数を重ねてきたことは容易に知れて、絢爛《けんらん》豪華でありながら荘厳でもあった。おかげで喜蔵は迷うことなく辿り着けたのだが、近づくにつれ、どうもおかしなことに気づいた。

（あれは……）

木の下には、見覚えのある重箱がぽつんとあった。試しにふたを開けてみると、やはり思った通りのいびつな――個性的な形をした卵焼きや竹の子の旨煮やきんとんがあって、平吉か彦次が持ってきたのであろう皿の上には、これまた面白い形の握り飯が取り残されたかのように置かれていた。間違いなく、深雪が作ったものである。彦次と平吉が脇に抱えていた酒もあったが、すでに空だった。来て四半刻《とき》も経っていないというのに、もう飲み尽くしたのだろうか。のん兵衛め、と喜蔵はここにいない二人を思って眉間《みけん》に深い皺《しわ》をきざんだ。

（しかし、どこへ行った？）

酒を買いに行くにしても、何も皆揃って行く必要はない。手水《ちょうず》でも同じことである。それに、高市の背負い籠が置きっぱなしだった。荷を放り出していくなど随分と無用心である。一人か、せいぜい二人で行けば十分事足りるはず――。

「頂けませんか？」

いきなり後ろから声を掛けられて、喜蔵はかすかに身を硬くした。

「何とも美味そうな団子」

喜蔵はうんともすんとも答えなかった。てっきり、物乞いかと思ったのだ。哀れに思いはするが、（一つくらい）と思ってやればキリがない。

「一つだけでもよいのです……駄目ですか？」

哀愁を誘う声だったが、喜蔵は前を向いたまま首を振った。

「では、帰してやらぬ」

薄気味悪い台詞《せりふ》を吐かれて、喜蔵は顔を顰めたが、すぐにはっとして辺りを忙しく見回した。けれど、身近には桜木があるだけで、あとはその周りを蝶が舞っているだけだった。何も盗られたような様子はない。重箱の中の不恰好《ぶかっこう》なおかずも無事収まっている。何とはなしに嫌な感じがしたものの、喜蔵はその場で皆を待つことにした。

しかし四半刻経っても、誰も戻ってこなかった。喜蔵はすることもなく、蝶の舞ばかりを眺めていた。蝶はこの木の蜜が気に入ったのか、大木から離れようとしない。

（これでは埒《らち》が明かぬ）

皆を探しに行くことを決めた喜蔵は、とりあえず池の周りを一周することにした。池は頂上の半分以上占める程に大きく、桜が咲かぬ時期もこの池見たさに待父山へ訪れる人間は多い。桜木の下にはそれぞれ桜人《さくらびと》が集っており、緋色のござがあちらこちらに敷かれていた。小綺麗な傘の中にはハレの日のための美しい着物を身に纏った女人もいて、

（俺は、こういう場にまるでそぐわぬ）

喜蔵はその昔来た時と同じ感想を抱いた。喜蔵がここに花見に訪れたのは、十年も昔のことだ。まだ彦次が絵師の下へ弟子入りする前で、喜蔵の祖父が存命の頃だった。祖父と喜蔵と彦次のたった三人で、おまけにはしゃいでいたのは彦次だけという花見なのか葬式なのか分からぬ席だったが、桜が美しかったのはよく覚えていた。美しくてまばゆくて、どうもなじまなかったが、二十《はたち》になった今もやはり場違いな気がしてならぬ。

池を一周して探してみたものの、目当ての人間を一人も見つけられなかった喜蔵は、仕方なく他の花見客に声を掛けることにした。

「ひどく汗かきで、相撲《すもう》取りにも引けをとらぬ体軀《たいく》の背負い籠を担いだ旅装の若者」

一等分かりやすい見た目をしている高市を例に出したが、五席聞いて誰も知らぬという有様だった。次いで分かりやすい見た目といえば、深雪である。

「おかっぱ頭に山茶花の簪をつけて、躑躅《つつじ》色の着物に黄丹《おうに》の帯を締めた十六くらいの娘」

しかし、こちらもまた見た者はいない。その場から離れた席の者達にも訊いてみたが、

色よい答えは返ってこなかった。

（一体どこへ消えたのだ？）

先ほど見知らぬ誰かに言われた言葉もやはり気がかりだった。もう一度大木の下に戻ってきた喜蔵は、誰もいないのを確認して山を下った。先ほどの団子屋は見当たらなかったが、行商は大勢出ていた。けれど、そこでも皆の姿は見当たらぬ。

（もしや、店に引き返してすれ違ったか？）

荷を置いたままそんなことをするとは考えにくかったが、喜蔵の早足ならば二十分で行って戻ってこられる。意を決して自店へと足を向けた。


まったく期待していなかったというのに、店の中には深雪がいた。そして、喜蔵は店内を見回して、ぞっとした。深雪は牛鍋屋の時にしているような西洋風の前掛けをして、店の台という台に並べていたのだ——無数のおはぎを。並べても並べても置き場所に困るということがないのは、そこにあったはずの古道具が一つ残らず消えていたからである。

「おい……道具はどうした？」

全部売り払ったわ、と深雪は淡々と語った。

「……は？」

ぽっかりと口を開けた喜蔵に向き直った深雪は、口元にだけ笑みを浮かべた。

「皆他に行きたいって言っていたし、何よりお兄ちゃんがいつも『早く売れてしまえばいい』って言っていたじゃない。構わないでしょ？」

構うに決まっている――しかし、喜蔵はとっさに言い返すことが出来なかった。一体何から言えばいいのか整理しようと頭を抱えた喜蔵に、深雪は鋭い目つきをしてまくし立てたのである。

「何なの？　言いたいことがあるならはっきり言いなさいよ。もぞもぞしちゃって、小娘かっていうの！　気持ち悪い！　この際だから言わせてもらうけれど、お兄ちゃんはずっと好き勝手やってきたでしょ？　あたしはずっと我慢していたわ。だから、これからはあたしも好きにさせてもらうって決めたの。おっかさんに教えてもらったおはぎの味で東京一番のおはぎ屋を作るのよ！」

（悪い夢だ）

喜蔵はきつく目を瞑《つむ》り、思い切り頬を抓《つま》んだが、予想に反して痛みはあった。確かに、夢の中にしては意識がはっきりとしているし、しっかりと地面を踏みしめている気がする。だが、これが現《うつつ》であったら、それこそおかしい。恐る恐る目を見開くと深雪は呆れ返ったような半目で喜蔵を睨んでいた。

「何しているの？　ぼうっと突っ立っているなら、夕餉《ゆうげ》の買い物でもしてきてよ」

またしても深雪は、いつもならば間違っても言わぬようなことを言った。固まっている喜蔵に痺《しび》れを切らしたらしく、つかつかと歩み寄ると、凄《すご》い力で喜蔵の背を押して、無理やり店の外に押し出した。

「味噌《みそ》と餡《あん》と牛蒡《ごぼう》と納豆。ちゃんと買ってこなきゃ、家の中に入れませんからね！」

　しめだされてしまった喜蔵は、

「……それで一体何を作る気だ？」

　変なところに突っ込んで、ようよう立ち上がった。使いへはもちろん行かず、綾子の住む裏長屋へと足を向けた。裏道へ入ると、三味線《しゃみせん》の音が響いてきた。

（どうやら在宅らしい）

　今はともかくまともな知己と話したかった。綾子の長屋の前に着いた喜蔵は、大きな不安と小さな期待を寄せながら「荻の屋です」と名乗った。

「あら、喜蔵さん？　手が放せないので、どうぞそのまま入って下さい」

　三味線を弾いているからだろうか？　しかし、それならば爪弾《つまび》くのを止めればいいことである。常の綾子だったら、声を掛けた途端転がり出るように慌てて戸を開けるはずで――開ける前から嫌な予感に駆られながらも、喜蔵は意を決して戸を横に引いた。

「どうかされたんですか、喜蔵さん」

　常と変わらず美しい綾子は、三味線を横に置いて微笑んだ。本人には何の変化もなさそうに見えたが、徹底的におかしなことが一つあった。綾子の長屋の中には平吉がいたのだ。いるだけでもおかしいというのに、平吉は畳の上に寝転がって頭を綾子の膝《ひざ》の上に乗っけているのである。喜蔵の視線を感じ取った綾子は、合点したように微笑んだ。

「私、平吉さんと夫婦になったんです。ね、あなた」

綾子は照れた様子もなく、膝の上にある平吉のたわしのようにちぢれた髪をざらりと逆立てるようにして撫でた。

「いやあ、そういうことになっちまって」

うふふ、と女子のように恥じらいながら答えたのは平吉で、喜蔵は（奇怪だ）と寒気を感じ、思わず腕を抱え込んだ。

「この人、とっても可愛いんです。顔も頭も四角いし、髪の毛はたわしみたいに硬くて皿までも突き破りそうだし……出っ張り過ぎた額も、つい触りたくなっちゃうんです」

およそ褒《ほ》めているとは思えぬ言葉をうっとりと口にした綾子は、撫でる手を止めて、平吉の額を叩《たた》き出した。

「痛っ痛いよ、綾子～」

そう言いながら相好を崩した平吉は、やにさがった顔つきで喜蔵を見た。その笑いが無性に腹立たしかった喜蔵は、三味線の撥《ばち》で平吉の額をひと弾きしてやった。怒声が聞こえてきたが、喜蔵は無視して次の目的地へと小走りで向かったのである。

ボロ長屋の前に立った喜蔵は、いつもならば声も掛けず勝手に中へ入って行くところ、「いるか？」と声を掛けた。しかし、返事はない。念のため、と戸に手を掛けた瞬間、急に戸が開いた。

「……何の用だ？」

険のある目つきで言われて、喜蔵は思わずいつもの調子で彦次の頭を叩こうとしたが、あっさりとかわされて、おまけにその手を摑まれてしまった。

「いきなり訪ねてきて何も言わず他人の頭を叩くなぞ、一体どういう了見だ？　馴れ馴れしくするんじゃねえよ」

忌々しげに呟いた彦次は喜蔵の手を乱暴に放すと、金の入った巾着《きんちゃく》を喜蔵に投げつけた。

「ほら、借りてた金は返してやるからさっさと帰れよ。二度と顔出すんじゃねえぞ」

呆然とする喜蔵に一瞥《いちべつ》もくれず、彦次は長屋の中に入ろうとしたが——喜蔵は閉まりかけた戸の隙間《すきま》に足を挟むと、戸に手を掛けて全力で開き、勢い余ってよろけた彦次の胸倉を摑むと、そのまま畳の上に投げ落とした。

「いってえっ……‼」

喜蔵はそそくさと長屋から出て行き、そのまま通りへと走り出した。彦次の長屋から帰る時には必ず通らねばならぬ岡場所の艶《あで》やかな雑踏を苛立《いらだ》ちながらすり抜けている途中、

「おや、喜蔵さん。血相変えてどうしました？」

聞き覚えのある声に呼び止められて、喜蔵は足を止めた。振り向いた先にあったのはやはり見覚えのある顔だったが、富士や鷹《たか》の刺繡《ししゅう》が施された着流しや金の鼻緒の高下駄にはまるで覚えがない。地味な旅装を脱ぎ捨てた高市は、顔中の肉を持ち上げるように満面の笑みを浮かべていた。何しろ高市は大勢の妓《おんな》に囲まれて、袖《そで》やら裾《すそ》を摑まれての大層な人気振りだったのだ。やはり突っ込む気にもなれず、脱力した喜蔵はその場にへたり込みそうになるのをぐっと堪えた。

「さては荻の屋さん、昼間っから酒飲んでますね？　こんなところでお会いするんだから当然そういうおつもりなんですよね？　今日は皆で楽しく飲んで騒ぎましょうよ」

がしっと肩を組まれて女郎屋へ連れ込まれそうになったが、

「御免こうむる」

喜蔵はすげない返事をすると、身体をよじって離れた――しかし、何者かに腕を摑まれてその場に踏みとどまらざるを得なかった。振り返ると、腕を摑んでいるのは見たことのない表情を湛《たた》えた深雪だった。憤《ふん》怒《ぬ》、という言葉がぴったり合うくらい顔を真っ赤にして、髪を逆立てるように怒っているのである。

「お兄ちゃん、味噌も買わずこんなところほっつき歩いているなんて……」

俯いて不気味な笑い声を出し始めた深雪に、喜蔵は面食らって身を引いた。

「お前こそどっから湧《わ》いてきたのだ」

「虫みたいな言い方しないで！　そっちこそどこにいるのよ！　この色魔！」

喜蔵は深雪を引き剝《は》がそうとしたものの、力が強くてなかなか腕から離れぬ。もがいているうちに右手も誰かに摑まれた。今度は平吉が腕に絡みついている。

「へっへっへ……さっきはどうも。おかげで額がこんな風になっちまいやしたよ」

平吉の額は、以前よりももっと出っ張っていて、まるで瘤《こぶ》取り爺《じい》のようだった。軽く弾いただけでそんなになるものではなかったが、両方から引っ張られて身動きが取れぬ喜蔵は反論も出来なかった。

「おい、どう落とし前つけてくれるんだ⁉　俺の額がいくらすると思ってんだ！」

「お兄ちゃん、額はどうでもいいから！　早く牛蒡買って来てよ！」

「どうでもよくねえ！　牛蒡こそどうでもいいだろ⁉　てめえが買って来いよ！」

「うるさい、でこっ吉！　そのでここそ自分でやすりかけて引っ込ませればいいのよ！」

喜蔵を引っ張り合いながら、二人は激しく言い争い始めた。二人とも――特に深雪の力が強くて、喜蔵の腕は今にももげそうだった。もがいてももがいても、引っ張られる力の方が強くて抜け出せぬ。

「この……放せ！」

腕が駄目なら足を動かすしかない。喜蔵はいきなり足を振り上げて平吉の急所を蹴《け》り上げると、その勢いのまま深雪の足を引っ掛けたので、二人は思わず喜蔵を放した。大きな悲鳴を上げた平吉が急所を押さえながらうずくまっている隙《すき》に走り出そうとしたが――。

「何をするっ」

またしても誰かに足にしがみつかれてしまい、喜蔵は身動きを封じられた。しかし、足にしがみつくそれに心当たりはない。

「……お前は誰だ？　俺は民谷《たみや》伊右衛門《いえもん》ではないぞ」

「伊右衛門うらめしや……ってお岩《いわ》じゃねえよ！　一体誰が俺をこんな風にしたんだ！」

声は彦次に似ていたが、姿形にはまるで面影がなかった。その顔は絵草子の東海道四谷《とうかいどうよつや》怪談《かいだん》に出てくるお岩という女のように醜く腫《は》れ上がっていたのである。

「畳に投げつけたくらいで大げさな」

「どこが大げさだ！　よく見やがれ」

　喜蔵は見つめる振りをして彦次が気を抜いた隙に、空いていた右後ろ足で彦次を遠慮なく蹴り飛ばすと、そのまま来た道と反対に走り出した。

（一体どうなっている……？）

「あ、荻の屋だ」

「本当だ。逃げている、逃げている」

　そんな風に見知らぬ人々から指を差されて笑われたり、袂を摑まれそうになったり、とにかく散々な目に遭いながら、喜蔵は這々《ほうほう》の体で桜の大木へ向かった。

　麓に辿り着く少し前、三味線の音が聞こえた。音のする方には綾子がいて、嫣然《えんぜん》と笑みながら手招きをしている。

「喜蔵さん、こちらへ来て下さいな」

　喜蔵が無視して通り過ぎようとすると、綾子はがくっと膝を折ってその場に倒れた。喜蔵は流石に足を止めたが、距離を取ったまま近づきはしなかった。綾子はしばらくして何事もなかったように立ち上がると、喜蔵をねめつけた。

「……どうして助けてくれないんです？　ひとでなしにはお仕置きです！」

　三味線を反対にして振り上げた綾子が迫ってきたので、喜蔵はまたもや走り出した。走って走って、走って――気づけば頂上にいた。息が切れる程走ったことなど久方振りである。だが、あの大木の下には、誰もいなかった。ござの上に広がった弁当や酒は散らかったままで、相変わらず桜に蝶が群がっているだけである。その場に座り込んだ喜蔵は、ふと思い立って懐から笹包みを取り出すと、団子を一本手に取って木の向こう側に差し出した。すると、ひょいっと手が出て来て喜蔵の手から団子を受け取った。存外に白く美しい手で、形は人間のそれと変わりないところが逆に恐ろしい気がした。

「これで帰すな?」

——帰してやらぬ。

先程の言葉を思い出した喜蔵はそう言ったが、咀嚼《そしやく》する音がするばかりで返事はない。この桜木の下に着いて間もない時に「団子が欲しい」と言ったのは、物乞いではなかったのだろう。思えば、あの時から変事は始まっていた。

「団子をやらなかったから、怒って皆をどこかへやってしまったのだろう?」

一向に返事がないのは一つでは足りぬせいかと考えた喜蔵は、包みごと後ろに差し出したが、すぐに押し返されてしまった。

「そんなには食べられないよ」

伸びやかな笑い声が響いて、喜蔵は膝の上で拳《こぶし》を強く握り締めた。

「お前か……」

姿を見ぬうちに、喜蔵には相手が誰だか分かってしまった。春のうららかな陽気がこれほど似合う声はない。ふふふ、と立てた笑い声は、鶯《うぐいす》のさえずりと紛《まが》うほどである。

「何だか大変な目にあっているようだね」

　そう言いながらひょっこりと木の向こうから姿を現したのは多聞《たもん》だった。あの事件からふた月振りだが、思っていたよりもずっと呆気ない再会だった。

　今からふた月前――色鮮やかな女好きの妖怪が浅草の町に出現し、世間を騒がせていた。喜蔵は知己の小鬼に無理やり引っ張りこまれて、その事件を調査する羽目になったのだ。喜蔵の活躍もあって事件は一応の解決をみたものの、大団円とはいかなかった。そこには幼馴染の彦次が深く関わり、喜蔵の店の古道具に憑いていた付喪神達の命も利用されていたが、裏ですべての糸を引いていたのが今目の前でゆったりとした笑みを浮かべている多聞――百目鬼《どうめき》という名の妖怪だったのだ。多聞を訝《いぶか》しく思いつつも信用しかけていた喜蔵は、事の真相を知って煮え湯を飲まされたような気になったのである。

　しかし、多聞は何ら悪びれた様子もなく、喜蔵の隣に腰を下ろすと煙管《キセル》を口に咥《くわ》えた。火のついていないそれを美味そうに吸うのも、以前と変わらぬままである。唯一変わった点といえば、着物も草鞋《わらじ》も足袋《たび》もすべて黒だったことくらいだ。この方がまともであるというのに、常のど派手で奇想天外な恰好の方が似合っているように見えてしまった。

「喜蔵さんは本当に苦労性なんだな。人が好いからだね、きっと」

「白々しい。どうせお前の仕業だろう」

　目一杯顔を顰めた喜蔵にも何ら動じることはなく、多聞は忍び笑いを漏らした。

「もしも俺が糸を引いているならば、こんなに簡単に姿を現したりしないよ。早々にネタをばらしたら、ちっとも面白くないじゃないか」

信じるのは癪だが、確かに多聞はそういうまどろっこしいことが好きな男だ。しかし、多聞の他にこんな真似をしそうな妖怪に当てがない。

「本当にお前ではないのか?」

喜蔵の念押しに、「残念ながら」と多聞は肩を竦めた。

「では、何故ここにいるのだ。たまさか俺と出会ったわけではもちろんなかろう」

たまさかだよ、と多聞はあっさりと認めた。

「そんなことがあるものか。大方、店で花見のことを盗み聞きしてついてきたのだろう」

「嫌だなあ。どこかの天狗ではあるまいし、そんな趣味はないよ」

どこかの天狗とは、深雪の働く牛鍋屋の裏山に住む天狗のことである。その天狗はどうやら深雪にほのかな思いを寄せており、時折深雪の様子をこっそりと覗いているようなのだ。嫌な趣味だが、人知れず見守り、深雪当人には何ら害は与えぬのだから、目的もなく面白がってちょっかいを出してくる多聞よりもよほどましである。

(しかし、もしや……)

今日は深雪がいるのだ。天狗がいても何ら不思議ではない。喜蔵の考えに感づいた多聞は、煙管を咥えたまま首を横に振った。

「この度の一件はその天狗坊の仕業じゃないよ。彼は今、比叡山《ひえいざん》に修行へ行っている。全国の天狗が力を誇示する集いだ。行かぬわけにはいかなかったのだろうけれど、せっかく深雪さんが桜の下にいるのにね。きっと今頃悔しがっているだろうな……喜蔵さん？」

　多聞が仕掛けた相手でないというならば、用などない。脇目もふらずに歩き出した喜蔵の背に、多聞が声を掛けた。

「団子の礼に教えてあげようか？」

「いらぬ」

「そうかい？　じゃあ、やめておく」

　多聞はござの上にごろんと横たわると、まるで独り言のようにこう呟いた。

「しかし、喜蔵さんは本当に肝が据わっているなあ。こんなところでたった一人きりで頑張ろうだなんて。並の人間には到底出来ぬ話だ」

「こんなところ？　ただの盛り場ではないか」

　たった一人というが、周りには大勢の花見客がいた。喜蔵は彼らの横を通り抜けてここまで来たのである。あっはっはっといきなり多聞が腹を抱えて笑い出したので、馬鹿にされた気がした喜蔵は立腹しながら再び歩き始めた。

「あんたは用心深そうでいて、存外騙《だま》されやすい。純情なのだろうな。よく見てごらん、自分がどこにいるのか」

（相も変わらず、訳の分からぬことを……）

　怒るよりも呆れながら足を三歩進ませたところで、喜蔵は思わず足を止めてしまった。七分程度だった花見客がいつの間にか十二分にも増えていたことに驚いたのではない。

（何だこれは……）

　待父山には大勢花見客がいたが、人間は人っ子一人いなかった――その代わり、花の隙間を埋め尽くすようにいたのは一本《いっぽん》だたらや大坊主《おおぼうず》や小豆婆《あずきばばあ》、火間虫入道《ひまむしにゅうどう》や陰摩羅鬼《おんもらき》や小僧狸《こぞうたぬき》など――花見客は、皆妖怪だったのだ。酒宴に興じたり、面白噺《おもしろばなし》に笑ったり、腹芸をしたり、馬鹿騒ぎしている者もいれば、少人数でひっそり飲んでいる者もいた。

（いつの間に……）

　先ほどまでは皆ただの人間だったはずである。深雪達の行方を聞いて回った時はもちろん、たった今多聞に声を掛けられて見るまでは確かに――。喜蔵が珍しく動揺を露《あらわ》にして周囲を見回していると、いつのまにか傍らにいた多聞は喜蔵の肩に手を置きながら楽しげに囁《ささや》いた。

「異界への入り口は何も橋や神社だけじゃない。妖怪はね、人間と同じで桜が大好きなのさ。あちらとこちらは常から重なり合うように存在しているが、大桜に大池とくれば、重なり合うどころじゃすまないよ。特にこの桜は大きな力を持っている」

「つまり、ここは……」

　喜蔵は声が掠《かす》れて、その先を続けることが出来なかった。訊かずとも答えは分かっていたが、多聞はにっこりと微笑みながら、丁寧に教えてくれた。

「あちらとこちらが混ざり合った、あわいの世さ。微妙に混ざり合っているから、互いに気づいていなかったのさ。もっとも、今あんたは完全にあちらにいるんだけれどね」

「……知っていたならば、早く言え！」

喜蔵が鋭く怒鳴り声を上げた時である。

「あれ……あそこにいるのは……人間じゃあないか！」

向かいの木の下で小僧狸が喜蔵を指差した。すると、瞬く間にそこら中の妖怪達が喜蔵に視線を寄越《よこ》して、「わあ！」と歓声を上げたのである。ぎょっとした喜蔵は大木を振り返ったが、多聞はすでにそこにはない。

（役に立たぬ）

舌打ちをすると、喜蔵はそのまま駆け出した。妖怪の大群が自分に向かって押し寄せてきたからである。

（何故こんな目に……）

そして喜蔵は、追ってくる妖怪達から逃げるために、再び走り回る羽目になってしまった。方々から声を掛けられたり、手を引かれたり、時には足まで引っ掛けられたりと、休む間もない。麓に下りてみようかとも思ったが、浅草へ帰ったところですっかり様子の変わった皆が待っているだけだろう。妖怪も嫌だが、見知った人間がおかしくなってしまっているのはもっと嫌だった。

（いつ取って代わられてしまった？）

記憶を探ってみたものの、古道具屋にいる時は皆常通りだったはずだ。

（いや……そうでもないか）

いつも通りではあった――深雪以外は、である。深雪は以前から怒っていたのだ。いっそ、深雪の怒りが妖怪のせいであればよいのにと考えていると、

「ああ、惜しい」

また足を引っ掛けられそうになって、喜蔵は何とか避けた。そのそばから目の前につらが落ちてきて、喜蔵はくるりと方向転換をした。後ろを向くと先程の倍くらいに増えた追っ手がいて、今度は右方へ走り出した。そんなことをしばらく続けていたが、喜蔵は段々気づき始めていた。

（追っているにしては、生温《なまぬる》い。捕まえたいのならば、全員で来ればよいだろうに）

そうすれば為す術《すべ》もなく、ひとたまりもない。弄《もてあそ》ばれているのだろうか、と疑ったが、どの道逃げる以外に今取れる方法は思い浮かばなかった。

「日が暮れるまで逃げていたらいいのです」

にわかに耳元で囁かれたので、喜蔵は思わず足を止めてしまった。再び後ろを見るも、誰もいない。団子を請《こ》うたのと同じ声だったので、喜蔵は眉を顰《ひそ》めた。

「逃げて逃げて逃げ続けて宵《よい》に入ったら、貴方もすっかりこちらの者になる」

真実かは分からぬが、含み笑いのその声音はいかにも楽しげだった。どうやら捕まるのも不味《まず》いが、逃げっぱなしも不味いようである。方々にいる奇怪な妖怪達を見て、この仲間に入ってなるものかと喜蔵は走りを再開させた。

（そもそも何故こうなった？）

まず、高市が店にやって来た。それから平吉と彦次が訪れ、綾子もそこへ加わって、花見へ繰り出すという話になったのだ。「行かぬ」と返事をした喜蔵以外が、花見へ向かった。それから喜蔵は高市が忘れていった野点籠を届けるため、皆の後を追った。

（道中で変わったことは――）

ひょうたん池のもう一方の凹の部分に差し掛かったところで、喜蔵の目の前に再び知った顔が現われた。

「やあ、喜蔵さん。また会ったね」

「……よくこの場面でそんな悠長な台詞が吐けるものだな」

多聞は小振りの桜木の下で煙管を咥えて、今度は煙をふかしていた。先程別れたばかりだというのに、数年ぶりに会ったような心地がした。そのくらい、喜蔵はずっと走り回っていたのだ。肩で息をしている喜蔵を労《いた》わるように、多聞は常にも増して優しい声音を出した。

「喜蔵さん、黄泉《よみ》の国って知っているかい？」

「俺が今から行くところか？」

「それじゃあつまらないから、やはり教えてあげようと思って」

多聞は煙管を口から放し、喜蔵の懐から半分はみ出していた包みを取ると、中から団子を取り出して勝手に食べ始めた。何か意味があるのだと思って喜蔵は大人しく待っていたが、多聞は食べてばかりで話し出そうとしない。

「うん、今日の団子はいつもより美味い」

そんな暢気《のんき》なことを言い出す始末で、腹の立った喜蔵は踵を返した。

「これはね、俺の馴染みが売っているんだ」

喜蔵はぴたりと足を止めた。前方からその馴染みの団子売りがやって来たからだ。男がほっかむりを取って顔を露にすると、喜蔵は目を見開いた。

「お前……勘介《かんすけ》か？」

「名前を覚えてもらっているとは光栄ですな」

勘介はふっと笑うと、喜蔵の横を通って多聞の元へ行った。並んだ二人を見て、喜蔵はまざまざと思い出した。この勘介というのは、多聞の右腕としてふた月前の事件で暗躍していた男のうちの一人で、多聞と同様正体の分からぬ妖《あや》しい者なのである。

「今回は俺をこちらへ取り込むために、団子売りに化けたというわけか……虚言妖怪め」

喜蔵は怒りの籠《こも》った声で責めたが、多聞は知らぬ顔をして首を竦めた。

「嘘《うそ》はついていないよ。今回、俺は関わりないんだ。まだね」

これから何かするつもりだとぬけぬけと宣言する多聞に苛立ちながら、喜蔵は勘介を睨んだ。

「団子に何を仕込んだ？」

「普通の団子と何も変わりゃしません。ただ、草はこちらで摘んだものというだけで」

いつの間にか五本目の団子を食い終わった多聞は、喜蔵を見て無邪気に笑った。

「喜蔵さん、よもつへぐいって知っているかい？」

「……やはり帰れぬということではないか」

喜蔵はきりきりと歯噛みした。多聞が言っているのは、古事記の中にある話だ。神産みの途中、イザナギの妻のイザナミが病に倒れて亡くなる。イザナギは妻を恋しく思うあまり死者の国である黄泉へと赴くのだが、「こちらの食べ物を食べてしまったので、生き返ることは出来ない」とイザナミは答えた。黄泉の国の物を食べた者は、黄泉の国の住民となる――これをよもつへぐいと言うが、喜蔵もあちらの世の物を食したのだ。黄泉の国の物を食べたイザナミは、結局元いた世に戻ることは出来なかった。

「戻れる方法を教えてあげようか？」

多聞の台詞に、喜蔵はうっそりと顔を上げた。しかし、口をへの字にして何も言わぬものだから、多聞は「強情だな」と噴き出した。

「でも、そこがあんたの面白いところだ。いいよ、教えてあげるさ。あちらへ戻りたいのならば、あちらの食べ物を食べたらいい」

「あちらの食べ物などここには――」

言いかけてはっと思い至った喜蔵は、脱兎《だっと》のごとく走り出した。空を見上げると、いつの間にか陽が大分傾いていた。あと四半刻もしないうちに沈んでしまいそうである。

（まだ残っているか……）

残っていてくれ、と願いながら喜蔵は元いた大木に向かった。多聞と話していた時には遠まきにしていた妖怪達は、喜蔵が走り出した途端に追いかけてきた。何か手がかりを得たと察したのか、先程までより執拗《しつよう》だった。文字通り、魔の手がいく度となく迫ってきたものの、喜蔵は何とかそれらを掻《か》い潜って、ようやく大木の近くまで辿り着いたのだが――。喜蔵はそこでしばし立ち尽くしてしまった。

「ひっひっひ、食べてしまえ食べてしまえ。これであの人間は帰れまい」

「ちょいと、そのひじきは私の物ですからね」

小僧狸や一本だたらなど、喜蔵を追いかけ回していた妖怪達が深雪の拵えた弁当に群がって、おかずを手にしていたのである。我に返った喜蔵は、

「この……それに手を出すな！　それは食ったら腹を壊す代物だ！」

と言いながら妖怪達の中にわけ入った。

「ひっひっひ、そんな嘘を申して。どれどれ」

「俺も食べるぞ。さあ！」

妖怪達は喜蔵の制止も聞かず、一斉に食い物を口にした。それから十も数えぬ頃である。妖怪達は、その場にばたばたと倒れ込んでしまったのだ。

「ど、毒だ……凄《すさ》まじい、毒だ……」

最後まで残っていた瀬戸《せと》大将《たいしょう》が途切れ途切れに言って、ぐったりと気を失うと、喜蔵はひっくり返っていた重箱を持ち上げて呟いた。

「……腹を壊すと言っただろうに」

喜蔵は見たことがあったのだ。家に居ついている妖怪達が、深雪の作った料理を食して悶絶したのを――。

馬鹿め、と喜蔵は皮肉を言ったが、ただの負け惜しみだった。あちらの食べ物は妖怪達に一つ残らず食い尽くされてしまったのだ。喜蔵は重箱を抱え込んだまま、滅多にしない後悔を二つもしていた。

（一口くらい食べておけばよかった）

妖怪が気を失う程だから、お世辞にも美味いとは言えぬ代物ではあるが、深雪が懸命に作ったのだ。そしてもう一つは――。

――分からないの？

結局喜蔵は分からずじまいだった。しかし、謝っておけばよかった、と思ったのだ。理由も分からず謝るのはいい心地がしないが、相手は深雪である。深雪は滅多なことで怒ったりはしない。恐らく、気づかぬうちに己が何かしてしまったのだろう――素直にそう思えるくらいに、喜蔵は深雪を信頼していた。しかし、その信頼は何一つ伝えることが叶《かな》わなかったのだ。

陽はじきに落ちてしまう。謝れぬどころか、二度と口も利けなくなってしまった。一目顔を見ることすら出来ぬのである。深雪以外にも彦次や綾子らの顔も浮かんできた喜蔵は、重箱を握り締めたまま、為す術もなく立ち尽くした。

「――う！」

感傷に浸っていたところ、頭頂部に何かぶつかってきて、喜蔵は呻《うめ》いた。てんてんてん、とござの上に転がったのは小さな草鞋だった。

(何故こんな物が……)

喜蔵が不審一杯の目で見上げた木の枝には、背後の夕日を一身に浴びた誰かがいた。逆光で誰かも判別つかぬうちに、喜蔵は「お前か」と呟いた。

「……へ、何で分かったんだ？　何だよ、張り合いねえなあ！　少しは驚けよ」

呆れたような声が返ってきて、喜蔵はようやく目を見張った。そこにいるのが彼であって欲しいと思っただけで、本当にそこにいるとは思わなかったのだ。願い通りになるなど都合が良過ぎる――うつむいた喜蔵に、木上の主は小首を傾げた。

「よくもまあ、こんな時にぼうっとする余裕があるなあ……もうすぐ日が落ちるぞ？」

口開けろ、と言われて、喜蔵は「は？」と上を向いた。

「落とすからな。ちゃ～んと受け取れよ」

ほれ、と言うや否や、上から何かが放られた。簡単に言うが、こんなの無理に決まっている。逆光でほとんど何も見えぬのだ。

(大体にして、何故一日に二度も他人に物を食べさせてもらわねばならぬのだ？)

一度目は妖力のせいだったから仕方なしといえ、二度目は「口開けろ」と言われただけで何の力も働いていない。それなのに、喜蔵は慌てて口を開けて、落ちてくる物を受け止めようとした。

「……おお！」

火事場の馬鹿力を発揮したのか、喜蔵は見事口の中に放られた食べ物を受け止めた。上《う》手《ま》い上手い、と拍手が響いたが、ちっとも嬉しくはない。

「どうだ？」

味の感想を言う間もなく、喜蔵の目の前が真っ暗になった。

(間に合わなかったか……)

辺りを見回すまでもなく、すべてが暗闇の中にあった。日が落ちて、完全にあちらの世に支配されてしまったのかもしれぬ。喜蔵は諦《あきら》めたように、静かに目を閉じた。

＊

——どっしん。

(青天の霹靂《へきれき》だ……)

開けたばかりの目の中に飛び込んできた光景を見て、喜蔵は思った。視界の大勢は桜色に占められていて、目を閉じる前と変わりなかった。だが、その隙間から喜蔵を照らすように輝いていたのは、眩《まぶ》しい陽と青々とした空と雲だったのである。

「お兄ちゃん!!」

必死の表情をした深雪の顔が、喜蔵の上に影を作った。

「お兄ちゃん、大丈夫⁉」

「――ああ」

背を強《したた》かに打ちつけ、あまり大丈夫ではなかったが、深雪の心配げな表情を目にした喜蔵は、少し強がってそう答えた。ちらりと目線を動かすと、仰向《あおむ》けに倒れている喜蔵の周りには、皆が円を囲むように座っているのが見えた。喜蔵が落ちたのは、皆が花見をしている席の真ん中だったらしい。食べ物や酒、器などが置いていないところに上手いこと落ちてきたのが、唯一幸いだった。深雪以外の皆はすぐに反応出来ず、しばし固まってから立ち上がり、喜蔵の元へ駆け寄った。

「……お、おい大丈夫か？」

彦次はおろおろしながら喜蔵の周りをうろつき、

「な、喜蔵さん？　え、何で空から降ってきたんですか⁉」

高市は何度も木上と喜蔵を見比べて、顔に浮かんできた汗を必死に手ぬぐいで拭《ぬぐ》った。状況が飲み込めていないのは皆も同じようである。高市の隣にいた平吉はぽっかりと口を開けていたが、身動《みじろ》ぎした喜蔵に気づくと、さっと手を差し出した。

「立てるかい？」

「……ああ」

平吉の手を取って喜蔵が半身を起こすまで、綾子は驚きのあまり声も出ぬようで、青ざめていた。それ程怖がらせてしまったのか？　と喜蔵は少し申し訳なく思ったが、

「あっはっはっ！　鬼も木から落ちる！」

一人大爆笑して腹を抱えている者が目に入ると、考えていたことがすべて吹っ飛んでしまった。

「あれ？　お前いつの間に手水から戻ってきたんだ？」

彦次にそう問われた子どもは、「たった今」と含み笑いに言った。訝しい表情を一杯にした喜蔵に気づいた彦次は、「あ」という表情をして説明をし出した。

「こいつな、俺が今朝場所取りに来た時、ここで偶然会ったんだよ。今日ここで喜蔵達と花見するんだって言ったら、『場所取っておいてやる』って言ってくれてさ。知らずに会った方が喜びも大きいかと思って……う、黙っていて悪かったよ！」

彦次は喜蔵の恐ろしい視線から逃れる為、小娘のように顔を手で覆って隠した。

「運が良かったよなあ。この俺様がたまたま見回りしていたから、こんなよい場所で花見出来るんだぜ？」

（何が見回りだ？　また青鬼に頼まれて……などと言う気だろうが、どうせ遊びの口実だろう？）

言いたいことは山程あったが、皆はまだ不安げに喜蔵を注視している。喜蔵は仕方なくすっと立ち上がると、子どもの横に座り込んだ。

「落ちてくるのはお前の専売だろう？」

「そんなもん売りもんにした覚えはねえな」

楽しげな声が返ってきて、喜蔵は憮然《ぶぜん》とするばかりである。

「何だか訳が分からねえが……まあ、いいか」

頭を掻きながら平吉が席に戻ると、他の皆も席に着いた。深雪も彦次も平吉も変なことに慣れてしまったようで、すぐにいつも通りの顔に戻ったが、高市は「え？　え？」と一人困惑して、なかなか落ち着かぬ様子である。

「いいからいいから。こんくらい慣れねえと喜蔵とは付き合ってらんないぜ？」

普段散々怖がっているくせに、彦次はそう言って高市の背を押して無理やり座らせた。

「え？　そうなんですか⁉……俺頑張ります！」

何を頑張るのかよく分からぬが、高市が拳を握って意気込みを見せてきたので、皆は問い返さなかった。少しして、青白い顔をして喜蔵の様子を窺っていた綾子が口を開いた。

「あの……喜蔵さん、一体どうされたんですか？」

喜蔵には何とも答えにくかった。正直どうなったのか今もよく分かっていない。何しろ、ずっと走り回っていただけなのだ。答えあぐねていると、隣でまだ大笑いしていた子どもが「それはな」と調子よく話し出したのである。

「こいつときたら、いつも辛気臭いしやる気皆無だろ？　でもな、内心物凄く乗り気なんだ。花見も行きたくてうずうずしていたくせに、自分から行きたいとは言えなかったんだよ。でも、どうしても行きたくてな……追いかけたはいいけれど、張り切り過ぎて皆より早く着いちまったんだと。どうしようかと思ってたら皆の姿が見えたもんだから、慌てて木の上に登っちまったの。そんで、ずっといつ出ようかって機会を窺っていたんだ。な？」

（何が『な？』だ）

しかし口惜《くちお》しいことに、他に言い訳が浮かばぬ喜蔵に否定出来る術はなかった。反論がないのを確認した相手は、にやけながら重箱に手を伸ばした。

「皆、結構驚いていたぞ。長々待ち構えていた甲斐《かい》があったというものだ」

（……中身がある）

座の真ん中に置かれた重箱を覗いてみると、手をつけたのは今が初めてだったようで、ほぼすべてそのまま詰まっていた。

（ならば、あちらで妖怪達が食べた物は何だったのだ？）

喜蔵が食べたのは、間違いなくこの重箱に詰まった深雪手製の卵焼きである。あちらとこちらは重なりあっているが、食べ物や人物もそっくりな存在がいるということなのだろうか？　しかし、あちらで出会った深雪達は姿かたちこそそっくりだったものの、中身は正反対だった。ふと顔を上げると、深雪と目が合った――ような気がしたが、すぐに逸らされてしまったので、どうだか分からなかった。ちらりと様子を窺ってみると、あちらでのように鬼気迫る勢いも、恐ろしさもない。しかし、喜蔵の方へ視線をやらぬところを見ると、まだ何かに怒ったままなのだろう。

（だが、真っ先に俺の元に来てくれた）

反射的にそうしてしまったのかもしれぬが、心底嫌われたわけではないのかもしれぬと喜蔵は自分に言い聞かせた。

「じゃあ、喜蔵さん本当にずっとこの木の上にいたんだ？」

平吉に問いかけられた喜蔵は上の空で思わず頷いてしまい、（しまった）と後悔した。彦次は笑いを堪えて肩を震わせているし、子どもは相変わらず爆笑していたからだ。

「何だ、恥ずかしかったのか？　あんたってば照れ屋なんだなあ」

身を乗り出して喜蔵の肩を何度も叩いた平吉は、すでに飲んでいるらしくご機嫌で、口調もすっかり砕けていた。しかし一等堪《こた》えたのは、

「本当……存外お茶目なんですね」

と綾子に感心したように言われたことだった。

「そうそう、こんな鬼面なのに照れ屋とかお茶目とか気味悪いったらないだろ？」

うんうん、と何度も縦に首を振る彦次をひとまず殴りつけた喜蔵は、恨みがましい目で子どもを睨みつけた。

「何故お前がここにいる？」

斑《まだら》模様の長い髪に鳶《とび》色の瞳、そして寸足らずの着物――満開の桜の木の下にいると、いつも以上に浮世離れして見える。もっとも、本当に浮世ではない世から来ているのだ。今回は庭に落ちてはこなかったが、こうしてどこからともなくふわりと現われるのがこの小鬼の身上なのだろう。

「何故って？　そりゃあ……」

今度は「見回り」とは答えなかった。へらっと笑うと、小春《こはる》は子どもの見目に似つかわしくない大きな杯を掲げて、こう叫んだのである。

「決まっているだろ？　桜人が揃ったところで、これより花見の始まり始まり～！」

二、二人のわらしべ長者

　満開の桜の下――その場にいる者は皆、一様に鮮やかな笑みを浮かべていた。美しく芳しい花の下で、笑顔にならぬ方が難しい。だが、どこにでもへそ曲がりはいるものである。それは、もちろん――。

（かしましい……）

　席に着いてからまだほんの数分しか経っていないというのに、喜蔵はもう家が恋しくなっていた。何しろ、人込みも騒がしいのも大の苦手なのである。

（花見は花を愛《め》でるものだろうに、花など見ていないではないか）

　花見が桜に託《かこつ》けてお祭り騒ぎをする日だということを、堅物の喜蔵は受け入れられぬらしい。

「さあ、歌って踊って、飲んだ飲んだ～」

　ドンドンチャッチャッ、ドンチャッチャッチャー――。左方から太鼓や三味線の雅《みやび》やかな音が響いたかと思うと、

「いよ～、太夫《たゆう》待ってました！」

右方から歓声が沸き、艶《あで》やかな着物を纏った芸妓《げいぎ》が踊り出す。前方の席から「一気に飲むぞ！」と大きな掛け声が聞こえてくると、上半身裸の男達が徳利《とっくり》を抱えてごくごくと飲み干し始めた。飲めや食えや脱げや――随分とやりたい放題である。喜蔵は呆れて眺めていたが、花見客の多くは手拍子をしたり、皿を箸《はし》で叩いて音頭に加勢したりして、共に楽しんでいた。皆この花見の一日を楽しむことに夢中で、喜蔵だけが置いてきぼりを食らっていたのである。そして、それは喜蔵がいる席でも同様だった。

「お、平吉。なかなかいい酒持って来ているじゃねえか」

「へっへっへ、ちょいと親父さん唆《そそのか》してな。苦労したぜ。だからお前は飲むなよ」

「何で⁉」

彦次と平吉は酒の取り合いをしながら子犬のように戯れていたし、

「――で、山道走っていたら猪《いのしし》と間違われちゃいましてね。危うく猟師さんに撃たれるところでした」

「まあ、そんな……猪だなんてあまりにもひどいです。高市さん、そこまでじゃないですよ。せいぜい子豚くらいだと思います！」

「え……いや、その、冗談……俺、子豚みたいですか……⁉」

綾子と高市は傍から聞いているとどうにも噛み合っていない話を繰り広げていた。小春はといえば、少し離れた隣の席で見ず知らずの他人と和気あいあい語り合っていて、挙げ句の果てに弁当まで分けてもらっている様子である。

（……あやつは本当に妖怪か？）

喜蔵が何度思ったか数えきれぬことを考えていると、目の前に皿が置かれた。そこには重箱の中にあったおかずが綺麗に取り分けられている。喜蔵は顔を上げたものの、よそってくれた深雪はさっさと己の席に戻ってしまい、目が合うことはなかった。

「おしっ食うぞ！　飲むぞ！」

彦次が立ち上がって、皿と杯を掲げると、平吉と戻ってきた小春が「おう！」と応えた。

「深雪さん、この竹の子の旨煮とっても美味しいです」

「本当ですか？　嬉しい、綾子さんに教えて頂いたおかげだわ。もしよかったら、今度また何か教えて下さいませんか？」

「ええ、もちろんです！　何にしましょう？　私も練習しておかなきゃ」

綾子と姉妹のように笑い合う深雪を見て、喜蔵は安堵しつつもどこか寂しいような気持ちになった。それを誤魔化すように牛蒡を口に入れたが、花見だからとて味はいつも通りの微妙な塩梅《あんばい》である。それでも喜蔵は文句も言わず、しっかりと咀嚼《そしやく》しながら、何気なく空を見上げた。見事な桜が喜蔵達を見下ろすように満開の顔を向けている。賑々《にぎにぎ》しく、華やかな場所――。

（……やはり、およそ俺には似つかわしくない）

ぼうっとしていた喜蔵に、「いいお天気ですねぇ」と高市がのんびりとした声で言った。

「正にお花見日和だなあ。いやあ、でも皆揃って良かった」

上機嫌に頷いた彦次は里芋の煮っころがしを口に放り込んで、美味いとも不味いともいえぬ風変わりな味わいに驚いたのか、何とも複雑な顔をした。

「本当ですねえ。まさか皆さんとこうしてお花見に行けるとは思いませんでした。荻の屋さんに立ち寄るの、今日にして大正解だったなあ」

高市が来るのがたまたま今日であったから、こうして皆が揃ったのだ。以前愛宕山でたまたま会い、その翌日荻の屋で再会したのもたまたまである。高市という男は、どうも縁を手繰り寄せる何かを持っているのかもしれぬ。

「そういや、高市さんは喜蔵さんとどういうお知り合いなんで？」

平吉がそう問うと、高市は背負い籠の中をがさごそと探り出して、

「高市と呼んでください。喜蔵さんとはふた月程前に初めてお会いしまして。いい物を買わせて頂いたんですよ。ああ、これです」

取り出した象の釣り香炉を皆に見せた。わあ、と歓声を上げたのは綾子だけで、その他の者達の顔には（これのどこがいいのだ？）といわんばかりの表情が浮かんでいる。

「高市さんも古道具屋さんなんですか？」

深雪の問いに、高市は笑顔で首を振る。

「しがない物書きです。色々な土地に行き、そこの噂《うわさ》を調べて、集めたものをまとめて書いていましてね……皆さん、藤岡屋《ふじおかや》はご存じですか？」

藤岡屋というのは、江戸幕府末期に活躍した「お記録本屋」である。お記録本屋は、藤岡屋こと藤岡屋由蔵《よしぞう》が始めたもので、古書店を営む傍ら、江戸市中の噂などを集めていた。情報はそれを必要とする諸藩の記録方などに売られ、大いに活用されたのである。

「藤岡屋は主に江戸市中が中心でしたが、今の記録本屋は様々な土地にあるんです」

特に高市の所属する本屋は、全国を網羅する程大掛かりなものだという。

「何で？　政府の間諜《かんちょう》でもしているのか？」

小春が物騒なことを訊くと、「とんでもない！」と高市は慌てたように懐から半紙の束を出して皆に見せた。そこには神崎屋《かんざきや》の団子は美味いとか、根岸家《ねぎしけ》の猫が化けたとか、たわいもないことばかりが記されていた。

「東海道ではどの旅籠《はたご》が良いとか、地元でいつ見世物《みせもの》をやるとか、彼の地ではこういう土産《みやげ》が喜ばれるとか……俺達はそういった話ばかりを集めているんですよ」

求められる噂は幕末の頃と大きく異なるという。幕末の頃は、当然 政《まつりごと》の話題が求められた。しかし、世情が落ち着いた今では、記録本は庶民の生活や遊興の為にあるらしい。

「いいことじゃねえか。太平が一番！　それに、高市っちゃんと俺は同じ紙商売だ！」

よろしく、と言って彦次が差し出した手を、高市は嬉しそうに握った。

「じゃあ、古道具集めはただの趣味？　てっきり喜蔵とおんなじボロ道具屋かと思った」

そう言った小春は睨んできた喜蔵にくるりと背を向けて、ぴゅうっと口笛を吹いた。

「古道具は大好きだけれど職には出来ないな……いい品があったら、絶対に売り惜しみしちゃうだろうし……喜蔵さんはないですか？　そういうことって」

「こいつ、古道具になんて興味ないもん。高く売れるんなら、さっさと売っちゃう！」

高市の問いに答えたのは小春だったが、喜蔵は鼻を鳴らすだけで別段言い訳もしない。

「そんなことないと思うなあ……だって、荻の屋さんいい品揃えているし、然程値の張らぬ物でも手入れが非常にいいですよ。道具を可愛がっている証《あかし》だと思います」

「私もそう思います。喜蔵さんのところで何度か買わせて頂きましたが、どれもこれもしっかりしていて、ずっと使えるから助かっていますもの」

綾子が喜蔵を褒めると、腕組みをした小春が「確かにな」としたり顔で頷くので、喜蔵は胡乱な目をして見遣った。

「だがな、それはひとえに暇だからだよ。暇でやることないから鍋磨《なべみが》いたり、箪笥《たんす》にやすりかけたり、色塗り替えたりしているだけなんだ。『よしよし、いい子だ。お前達を必ずやよい持ち主に届けてやるぞ』なんて思い遣ってしているわけじゃない」

「……喜蔵さんがそんなことしていたら、逆に気味が悪《わり》ぃよな」

「……おお、想像する前から悪寒が」

密やかに話し合う平吉と彦次の声はしっかり聞こえていたらしい。喜蔵の額の血管がひくひくと動き始めたのを見た高市は取り成すように言った。

「喜蔵さんのような良い古道具屋さんがいるから、俺のような好事家《こうずか》がやっていけるんですよ。俺達は古道具屋さんのように手入れも出来なければ売ることも出来ませんもん」

「というかさあ、集めるのってそんなに楽しい？　集めてどうするんだ？　その先になんかいいことあるのか？　実は集めることに意地になっているだけじゃねえの？」

　小春の率直な疑問に、高市はしばし唸った。その間にも止《と》め処《ど》なく顔から汗を垂らしているので、深雪が無言で懐紙を差し出した。

「ああ、深雪さんありがとうございます。意地か……いや、そう言われちゃうと身もふたもないんだけれど……そうだなあ、確かにそういうところもあるかもしれないですね」

　受け取った懐紙で汗を拭いながら、高市は苦笑した。

「そもそも、俺が記録本屋を始めたのも、土地土地の古道具屋に行ってみたいと思ったからなんです。仕事はもちろん懸命にやりますが、心の片隅では（次はどんな古道具と会えるかな）とかやはり考えていますもん。旅そのものも好きですしね。いい出会いがあれば、その縁でいい古道具に出会えるんです」

「いい出会い？　これとも？　高市、奇特過ぎやしないか？」

　小春が驚いた顔で隣を指差すと、差された喜蔵は小さな頭を小突いた。

「いい出会いですよ。いい物が手に入ったし、こうして皆さんとのご縁も出来ましたしね。でもね、荻の屋さんに限らず、このところ俺は良縁続きなんです。この前もなかなか面白い人と知り合いまして。いや、面白いというか不思議なお爺さんだったんですが……」

　高市は何かを思い出したような顔をして、頬をゆるめた。

「なんだ、爺さん？……色気ねえなあ」

「高市っちゃんはお前とは違うんだ！　それで、その爺さんとどこで知り合ったんだ？」

本当に残念そうに息を吐いた彦次を押しのけて、平吉が前のめりで訊いてきた。顔色は然程変わらぬものの、目が据わっていて、したたかに酔っているようである。

「京の桃山《ももやま》というところです」

衆目が集まると、高市は懐かしむような口調でゆっくりと語り出した。

「山に住んでらっしゃるんですよ、百山《ももやま》さん――そのお爺さんは」

*

高市が京へ着いたのは、喜蔵と小春に出会ったふた月前から十一日経った頃である。出来るだけ趣味に金を回したかったので、乗り物は使わなかった。大柄な高市だが足は遅くなく、長いこと歩くのも然程苦にならぬ。ただ、自身の重みでどうしても膝に負担が掛かるため、日が暮れて宿に入る頃には疲れ切って動けなくなってしまう。それでも翌日になればまあ元通りになるわけで、道中街道にある茶屋に寄っては休みを繰り返しながら気ままな旅をしていたのである。

京入りした高市が仕事もそこそこにまず向かったのは、馴染みの古道具屋だった。

「おや、高市先生」

そう言って高市を迎えてくれたのは、禿《は》げ頭の中心が赤みがかった痩身《そうしん》の店主である。

「ただの記録本屋なのに、先生はやめてください」と言う機会を逃しているのは、彼を見た瞬間（鶴そのものだなあ）と思わず笑ってしまうからだ。高市の嗜好《しこう》をよくよく心得ている鶴似の店主は、高市が好みそうな物を店中から見繕ってくれた。常ならば一つ、二つは心魅かれる物があるのだが、生憎この時はなかった。

「すみません、今回はご縁のある物がないようです」

高市が申し訳なさそうに言うと、店主は苦笑しながら古道具を元の位置に戻した。

「気にせんといて下さい。俺は先生の道具に対する嘘のない姿勢が好きなんやから。それに、確かに今あまり『これ！』という物が入ってきやへんのです。入る時はわりかし続いて入るのに、あらへん時はてんであかんなあ……」

店主が溜息を吐いたところに、まん丸顔の店主の妻がひょっこりと顔を出した。高市はこの妻を見ても思わず笑ってしまう。何故なら、妻の名前こそ「つる」なのである。

「なあ、桃爺《ももじい》さんのとこ行ってみたらええんやない？」

「何べんも言うたやろ？　あの爺さんのとこ行ったかて何もあらへんわ」

「そやけど、何かある気がするんやわ。桃爺さん、隠したはるかもしれへんよ」

「あらへんあらへん。俺はあらへんのをこの目で見たんやさかい」

「見落としたんやないの？　あんた、うっかりなとこあるやろ。うっかり過ぎて毛ものうなってしもたやないの」

「うっかりでのうなったわけやないわ！　そらもう大事に、箱入りにしてたわ！　大体な、爺さんとこは見落とすほど広ない言うたやないか？」

「……あの～桃爺さんというのは？」

いつまでも終わりそうにない夫婦漫才を、高市がおずおずと遮《さえぎ》った。

「あれ、先生知らはらへんのですか？　桃山いう山に一人で住んでる爺さんが、好事家が涎《よだれ》を垂らすくらい貴重な古道具を山のように持ったはるいう妙な噂」

「え、本当ですか⁉」

嘘ですよ、と店主はあっさり切り捨てた。乗り出しかけた身を急に引いたものだから、高市の身体についた肉がぶるりと震えた。

「爺さんの家に行きましたけど、そんなもんちっともあらへんかった」

「あほやなあ。せやから、隠してたんやって。このうっかり亭主」

「隠せるわけあらへん！　あんな狭い小屋のどこに隠す場所があるんや。聞かんやっちゃやなあ」

唇を尖《とが》らせる店主に、「そんなに狭いんですか？」と高市は問うた。

「まあ、普通の長屋くらい……九尺二間がいいとこですわ。お宝古道具どころか、普通の道具も皆無でっしゃろなあ。がらんとした家やったし」

四月前のことだそうだ。桃爺の話を客筋から聞きつけた店主は、それが真実だとするならば一つでも売ってもらえないかと早速訪ねて行ったのだという。桃山は京の端にある山で、勾配《こうばい》は緩やかであるものの、上り下りするのに二刻はかかる。ただの野山であるから、物見遊山で登る者は少なく、自然道も拓《ひら》けていない。気楽に登ろうとすると、しっぺ返しを食ってしまう種の山である。

「まあ、よくあんなところに爺さん一人で住んでるな思いましたよ。家があるのは頂上なんやから。私でさえ籠を担いで登るのがやっとやった」

これほどの細身で籠を背負って上がっていくのはさぞや大変だったろうな、と高市は同情しながら頷いた。

「これが、まあ気難しい爺さんで。中に入れてくれへんもんやから戸の隙間から話してたんですけど、『つまり、お前は俺の家に盗みに来たんだな』なんて言われてしまいました。古道具屋や言うても聞きやしまへん。それでも根気よう説明したらようやく戸を開けてくれたんやけど、押入れを開け放って『うちには何もないぞ』言うんですよ」

そんなはずは――と思いながら見たが、そこには確かに何もない。数少ない調度品はどれも古臭く、継ぎはぎの古布団がくしゃくしゃに折り畳まれている様は哀愁すら誘うものだった。店主は結局、平謝りしながら帰ってきたという。

「そやけど、火のないところに煙は立たん言うやんか。高市先生もあやしいと思わはるでしょう？」

高市は苦笑で応えた。女房のこういう無邪気なところが嫌いではないし、「確かになあ……」と結局流されてしまう主人の素直さも好ましい。

「俺以外にも噂を聞きつけた奴は大勢いてて、皆爺さんのとこへ訪ねていったらしいんですわ。せやけど、宝の山なんぞ見た奴誰もおらへん」

結局ただの夢物語や、と店主は溜息を吐いたが、高市は顎《あご》に手を当てて考え込んだ。宝の山を抱え山奥に住む爺さん――確かに突拍子《とっぴょうし》がなさ過ぎる。しかし、だからこそ逆に根も葉もない噂だと切って捨てづらかった。裏には何かが隠されている気がしたのだ。

「うーん……奥さんのおっしゃる通り、まったく根拠がないのにそんな風に噂が流れるとは思えませんよね。それがもしも本当だったら、是非見てみたいな。手に入らなくても、一目だけでも見たい……だって、宝ってことはきっと見たことないような道具がたくさんあるってことでしょう？　わあ、凄く気になる……どんな物なんだろう？」

独り言を言い始めた高市を見て、夫婦は顔を見合わせた。

「……かなんなあ、先生に火つけてしもたかいな？」

「お前あかんやないか。こうなってしもたら、なかなか治まらへんのやから……お～い、先生」

店主と妻は「先生、高市先生」と高市の耳元で大声で呼びかけたが、腕組みをして独りごちている高市はまったく気づかなかった。

翌日、高市は朝一番に桃山へ向かった。

「はあはあ……はあ……うう……」

山は思っていた以上にきつく、旅慣れしている高市でも一刻以上掛かってしまった。

（本当に、こんなところにお爺さんが一人で住んでいるんだろうか？）

喘《あえ》ぎながら、不安を覚えた高市だったが、何とか頂上まで登ることが出来た。一本道が二股になってから、右に逸れた細い道の先に桃爺は居を構えているという。ようやく二股道に行き当たり、右の道へと進んだ高市は、眼前の古ぼけた家屋――というよりも小屋――の戸の前ですうっと息を吸い込んで声を上げた。

「不躾《ぶしつけ》に申し訳ありません。私高市と申す旅の者で、記録本屋を生業にしながら、珍しい古道具を集めております。町でお宅様のお話を耳にして、こうして訪ねて来てしまいました。素晴らしい古道具をお持ちなのでしたら、是非一目だけでも拝見したくて……」

待てど暮らせど返事はなかった。家の中からは物音一つせず、在宅か否かも分からなかったが、ぐるりと小屋を見回した高市は半ば諦めていた。こんなところにお宝などあるわけがない――そう思わずにはいられぬほどぼろぼろだったのだ。

「あのう、いらっしゃいませんよね？　もしいらっしゃいましたら、突然失礼致しました……どうぞお元気で」

高市が一応詫《わ》びの言葉を述べて一礼し、くるりと踵を返すと――。

「……わあっ！」

高市の目の前には、異彩を放つ男が立っていた。

まだ冷えるというのに、薄っぺらい麻の衣一枚だけを着け、素足にこれまたぼろぼろの草鞋を突っ掛けていた。頭頂部は薄いが、後ろに垂らした白髪は腰の辺りまで伸びていて、鼻の下と顎の下には髭《ひげ》がもっさりと蓄えられている。顔立ちは彫りが深く、窪《くぼ》んだ眼窩《がんか》は鋭い光を放っていたが、高市が最も驚いたのは、桃爺の顔や身体中にまで広がる無数の皺である。高市の故郷には齢《よわい》八十の老人がいるが、その彼だってこれ程の皺はなかった。桃爺は小柄で腹が少々出ているが、姿勢は良く、足にもしっかり筋肉がついている。姿形はそれ程の老人にも見えぬから、余計に不釣り合いの皺が目立つのだろう。

桃爺の容貌ばかり気を取られていたが、更に追い討ちをかけたのはその手元――桃爺が携えていたのは、血が付いた鎌《かま》だったのである。

「……ごごごごごめんなさいーっ！」

思わずひれ伏しかけた高市だったが、その時桃爺の足元に猪がぐったりとしているのを見て、持ちこたえた。

「都の者は死んだ獣も怖いのか？」

桃爺は捕ってきたらしい猪に目線を遣りながら呟いた。人間を手にかけてきたと思った――とは言えず、取りあえず「すみません」と頭を下げたが、少し冷静になってみると、老人一人で獣を捕ったという事実に気づく。

「す、すごいですね！　どうやって捕ったんですか⁉」

罠を仕掛けていたにしろ、これ程大きな猪が狩れるものだろうか、と高市は妙に興奮してしまった。その様子をしばらく無言で眺めていた桃爺は、鼻をひくつかせながらふんっと鳴らした。

「道具だけに飽きたらず獣まで横取りしたいのか？」

　先ほどの口上を聞いていたのか、それとも、高市のように古道具のお宝を求めて来る者が多いので、見ただけで分かったのか——どの道、いい感情は持たれていない様子である。もっとも、不躾に訪ねられて愉快なわけがない。

「すみません、獣に関してはそういうつもりではなかったんです。その細腕でどうやって捕られたのかなあと知りたくなっちゃいまして……道具に関してはおっしゃる通りです。見せて頂けたら嬉しいなと思って来ました」

「何もないことくらい見れば分かるだろう」

　ごく小さい物ばかり収集しているとしたらその限りではないだろうな、と思いつつ、高市は大人しく引き下がることにした。桃爺は高市の想像以上に年老いていた。己の欲を満たすために、老体を煩わせる真似などするわけにはいかぬ。そう考えた高市は、深々と頭を下げた。

「狩りの後でお疲れでしょうに、失礼致しました」

　顔を上げると、桃爺の目には思い切り怪訝《けげん》な感情が表れていた。しかし、不思議と先ほどまでの嫌悪感は薄れているように見えて、高市は何となくへらっと笑ってしまった。

「……馬鹿者め」

　表情とは裏腹にいきなり呪うような低い声音で言われたが、問い返す間はなかった。

「——わっ！」

天から槍《やり》のように強い威力を持つ雨粒が降り注いできたのだ。慌てふためく高市を残して、桃爺はゆっくり猪を引きずって家の中へ入って行った。雨具など持っていなかった高市は見る見る雨で濡《ぬ》れそぼってしまい、何故か半分開いたままの戸に近づいていくと、恐る恐る中を覗き込んだ。桃爺は戸に背を向けて囲炉裏《いろり》に火をつけているところだった。猪は土間に無造作に転がされている。至って狭い家の中には、簡素な囲炉裏と行灯、ぼろ布団が積み重なっているくらいで、目ぼしい物どころか生活を案じてしまうような有様だった。右奥に押入れらしき戸があったが、小屋の大きささから目測してせいぜい一畳程だろう。こちらを見ようともしない桃爺の背中に、高市は小さく声を掛けた。

「あの……すみませんが、雨が止むまで軒下をお借りしてもよろしいですか？」

するると、桃爺は振り返り、すぐ隣の戸に立てかけてあった鉈《なた》をひょいと持ち上げた。

(猪の次はお、俺を狩る……なんてこと、ないですよね⁉)

心の叫びを聞いたか知らぬが、桃爺は鉈に付いた血を懐から出したほつれた布切れで拭うと、棚の横に掛けた。そこから今度は大刃の包丁を取って、高市の前を素通りして猪の元へと向かい、まったく躊躇《ちゅうちょ》なく猪の皮を剝ぎ出した。手さばきが実に見事で、見とれてしまった高市が、そこら中が獣臭いと気づいたのは随分経ってからのことである。

「……この雨は嵐になる」

突然、桃爺がぽつりと言った。高市はにわか雨だとばかり思っていたが、桃爺の言い振りは確信に満ちている。戸口から少し身体を外に出して見上げると、空は黒々とした雲に覆われていて、ごろごろと不穏な音がどこからともなく聞こえてくるようだった。

（参ったなあ……）

元々うねり気味の髪に触れてみると、湿気でぐるんぐるんになっていた。高市のくせ髪は大雨の時ほど巻きが激しくなるのだ。

「家の前で死なれたら始末に困る。一晩ここに泊まれ」

「え⁉　宜しいんですか？　そ、それは本当に助かります……では、お邪魔致します」

家主の気が変わらぬうちに、とそそくさと中に入り込んだ高市は、とりあえず濡れた羽織を囲炉裏で乾かさせてもらうことにした。そして黙々と猪をさばく桃爺に、恐る恐る声を掛けた。

「あの、高市と申します。古道具集めを趣味に、記録本屋で生計を立てておりまして……あの、桃じ……そちら様は何とおっしゃるんですか？」

「下の連中は『桃爺』と呼んでいるのだろう？」

「ははは、ご存じでしたか……しかし、ご本名は何とおっしゃるんです？」

答えは返ってこなかった。高市はしばし黙考した後、

「では、この山の名前をお借りしてお呼びしてもいいですか？　桃に山だと芸がないので、百に山と書いて百山さんはどうでしょう？」

肯定もされなかったが、否定もされなかったので、高市は桃爺をそう呼ぶことにした。

「百山さんはいつからここに住んでいらっしゃるんです？　お一人なんですよね？」

桃爺は小さく顎を引き、「失礼ですが、ご家族は？」という問いには首を横に振った。

「お一人で山暮らしはさぞや大変でしょう……すごいなあ、俺だったら一日で参っちゃいますよ。今でこそ一人で旅などしておりますが、元々大家族の家に生まれたので」

桃爺がちらりと視線を寄越してきたので、高市はそのまま話し出した。

「実家は酒造屋を営んでおりまして、歳《とし》の離れた姉が婿《むこ》を取って継いだのです。四人姉弟で、男は俺一人で肩身が狭い……姉二人はとっくに他家へ嫁いでいるのですが、俺が帰ってくる時に限って里帰りなんてしているんですよ。姉三人、それに母と祖母も加わって、俺を虐《いじ》めてくるんです。父はその時いつもいないなあと思っていたのですが、最近ようやく分かりまして……俺を置き餌《え》にして逃げていたんですよ。俺が帰る時に限って姉達が揃っているのは、父がわざわざ呼んでいたからだったのです！」

桃爺はくすりとも笑わず、猪の身を鍋の中に投げ入れた。

「まあ……出奔《しゅっぽん》した身ですから、本当は家に入れてもらえるだけで有り難いんですがね。もしも俺に子どもが出来て、俺のように育ってしまったら泣いちゃうなあ」

独り者なのか？　と桃爺はくぐもった声を出した。

「ええ、そうなんです。好いてくれる人は大勢いるんですけれどねぇ、なかなか」

高市の周りに女など一人もいない。冗談で言ったつもりだったが、桃爺は本気にしたようで、「さっさと身を固めた方がよい」とまたしてもぼそりと言った。自分の趣味を許してくれる妻などそうそういないことくらい知っている高市は苦笑するしかない。

それから高市は郷里や今までの旅の話を語ったが、桃爺はそのほとんどに返事することもなく、時折鼻をひくつかせながら黙々と鍋を煮込み続けた。夕餉が出来上がる頃には羽織はすっかり乾いていた。

「わあ、すごいですね！　物凄く美味しそうだっ」

囲炉裏のところに運ぶように言われた高市は、鍋を覗きながら歓声を上げて、はっと押し黙った。飯を食っていいとは一言も言われていないのだ。顔を赤くしていると、碗と箸を目の前に突き出された。その碗をじいっと眺めているうちに、高市の目には涙が溜まり始めた。飯を出されたことに感激していると勘違いをした桃爺は眉を顰めて「さっさと食え」と言ったが、高市は首を左右に何度も動かした。

「……こ、これで食べる気ですか⁉　だ、だって、これ……！」

高市が慌てたのも無理はない。その皿はほとんど一級の骨董品《こっとう》だった。店へ持っていってもそれなりの値がつくだろうし、収集家ならば更に高値で買ってくれるに違いない。

「それしかないのだから、それを使って食え」

「え、ええ……そんな⁉」

高市が仰天している間に、桃爺はさっさと食べ始めた。高市はしばらく迷っていたが、碗をかばって美味そうな飯を逃すには、腹が空き過ぎている。意を決して恐る恐るその碗で食べた鍋は、匂い以上に美味だった。

「ああ、あったまる……猪って凄く美味しいんですねぇ……」

感嘆の声を漏らすと、桃爺は鼻をひくつかせた。

(そうか、嬉しいとそうなるのか)

偏屈と名高い男の可愛い癖を知った高市は、一人で笑んだ。


暮れ六つ頃、桃爺はおもむろに押入れを開けると、「取れ」と言った。

「あ、ありがとうございます!」

中に入っていたのは継ぎはぎだらけの古布団だったが、貸してもらえるだけでも有り難い。敷いた布団の上に胡坐《あぐら》を掻いた桃爺は、布団を敷き終わった高市に言った。

「……この家は古い」

「え、ええ……でも、趣《おもむき》があってよいお宅ですよ」

「おべっかはいらん。古いので、鼠《ねずみ》が出るのだ」

高市は然程驚かなかったが、桃爺は少々躊躇いながらこう続けた。

「……夜が更けると小さいのから大きいのまでぞろぞろ出て来て、非常に悪さをする」

「うひゃあ、それは嫌ですね」

実家にいた時にも鼠はよく出たが、一度に大勢は見たことがない。怖気《おじけ》づいた高市に、桃爺は怖い顔をしながら手を伸ばした。

「嫌だろう? ならば、頭からすっぽり布団をかぶって、さっさと寝てしまえ」

桃爺は高市には少し小さい布団の中に彼を押し込んで、頭が隠れるまで引っ張った。しかしそうすると、膝から下が丸出しになってしまう。高市が身体を折り曲げて布団の中に納まると、桃爺は安堵したように息を漏らした。

桃爺は布団に入ってからそれほど時が経たぬうちに眠りにつき、高市も疲労感から桃爺の後を追うように夢の中へと入っていった——それから、一刻が過ぎた頃である。

ばたばた、と忙しい足音が響き出したのだ。

(鼠……⁉)

初めはそれほど大きな音ではなかった。しかし、時が経つにつれ、小動物の駆け回る音ではなくなっていった。布団の上から誰かにどんっとぶつかられたような衝撃を受けた後、

「ああ、爺さんすまんすまん……うん？　なんや、人間やないの。謝り損やわ～」

とからからとした笑い声がして高市は尻《しり》を叩かれた。初めは寝惚《ねぼ》けているのかと思ったが、更に辺りが騒がしくなるにつれ、そうも思っていられなくなってきた。

「隣の山の鵺《ぬえ》の話聞いたか？　ついに飛び立ったそうやな」

ばさばさ、と誰かが手をばたつかせたような音がすると、それに呼応するように口笛が響いた。

「あの山は夏になってもまだ雪が残ってるんや。そら、老年の鵺には厳しかろう」

ケケケ、と意地悪そうな声も聞こえてきて、

「鵺の後には野寺坊《のでらぼう》が立ったらしいが、あれでは皆をまとめていけへんやろうな」

「そやかて、坊主が腐った奴やから」

どっと笑いが起きた時、高市は思わず身を震わせた。

(ど、どう考えても鼠じゃない……!)

だが、鼠でなかったら一体何なのか? 恐ろしい答えをかき消そうと高市は頭の中で童歌をそらんじたが、途中で念仏へと変わった。

「なんや、お前のそのべべもう破れかぶれやないか! まるで桃爺みたいやで」

きゃっきゃっと若い娘のような声がして高市は思わず耳をそばだてたが、

「しぃ! 爺さんに聞こえるで。隣の坊《ぼん》みたいに起きてまう」

これは不味い、と高市はにわかに「ぐおおおお」と鼾《いびき》を掻く真似をした。

「へえ? 太っちょ、よう寝てはるやないの」

「ほんまやねえ……でも、いくら何でも息荒過ぎやない? 人間やなくて熊やないの?」

ほっとしたのもつかの間、無遠慮に布団に手が入ってきて、顔や肩をぺたぺたと触られた。夢にしては確かな感触で、高市は心の中で悲鳴を上げた。

「こやつな、また性懲りもなしにボロ道具盗りに来たんやて。ご苦労さんなこった」

「せやけど、本当に熊やないの? どう考えてもでか過ぎるわ」

更に身体を小突きまわされた高市は、ひたすら身を縮ませて(夢だこれは夢だ夢だ)と唱え続けていた。臭いも感触もある夢など、初めてだったが、夢と思うしかない。ちなみに臭いというのは、先ほどから香ってくる嗅《か》いだ覚えのあるもの——数刻前に振る舞われた猪鍋の臭いだった。

「その人間はもうほっとこ。ほら、鍋あったためたで」

「やめ～爺さんに怒られるで」

「爺さんはケチやから、少し減っただけでも分かるんやで……だから一口だけにせな」

美味い、美味い、とそこら中から声が聞こえてきたので、高市も腹が減ってきてしまった。一口だけ、というだけあって、宴はすぐに終わったようだ。「ほら、もう寝るで」という明るい声音が響くと、周囲はにわかに静かになった。

すっかり猪鍋の臭いも消えた頃、高市はそろそろと布団をめくって顔を出した。そこら中にあった妖しい気配がなくなっているのを確認して目を開けると、真っ暗だった。目が慣れるまで周りを見た高市は安堵の息をもらした。

「良かった……」

「何が良かったんや？　狸寝入りの盗人《ぬすっと》はん」

高市は呻き一つ漏らさぬうちに、気を失った。狐や狸、琴古主《ことふるぬし》や面霊気《めんれいき》や山童《やまわろ》など、高市がこれまで散々噂で聞いてきた妖怪達が、高市の布団を取り囲んで笑っていたのである――。


（いい匂いがする）

高市が目覚めた時には、とっくに朝が来ていた。半身を起こして土間に顔を向けると、背を丸めた桃爺が昨日と同じ料理を作っている。高市は慌てて起き上がり、布団を上げて土間に下りたが、その時にはもう朝餉《あさげ》の支度が調っていた。

「すみません、何のお手伝いもしませんで……」

またもやあの高価な器を差し出された高市は、それを恭しく受け取りながら頭を下げた。

「何だか悪い夢見てしまって、なかなか起きられなかったみたいです」

食べながら夢のあらましを語ると、「それは夢だ」と桃爺は珍しくはっきりと答えた。

ちっとも夢には思えなかったが、そう信じていた方が幸せである。高市はともかく食に心を注ぐことにした。今朝の鍋は昨夜と味つけが違い、醬油《しょうゆ》味だった。臭みはなく、あっさりとしていて食べやすい。朝餉にもってこいですね、と褒めたら、桃爺は鼻をひくつかせながら高市の碗に鍋の中身をまた盛ってくれた。

「あ、ありがとうございます。いやあ、猪って美味しいんですね。初めて知りましたよ。故郷では魚ばかり食うものだから、恥ずかしながらこの年になるまで獣類はほとんど食べたことがありませんでした。百山さん、魚はお好きですか？　今度お持ちしますよ」

いらぬ、と桃爺は小さく返事をしたが、どんな魚を持って来ようか思案している高市には聞こえていなかった。

朝餉が終わると、高市は後片付けと猪の処理を手伝い、薪《まき》割りをした。部屋の掃除もしようとしたが「夕刻からまた大雨が降る」と言われて断念したのである。

「美味しい鍋をご馳走《ちそう》になり、宿まで貸して頂きまして、どうもありがとうございます。助かりました。色々お話し出来て――俺が喋《しゃべ》ってばかりでしたけれど、楽しかったです」

支度を終えて籠を背負った高市は、戸の前に立つ桃爺に深く頭を下げた。桃爺は何も言わなかったが、一度だけじっと高市を見て、目が合うとすぐに逸らした。

「本当にありがとうございました」

高市がもう一度礼を言うと、桃爺は眉根を寄せて家に入って行ってしまった。戸が閉まってから、高市は山を下り出した。その時にはすでに心に決めていたのである。

――もう一度来よう。


四日後、高市は再び桃山に登った。以前よりも更に登るのに苦心したのは、籠の中に魚や菓子など、山で手に入らぬ物を詰め込んでいたからだ。欲張ってあれもこれもと買い込んだので、ずっしりと重かった。

「土産を持って行ったところで宝なぞもらえやしまへん。あこには何もあらしまへんから」

例の古道具屋の店主に呆れられても、高市は苦笑するばかりだった。桃爺の生活ぶりを見れば、宝がないことくらい分かる。しかし、慎ましい生活の中で見ず知らずの他人に施してくれた優しさに、何も返さず別れてしまうのはどうしても嫌だったのである。

ようやくのことで彼の家の前に着くと、戸が四分の一程開いていた。

「百山さん？」

在宅かと思って覗き込んだが、誰もいないようだった。家の周りを回ってみたが、そこにもいない。こんなところまで訪ねて来るのは高市のような古道具を譲って欲しいという者くらいだろうが、いくら財がないとはいえ、無用心である。高市は家の前で待っていようかとも思ったが、その時家の中に光が見えたような気がした。

(蛍《ほたる》？……いや、もうちょっと大きいな。それに、蛍はこんな刻限に光らないか)

小さな光がふらふらと真っ暗な家の中を舞っている。高市は何度も目を擦《こす》った。すると、何かがとんっと畳の上に置かれる音がした。

(あれは……)

畳の縁に柄鏡《えかがみ》があった。遠目でも意匠が凝らされているのが分かって心惹《ひ》かれたが、ついさっきまでそこには何もなかったはずである。どこから湧いて出たのだろう？ と高市は辺りを見回した。すると、またとんっと音がした。そこには、大和虫籠があった。

(これもまた……)

高市は思わずごくりと唾《つば》を飲み込んだ。その直後、今度はもっと奥から音がして、高市は思わず草鞋を脱いで畳へ上がった。落ちていたのは孔雀絵の描かれた煙草盆で、相当値が張る物に思えた。今度は背後から音がして、それも拾ってみた。見事な端渓硯である。どれもこれも立派な品だったが、それにしても何故唐突に姿を現したのか？ あの夜のことが思い出されてぞくっとしていると、ふと頭上に気配を感じた。

「……あ！」

天井を見上げると、そこには隠し戸があった。少しだけ開いたそこから、古道具の姿が覗いていることに高市は初めて気づいたのである。隠し戸には細く縁がついていて、そこを棒か何かを引っかけて横に引いて開けるのだろう。手を伸ばしても届かぬ距離なので、外にあった梯子《はしご》を使って物を出し入れするのかもしれぬ。

「これじゃあ皆気づかないだろうなあ……」

感心しながら眺めていると、背後から物音《の》がした。全開に引かれた戸の前、逆光の中に髪の長い人間が立っている。高市は息を呑んだ。

「やはり、盗人だったか」

桃爺は静かにそう言ったが、声が微《かす》かに震えているようだった。高市はそう言われても仕方ない姿をしていた。何しろ、無断で家に侵入し、両手に古道具を抱え込んでいたのだ。

高市はしばし絶句し、やっとのことで小声を返した。

「ごめんなさい……」

下心など微塵《みじん》もなかった――そう言ったところで信じてもらえぬことは分かったので、言い訳をしなかった。桃爺は皺が更に増すほど顔を顰めると、高市につかつかと近づいてきた。高市の手を叩くようにして道具を乱暴に奪い返すと、高市を目一杯睨んだ。

「物書きなのだろう？　弁解の一つくらいしてみろ」

しかし、高市は首を横に振るだけだった。叩かれた手から桃爺の震えが伝わってきて、何も言葉に出来なかったのである。高市が俯いて黙り込むと、桃爺も同じように俯きながら呟いた。

「……もう二度と来るな」

そう言った桃爺の声音は剣呑《けんのん》だったが、怒りよりも寂しさが滲《にじ》んでいるように思えて、高市はきつく拳を握った。身の潔白を信じてもらえぬのは哀しい。だが、それ以上に申し訳がなかった。高市はたった一日しか桃爺と共にいなかったが、他人と距離を置いて生きてきた老人の偏屈さや寂しさを感じ取っていたのである。

(きっと、そのくらい嫌な目にあったり、哀しいことがあったんだろう)

そんな人間が見ず知らずの自分を泊めてくれて、料理を振る舞ってくれた。それがとても嬉しかったから、お礼がしたかった。

(でも、俺の勝手な満足のために百山さんを傷つけた)

恐らく、余計に他人から遠ざかってしまうことだろう。裏切られた後、他人を信じるのは容易《たやす》いことではない。ましてや、それ程先の長くない老人なのである。

「本当にごめんなさい……」

高市は深い反省を示すように頭を下げた。桃爺は口をかたく閉じたままそっぽを向いて、高市を見ようともしない。高市はしばらく礼を続けた後、静かに外に出た。途端、勢いよく戸を閉められてしまって、少し泣きそうになった。高市は籠の中から町で買い求めた桃爺への土産を取り出すと、風呂敷に包んで戸の横に並べた。故郷の姉達から「あんたは優しいを通り越してお節介なのよ」とよく叱咤《しった》されていたが、これもそうなのだろう。高市は溜息を吐きながら、そのままゆっくりと山を下った――。

「では、お世話になりました」

「お達者で。今回はえろうすんまへん。今度おいでやした時には先生がお気に召すような品を用意しておきますさかい、どうぞ懲りずにまたおいでやす」

　明るく言われた嫌味を苦笑で聞き流しながら、高市は東へ旅立とうとしていた。今回の旅はただの一つの収穫もなかった。そんなことは初めてで肩を落としてしまったが、

（……でもまあ、長い人生だ。こういうこともあるさ）

　と気を取り直した。我ながら立ち直りが早いと気をよくしつつ歩いていた高市だったが、湯屋の前を通った時、思わず足が止まった。

「……野衾《のぶすま》？」

　野衾というのは前足と後ろ足にかけられた飛膜で空を飛翔する、栗鼠《りす》や鼠に似た小さな獣である。こんな町中に、山を住処《すみか》にする野衾が高市の前に立ちはだかるように現われたのだ。どうしてこんなところに、と訝る間も無かったのは、野衾が高市に向かって飛んできたからである。

「え、うわあ！　ちょ、一寸……！」

　野衾は愛らしい見目をしながら狂暴であるという。思わず顔を覆ってしゃがみ込んだが、野衾は一向に引っかいてこぬ。顔からそろりと手を放すと、野衾は肩に乗ってきて、高市の顔を覗き込んだ。

「……おや、何だろう。懐っこい奴だなあ……うん、どうしたんだ?」

野衾は高市の髪を軽く引っ張ると、近くの木に止まった。怪訝に思いながらも立ち去ろうとしたが、野衾はまた高市の肩に止まって、同じ動作を繰り返す。まるで「ついてこい」と言っているようだった。まさかと思いつつ、野衾が止まっている木の下までついていくと、しゅーという空気が抜けたような声で鳴き、高市の髪を同じように引っ張ると、更に先の木に止まった。

(ま、まさかあ……)

野衾が人間を導いてどこかに連れて行こうとするなど、御伽噺《おとぎばなし》ならばいざ知らず、今は明治も六年である。しかし、野衾は高市の動揺をよそに同じ行動を繰り返した。

(どう考えても、「ついてこい」だよなあ……)

高市は不可解な気持ちのまま、野衾の指示に従って道を進んだ。

(良いネタになるかもしれないし)

本業の腕がなったのも確かだが、純粋に好奇心には勝てなかったのである。野衾は高市が目指す道とは逆方向へ向かっていったが、然程急ぐ旅ではない。ふらふらしては立ち止まり、またふらふらしては止まるを繰り返しているうちに、高市は知った道をそうとは知らずに歩いていた。

「はあ……ふう……はあはあ……」

頂上まで登り切って腰を曲げ、上がった息を整えていた時、高市はふと我に返った。

「あれ？　ここは……」

見覚えがある――どころではなく、つい先日登ったばかりの桃山だった。

（ええ……何でここに⁉）

頭の中が疑問で一杯になっている間に、野衾はいなくなっていた。けれど、代わりに何かの気配を感じて振り返ると、そこに桃爺が立っていた。高市はいつの間にか桃爺の家の前まで来ていたのである。

「あ！　す、すみません！　あの、俺……」

野衾に導かれてこんなところまで登ってきたとは言えず、口を開けたり閉めたりしていたら、ふんっと鼻を鳴らして桃爺は家の中に入っていってしまった。怒鳴《どな》られるのも怖いが、無視をされる方が堪えるものである。高市はきつく拳を握り締めると、来た道を戻り出したが――。

「何をしている」

戸から顔を覗かせた桃爺は中を指差して、「入れ」と低く言った。

「え、でも……いいんですか？　だって、その」

刺すような視線を向けられた高市は、慌てて後に続いた。気が進まなかったが座敷に目をやった途端に何もかも忘れて、肉に埋もれかかった大きな目を思わず輝かせてしまった。

「すごい……」

座敷いっぱいに、古道具が並んでいたのだ。この前見た煙草盆や硯以外にも、香炉や花器、太刀や提灯、根付など……おおよそ数えただけで五十以上はある。おまけにその大半は目利きの高市の目に十分適うもので、一体どれ程の値打ちになるかと計算するのも怖くなるような有様だった。高市は桃爺に睨まれていることも気づかず、目の前に広がる情景に見惚《みと》れていた。

（金持ちじゃなくて良かった。もしもお大尽だったら、家を傾けても気に入った品をすべて買い取ってしまうなあ……でも、それが出来たらどんなに幸せか）

「――おい……おい！」

桃爺の怒号が響いて、高市は腰を抜かした。

「さっきから何度も呼んでいるのだが」

「す、すみません～」

夢中になると、他人のことなどすっかり忘れてしまうのが高市の欠点だった。手ぬぐいで額の汗を拭い出した高市を見下ろして、桃爺はくぐもった声で言った。

「……勘違いをして悪かった。好きなもの持って行け」

高市は間抜けな表情をしたまま、動きを止めた。

「俺の持ち物はこれですべてだ。魚の礼に……やる」

桃爺はそう言って顔を奇妙に引きつらせると、流しに立って茶を沸かす準備をし出した。笑った、と高市は思った。笑顔に気をとられて一瞬忘れかけたが、桃爺は冗談を言うような人間ではない。高市は慌てて姿勢を正すと、首と手を横に振った。

「い、いけません！　駄目ですよ、百山さん。そういうことしちゃ駄目です」

「いらぬのか？」

不思議そうな目をして振り返った桃爺に、高市は拳を振り上げてきっぱりと言った。

「いえ、すっごく欲しいです！……でも、ただで頂くわけにはいきません」

「俺がいいと言っているんだ。構わん」

「そういうわけにはいきませんよ、百山さん！」

高市は怒鳴って、力いっぱい畳を叩いた。思わぬ迫力に桃爺は目を剝く。

「……これがもっと、その辺の古道具屋に売っている物だったら素直に受け取っていますよ。でもね、ここにあるのは非常に価値の高い物ばかりなんです。この道具の山すべて売り払ったら、百山さん花の都で一生遊んで暮らせますよ？　余程あくどい商人でなければ、皆非常に高値で買ってくれるでしょう。だから、こんな素晴らしい物『どれでも持って行け』なんて言ってはいけませんよ！」

一気に言い切って酸欠になった高市は、前に手をついてげほげほとむせた。そんな高市を黙って見ていた桃爺は、甕《かめ》から茶碗に水を汲《く》んで居間へ上がった。

「……あんたは変な奴だな。知らぬ振りしてもらっておけばいいものを」

水を受け取った高市は、それを飲み干しながらぽつりと零《こぼ》した。

「そんなこと出来ませんよ……」

打ち解けたからといって、何か得られるわけでもない。しかし、高市は桃爺が漏らした笑みが非常に嬉しかったのだ。他人と接することなく暮らし、笑い方などとうに忘れてしまったような人間の笑顔は、不器用で温かかった。旅の長い高市にはこれまで色々な出会いがあった。愛想がよく、たいていの人とはすぐに打ちとけられる高市でも、真から心開いてくれたと感じたのはたった数人だ。その中にこのお爺さんも入ってくれれば――高市はそう望んでいた。ここで素直に受け取れば桃爺はますます喜んだかもしれぬ。けれど、それで桃爺が笑顔になったとしても、高市は笑うことが出来ぬだろう。損得がすべてではないが、騙したような心地がしてしまう気がしたのである。そして、後々まで罪悪感に苛《さいな》まれることになるかもしれぬ。

(そりゃあ、少々惜しい気がするけれど)

未練を振り切るようにぶんぶんと首を振った高市は、茶碗を横に置いて桃爺を見上げた。

「これらは頂けません。でも、そう言って頂けて本当に嬉しかったです!」

高市とは反対に俯いた桃爺は、そのまま黙り込んだ。高市は静かに待っていたが、桃爺はまるで眠ってしまったかのように動こうとしない。

(……帰ろう)

これ以上変な気を起こさせては申し訳ない、と高市は小さく息を吐いた。そして、草鞋を履こうと身を起こしかけた時、桃爺は顔を少しだけ上げてこう持ちかけたのである。

「……やると言ったが、確かになくなっては困る。何せ、いくらかは使っている物だ。なくなったら、新しい物を買わなきゃならん。だが、俺は山を降りぬと決めている」

あんた代わりに買って来てはくれないか、と桃爺は初めて高市の目を正面から見据えた。

「あんたがこの中から欲しいものをいくつか選んで、それの代わりの物を俺にくれ」

高市は難しい顔をして口を噤んだ。交換でも不満なのか、と言って桃爺は眉根を寄せた。

「とんでもないです！　ただ、ここにある品と釣り合う物など見つけられるかなって」

高市には皆目見当がつかなかった。そこらの古道具屋で、これ程高価な物にお目にかかることはそうそうない。結局見つけられず、金と引き換えることになったら、高市にはお手上げである。いくら実家が裕福だとはいえ、出奔した身で借金を頼むわけにもいかぬ。

煩悶する高市に、桃爺は呆れたように息を吐いた。

「あんたらは金のことばかり考えるからいけない」

「はあ……でも」

言い掛けた高市を遮って、桃爺ははっきりと言った。

「俺が欲しいのは、これの代わりとして使える物だ。価値など俺が決める。いくらするとかしないとか、物を使う俺には関わりのない話だ。使いやすければ値などどうでもよい」

「それは……」

確かにその通りではないか――高市ははっとした。桃爺は高市達が涎を垂らして欲しがる物にまったく価値を置いていない。だから、今もこうして高価な古道具――もはや骨董品を無造作に使い続けているのである。

（そうだよなあ、本来物というのは使ってこそなんだ）

ただ持っているだけでは意味がない。巷《ちまた》の好事家より、桃爺の方がよほど古道具を正しく扱っている。桃爺は黙り込んだ高市に背を向けて、ごそごそと道具を探り出した。

「で、どれが欲しいんだ？　これか？　それともあれか？」

「いやいや、百山さん。その……聞いてらっしゃいます？　駄目ですよ、そんな……」

「一つには絞れまい。かといってすべてを交換するのは荷が重いだろう。十二、三くらいにするか？」

「多過ぎます！　それに結構ですから、本当に……！」

高市は桃爺の着物の裾を引っ張って縋《すが》ったが、桃爺は取り合わなかった。しばらく漁《あさ》っていたが、どれがいいかまるで見当がつかなかったらしい。

「では、半数の六つ選べ。あんたの言い分はもう聞いた。今度はあんたが聞く番だ」

早くしろ、とせっつかれたものの、高市はそれでもうんと言わぬ。しかし、結局折れたのは高市だった。桃爺が猪を狩った鎌を、高市の前でおもむろに振り上げたからである。

「どっちにしようかなあ……うう、迷う」

何だかんだいいつつ、高市は真剣に選んだ。しかし、最後の最後、六つ目を選ぶのが難航した。柄鏡と野点籠を持って永遠に迷っている高市に「両方やるぞ」と桃爺は言った。

「駄目です！　百山さん、そういうのはいけませんよ。だってね、この――」

「分かった分かった。本当に引かないな、あんたは……じゃあ、さっさと決めろ」

高市は柄鏡を選んだ。実を言うと、野点籠が欲しかったのだが、そちらの方が高価に見えたので遠慮したのである。高市は桃爺を手伝って古道具を天井にすっかり仕舞い込んだ。

「すみませんが、僕が新しい道具を持ってくるまで預かっていて下さい」

今持って行けばよい、と言う桃爺を高市はまたしても叱った。

「今は駄目です！　俺が盗人だったら、このまま持ち逃げしちゃいますよ？　ちゃんと新しい物を見繕って持ってきますから、その時交換しましょう。いいですね？」

人差し指を突きつけられながら念押しされて、桃爺はぼりぼりと頭を掻いた。

「変な奴だ……あんたみたいなのは、今まで人に裏切られたことなどないのだろうな」

苦々しいような表情をした桃爺に、高市はあっさり首を横に振った。

「騙されたことなら多々あります。この趣味に入れ込むようになって四年程経ちますが、初めの頃は物を知らな過ぎましてね。まあ、色々つかまされましたよ。でも、自分の見る目がなかったんだな、と思うので。勉強にもなりましたし」

興味のないように頷いた桃爺に、高市はお伺いを立てるように訊いた。

「あの、しつこいと言われるのを承知でお訊きしますが、他に何か欲しいものはありませんか？　何でもいいんです。試しにおっしゃってみてください」

高市はどうしてもそれが引っかかっていた。何しろ交換といえど、まるで釣り合っていないのだ。桃爺は腕組みをして考え込んでいたが、おもむろに低い声音で呟いた。

「嫁……酒飲みの若い嫁が欲しい。出来れば美人で華やかで気が強い……」

「……わ、若いお嫁さん、ですか……⁉」

皺々の妖怪のような老人の元に嫁いでくる娘など、もちろん当てがない。それどころか、全国を探し回っても見つけられそうにはなく、高市はくらりと目眩《めまい》を覚えた。

「冗談だ」

そう言って桃爺は皮肉っぽく笑ったが、落胆したのが手に取るように分かってしまって、高市は非常に困惑した。

*

「それでお前、若い娘を人身御供にしたんだ？」

「す、するわけないですよ！　いくらなんでも……」

小春の問いに、高市は慌てて頭と手を横に振った。

「まあ、そんな皺くちゃ爺さんでもさ、財産持ちって言えば食いつく女は結構いそうだけれどな。それで良ければ紹介してやろうか？　うちには山ほどいるよ」

平吉がからかい口調で言うと、高市ははあっと肩を落とした。

「お気持ちは有り難いですが、遠慮します。まあ、でも僕の方でも当たるには当たってみたんです。まっとうに嫁いで下さるような方は見事にいませんでしたが……」

高市っちゃんは真面目《まじめ》だねぇ、と哄笑《こうしょう》された高市は、言った平吉を恨めしそうに見た。

「で、肝心の道具の方はどうだったんだ？」

小春は煮豆を口に入れながら先を促す。弁当のほとんどは小春が片付けていっていた。

「京中駆けずり回ったんですが、なかなか良い物がなくて……」

「あら、では駄目だったんですか？」

綾子が気の毒そうに言うと、高市は頰をぽっと赤らめて首を振った。

「いえ、ありました！　正確に言うと、あるようにした、ということかもしれませんが」

高市にとって、京阪の古道具屋やその収集家は勝手知ったる庭である。目ぼしい物を持っている御仁がこれこれこういう壺《つぼ》が欲しいといえば、こちらで探してきた物と交換し、意中の物を手に入れる。それをかねてから所望していた収集家に譲ると、その恩で少し上乗せした品を譲ってもらう。更にそれを他の古道具屋へ持って行き……という風に、相変わらずの汗を搔き搔きしつつ、あちらへこちらへと奔走したのである。

「そうか、同じ品でも誰かにとっては必要のないもので、他の誰かにとっては喉《のど》から手が出るくらい欲しい物ってこともあるものな。高市っちゃんは顔が広いし、誰が何を欲しがっているかよく知っていたからそういう技が出来たわけか」

彦次に感心したように言われた高市は、後ろ頭に手をやって照れ笑いした。

「そんな大したことじゃないんです。京だけで間に合わなかったので大阪まで足を延ばしただけで。その甲斐あって結果良い物が揃えられましたが、やはり百山さんのに比べたら価値は低いんです。だから、未だに申し訳のないような気がしてしまって……」

そう言って眉尻を下げた高市に、黙っていた深雪が口を開いた。

「でも、きっとお金の価値なんて関係ないですよ。お金に固執する方なら、もっと方法があったはずでしょう？　その人にとって大事なものはその人にしか分からないですもの」

「は、はい……本当、そうなんです！　深雪さんのおっしゃるとおりで……はい」

深雪にまっすぐな目を向けられた高市はまたしても赤くなり、

（こいつはもしや彦次よりも女に弱いのではないか？）

喜蔵に心証を少々下げられているのにも気づかぬまま、続きを話し出した。

＊

高市が桃爺と交換を約束した道具は六つ——煙草盆に提灯、印籠に硯、そして虫籠に柄鏡である。桃爺所有の道具の中で最も風変わりだったのは、畳んでいるとただの女の顔だが、広げるとろくろ首に変わる箱根《はこね》提灯だ。高市は悩んだ結果、あえて奇抜な柄にはせず、その桃爺が好きそうな美人が描かれた箱提灯を探してきた。端渓硯は足なしになったが、その代わり硯淵に美しい鳳凰《ほうおう》が刻まれた、しっかりとした箱がついた物に。孔雀絵があしらわれた煙草盆の代わりに用意したのは、高市の故郷の雪景色と似た絵が描かれた物だ。高市が田舎の話をした時に「行ってみたい」と呟いた桃爺への、せめてもの気持ちである。ふたが虎の形をした印籠は、縁が象牙で彩られた繊細で雅やかな物に。松竹梅が彫られた柄鏡は、桃爺の所望通り一回り大きく柄が長めの、使い勝手のいい物にした。童子と独楽《こま》の彫り物が可愛らしく、高市のお気に入りである。鮮やかな朱塗りの大和虫籠は、漆に金粉がちりばめられた物に——この籠の中に入っているのは、高市が気を利かせて職人に作らせた蛍の細工物だ。金粉が蛍の光に見えて、初夏にぴったりの品である。

「……い、いかがでしょう？」

桃爺所有の道具より質は落ちるものの、高市が求めてきた物は傷みが少なく、これから長らく使えそうな物ばかりである。しかし、高市が並べた道具を目の前にして、当の桃爺はずっとだんまりを決め込んでいた。目が落ち窪んで皺だらけの顔は、常にも増して怒っているようにしか見えず、話し始めたと思ったら、「よくもこんな……」と何やら文句を言い始めたので、高市は慌てて並べた道具をかき集めた。

「す、すみません！　そうですよね、百山さんの物に比べたらやはり劣りますよね……一生懸命探したんですけれど、ごめんなさい」

並べた品を再び手に納めると、高市は哀しくなってきた。自分の労力は何でもないが、集めてきた道具や元の持ち主のことを思うと申し訳なかったのである。これらは、ただ金で買ったわけではない。融通を利かせてもらったり、頼み込んだりして得た物だ。高市の必死さを感じ取って、一緒に探してくれた人もいて、皆との繋《つな》がりのおかげで得たのである。高市は付喪神の存在など知らぬが、道具に宿っている人々の想いはしっかりと感じ取っていた。

（この子達なら百山さんに気に入ってもらえる！）

桃爺が気に入らぬならば、また同じことを繰り返せばいい。けれど、それではせっかく交わってくれた人々も物も裏切ってしまうような気がして胸が痛んだ。

(でも、仕方ないか……俺の目利きが及ばなかったんだ)

溜息を飲み込んで背負い籠に入れ始めると、桃爺は変な顔をした。

「何故片付ける？　まだ手に取って見てもいないというのに」

「え、でも……お気に召さなかったんじゃ……」

「誰もそんなことは言っていない」

苛立ったような声音を聞いた高市は、慌てて道具を再び並べた。桃爺はそれらを一つずつ手に取っては、じっくりと眺めて優しく触れた。その手つきはまるで犬猫を撫でるようで、高市は嬉しくなった。

「おい……気に入ったよ。よくもこんな良品ばかり集められたな」

桃爺はぶっきら棒に礼を述べた。どうやら先程の仏頂面は照れかくしだったようである。

高市はその言葉にほっと息を吐いたものの、すぐにおずおずと伺いを立てた。

「そうおっしゃって頂けて嬉しいです……でも、本当によろしいんですか？」

もう価値云々《うんぬん》の話をする気はなかったが、最後にどうしても確認しておきたかった。互いに遠慮する気持ちが少しでもあれば、後にしこりとなって残ってしまう。

「俺にはあんたが揃えてくれた新しい物がある。古い方は、あってももう使うことはないだろう。手元に残したとしても、いつか手放す時が来る。その時、欲に目が眩《くら》んだ奴に渡してやるのは癪だ。大事にしてくれそうなあんたなら……いい」

　高市はぐっと胸が詰まる思いがした。桃爺が自分の何を気に入ってくれたのかは分からぬ。しかし、それは高市だとて同じだった。分からぬが、確かに今互いの心が繋がったような気がしたのである。目頭が熱くなってしまった高市は、それを誤魔化すように俯きながらちらりと舌を出した。

「……もしかしたら、俺が帰りに物凄い高値で売ってしまうかもしれませんよ？」

「あんたは古道具馬鹿だ。売れぬだろ？」

「ははあ、ばれていましたか」

　ばればれだ、と桃爺は皺くちゃな顔に更に皺を増やして笑い声を立てた。存外笑顔の似合う顔をしている。高市はつられて大いに笑った。何十も年が離れているのに、互いに気心知れた友のようだった。

　昼飯を共にした後、高市は山を下ることにした。桃爺は草鞋を履く高市の後ろで、「次はどこへ向かう」と問うてきた。

「江戸に一旦《いったん》戻ります。百山さんから頂いた道具を見せたい人がいるんです。以前良い物を売ってくださった古道具屋さんなんですけれどね」

　高市は喜蔵の仏頂面を思い浮かべてふふと楽しげな笑いを零した。桃爺はその高市の表情を見てついと首を傾げた。

「察するに、親しい相手のようだが……そいつが『欲しい』と言ったらどうするんだ？」

「あの人は言わないでしょうなぁ……物欲がなさそうですもの。つまり、堂々と見せびらかすには恰好の相手というわけで」

「……存外性悪だな」

腹の底から笑い合った後、高市は籠を背負って外に出た。桃爺は草鞋を引っ掛けて戸口の前に出ると、高市の籠に何かを入れた。「干し柿だ」と言う桃爺に、高市は（あの家にそんなものあっただろうか？）と思いながらも頭を下げた。

「美味しく頂きますね」

高市がそう言った時には、桃爺はさっさと家の中に入っていってしまった。だが、そのあっさりとした振る舞いを、寂しいと感じることはなかった。少し開いた戸から、外をそっと覗いている彼の影が見えたからだ。高市はふっと笑みを零しながら、軽やかな足取りで山道を下った。

京に戻った高市は、いつも利用している宿に泊まった。一人の部屋を頼み、そこで背負い籠から道具を取り出して並べ出したが、桃爺が言っていた干し柿は一つも入っていなかった。その代わりに入っていたのが、蝶の絵が施されたあの野点籠だった。高市が本当は何に最も惹かれていたのか、桃爺は気づいていたのだろう。

（百山さん……）

またしても目頭が熱くなったが、素直に受け取ることは出来なかった。高市は桃爺と「これっきり」になりたくなかったのだ。せっかく出来た縁を道具一つで切ってしまうのは嫌だった。短い付き合いだが、その中で高市を受け入れてくれて、あんな風に心から笑ってくれた。それが、高市にはとても嬉しかったのである。だから高市は迷わず（返そう）と心に決めて、翌日再び山へ登ることにした。

「はあ……うぐっ」

息切れや汗は相変わらず——江戸に戻る前に他の地に寄る暇はなさそうだが、高市はまったく悔いてはいなかった。桃爺と会っても「せっかくの好意を、この馬鹿者が」などと怒られるだけかもしれぬ。

（そうしたら、『百山さんこそこんなことしちゃあ駄目ですよ！』と言わなきゃ）

言い合いになるかもな、と高市は微笑んだ。それはそれで楽しいような気がしたのである。記録本屋を職にしようと思ったのは、その旅の途中に色々な古道具に出会いたかったからだ。けれど、出会いたかったのは物だけではないのだといつからか気づいていた。物を大事にする人に出会って、話がしたかった。そういう縁を繋いでいきたい——弾む息に任せて、高市は残りの道を駆け上った。

二股の道を右に曲がって眼前に現われたのは、

「あ……れ？」

ただの野原で、そこには家どころか、何もなかった——。

＊

「何だ、あんたの夢の話だったのか？」

ここまで話しておいて、と平吉は高市の額をぺしんと叩いた。

「ち、違いますよ！　だってほら、ここにこうしてちゃんと物があるでしょう？」

「なら、何で家がないんだ？　道間違えたんじゃねえの？」

小春の言葉に、高市は一瞬考えるような顔をして首を振った。

「間違いようがないんですよ。ほとんど一本道ですからね……唯一曲がる場所もちゃんと行き帰り曲がりましたし、途中まで引き返してもみましたが、その道で合ってました」

「あ、急に越しちゃったのではないでしょうか！」

綾子は名案を思いついたように明るく言ったが、

「綾子は越す時、家ごと越すか？　そんなボロ小屋一つ置いておいて邪魔になるもんじゃないし、わざわざ壊していかぬだろ？　爺さんが急におっ死《ち》んじまったとしても、昨日の今日じゃ跡形もなく取り壊せねえよ」

小春の丁寧過ぎる説明を聞くと、顔を赤くして「そうですね」ともじもじとした。

「でも、そうすると一体どういうことなんだろうな？」

高市っちゃんの夢だろ、と平吉は上機嫌に酒を飲み干しながらあっさり切り捨てた。

「違いますって～いくら僕が物書きだからって、あんなに壮大な夢見ませんよ」

「夢だな。爺さんとの一件がすべて夢ってわけじゃなくってさ、多分最後だけ夢だったんだよ。訪ねて行こうと思いながら寝たんだろ？　本当は行かなかったんだけれど、夢を見て行った気になったんだよ」

小春の説明に、高市は何となく得心がいったような、いかぬような表情をしていた。感触も質感も何もかも明瞭過ぎたのだという。息を切らしながら山を登って、汗びっしょりになった。それからしばらくの間、太ももとふくらはぎの筋肉が痛んでいた。夢の中で体験したことが現にまで影響するだろうか――と高市はひどく疑問に思っているらしい。

「……夢とは存外そういうものではないか？　俺もこれまで夢なのか、そうではないのか分からぬことがしばしばあった」

そう呟いた喜蔵は、以前件《くだん》という怪の見せる夢に囚《とら》われたことがあった。その夢の中にいる時は「現ではない」とはっきり分かったものの、いざ現に戻るとどこか夢心地のような気がしたのだ。似たところでいうと、多聞の見せる幻は夢現の境があいまいである。

「喜蔵さんもですか⁉　それなら、俺もそうだったんだ……」

高市は大声を上げた後、妙に得心したように何度も頷いた。

「何で綾子や俺の言うことは信じなくて、喜蔵の奴なんか信じるんだよ？」

剝《む》れた小春に、高市は手を横に振って苦笑した。

「いえ、そういうわけでは決して……ほら、だって喜蔵さんですよ？　おおよそそんな間違いなんてしそうにないでしょ」

「高市、大いに勘違いしてる。こいつ一見しっかりしているようだが、もうふらふら〜なんだよふらふら〜」

小春はぴょんっと跳ね起きて、身体をくねくねさせて踊った。

「まあ、じゃあ喜蔵さんはそこに舞っているちょうちょみたいなんですね」

綾子の言葉に、喜蔵以外の全員が噴き出した。

「え？　え？　どうして笑うんです？」

火照《ほて》った頰を隠しながら、綾子はおろおろと皆を見比べた。

「だって……お兄ちゃんを蝶に譬《たと》えるのなんて、綾子さんしかいないですもの」

ずっと黙っていた深雪も、両手で口を押さえてくすくすと笑っている。

「綾子が譬えたのは、『ふらふら』だけだろ……てか、うわ！　俺妙な想像しちゃった！　喜蔵が蝶になって花の周りを飛んでんの！　鬼面蝶！　怖過ぎっ！　あっはっはっ」

皆の中で一等爆笑したのはもちろん小春で、「怖い」と言いつつ仰向けにひっくり返って、苦しそうに身を捩《よじ》っていた。

「止めてくれよ、ひひ……想像しちまったじゃねえか」

彦次は手の肉をつねって笑うのを我慢しながら言い、

「おお、それは流石に怖い……いえ、あの喜蔵さんじゃなくっても、怖いと思いますよ！　人面蝶なんて誰の顔でも怖いですから！」

お気になさらず、と高市に慰められて、喜蔵は怒る気が失《う》せてしまった。その代わり、喜蔵はまだ笑い転げている小春の腹を殴って、気になっていることを訊くことにした。

「おい……その桃爺という男は何者なのだ？　どうせお前のお仲間なのだろう？」

こそりと耳打ちしてきた喜蔵に、小春はむくりと起き上がりながら口をへの字にした。

「別段仲間じゃない。けれど、まあ……何となく見当はつくがな」

百々爺《ももんじい》という奴だろう、と小春は言った。元々野衾で人間に化けたのか、人間が野衾に取り憑かれたのか——ともかく、山人と野衾が合わさったような妖怪らしい。高市を導いた野衾は、百々爺が化けた姿だったのだろう。

「何故人間と野衾が合わさったのだ？　野衾に呪われでもしたのか？」

「えーと、確か俺が聞いた話に拠《よ》るとだな、確か百々爺は昔山賊《さんぞく》をやっていたんだ」

山に迷い込んだ人間を襲い、金品や、時には命も取る——盗人稼業で生計を立てていた百々爺は、生きていく為には何のためらいもなく非道をやってのけていた。大家族の末っ子だった百々爺は弱い立場で、家族の命は絶対厳守だった。御頭である父親はとりわけ百々爺に厳しかったが、よい狩りをした時にだけ褒めてくれた。それが嬉しくて、百々爺は人一倍、まるで鬼神の如《ごと》く人間を狩ったのである。

「でもなあ、ある日百々爺は父親達の話を聞いちまったんだよ。『あれは使い勝手のいい餓鬼《がき》だ。きまぐれに生かしておいただけだったが、思わぬ拾い物をした。しかし、少々力をつけ過ぎた。牙《きば》をむかれる前に、そろそろ殺さねばな』って」

百々爺は頭達が襲ったとある夫婦の子どもだったのである。それを知らずに長年仕えて来た百々爺は、怒り狂って頭達を襲った——。

「……殺したのか？」

「さあな。気づいたら一人になっていて、山奥でひっそりと生きていたらしい」

小春と喜蔵は、二人してしばし黙り込んだ。

「……世捨て人が山や獣と同化して妖怪になる、か」

同化、という言葉で多聞を思い出した喜蔵は、自分で言ったくせに眉間に皺を寄せた。同じことを思ったのか、小春も面白くなさそうな表情を作って腕組みをした。

「本当かどうか俺にはよく分からん。そもそも、百々爺っていう名も本人が名乗ったわけじゃないから、実は皺くちゃの介とか、海野藻屑太郎《うみのもくずたろう》とか言うのかも」

「本人以外、誰も名を知らぬのか」

「本人だってどうかな？　百年以上も一人っきりで生きてて誰にも呼ばれなけりゃ、自分の名だって忘れちゃいそうだけれど」

なるほど、と喜蔵は少し得心がいく思いがした。本当に忘れてしまったから、桃爺は名乗らなかった——名乗れなかったのかもしれぬ。

「でもまあ、高市にとっては『気難しいけれど優しい爺さん』なんだ。名なんて分からんでも、十分だろ」

かつて「名は重要だ」と言っていたのはどの口だと喜蔵は思ったが、

「夏になったらもう一度行ってみようと思うんです。やっぱり気になるので……」

そう話している高市の柔和な横顔を見て、小春のいい加減な言に渋々同意せざるを得なかった。これが御伽話であるならば、高市はもう二度と桃爺に会えぬかもしれぬ。しかし、現にいる妖怪ならば、この高市の妙な愛嬌に負けて、ひょっこりとまた姿を現すのではないか――捻くれた喜蔵でさえも素直にそう思えた。

「――そうか、分かった！　爺さんは『わらしべ長者』だ」

小春が急に大声を出すと、皆は一斉に振り向いたが、

「わらしべ長者？　そりゃあ、高市っちゃんの方じゃねえの？」

彦次は杯と共に首を傾げた。百々爺の話を知らずに高市の話だけを聞く限りは、彦次の言う通りだった。高市は御伽話のごとく様々な物を交換していき、ついにはお宝を手に入れたのだ。

「ああ言われてみればそうですね。確かに俺はわらしべ長者だったのかも……本当についていたなあ」

照れたように後ろ頭を撫でた高市に、皆は朗らかに笑った。

「違う！　そういうことじゃなくてさ！　でもまあ、いいか……」

一点の曇りもない高市の笑みを見た小春は、ごろんと横になって口をすぼめた。高市は確かにわらしべ長者のようにお宝を手に入れた。しかし、桃爺も持っていたがらくた同然の道具と引き換えに、得難いものを手にしたのだ。それを知っているのは桃爺と小春と喜

蔵だけで、高市本人は何も知らぬ。何も気づかぬまま、山に住む孤独な老人のために働いたのである。

「……だから爺さんと共に、高市もわらしべ長者になったのだろう」

喜蔵が誰にも聞こえぬような小声で呟くと、小春は少し目を丸くして、愉快そうに笑った。

三、人形芝居

　高市の話が一段落すると、平吉はほろ酔い顔で「よいしょ」と腰を上げた。

「そろそろ酒追加するよな？　ちょっくら何か買ってくるわ」

「あ、平吉さん。では、これを足しにしてください」

　彦次と笑い合っていた高市はさっといくらか銭を取り出して、平吉の手のひらに乗せた。

いいのかい？　と言いつつ平吉は早速財布に仕舞い込む。

「あ、あの私も……」

　綾子が慌てて財布から金を出そうとすると、平吉と彦次は笑顔でそれを押し止めた。

「いいんですいいんです、綾子さんは。そこにいてくれるだけで十分なんですから」

「そうそう、仮に綾子さん程の妓連れてきたら、物凄く高いんスよ！　それ考えたら、酒代くらいやっすいもんで……って痛《いて》ぇな！」

　軽口を叩いた彦次の頭をぶん殴りながら、平吉はぺこぺこと頭を下げた。

「もう、こいつ品がなくってすみませんね。でも、本当に結構ですから」

綾子は困った顔で微笑んだが、手は引っ込めなかった。（そんなことされてもちっとも嬉しくない）というような顔なので、彦次と平吉まで次第に困ったような顔になっていった。出した物は引っ込められぬし、遠慮した物は受け取れぬ――互いに引くに引けぬような状況になったとき、綾子の後ろからひょいっと小さな手が出てきた。

「桜の下で無粋なことすんなよ。ほれ、もらっとけもらっとけ」

平吉は一瞬受け取るのを躊躇したものの、小春から渡された金の額を数えると「それじゃあ有り難く頂戴します」と綾子に笑顔を向けて、町へ下りていった。小春は半分残した金を綾子に返しながら、綾子の杯に酒をどぼどぼと注《つ》いだ。

「さあ、これでお前も心置きなく飲めるぞ！　どんどん行け、どんどん飲め～」

「ありがとう」

にこりとした綾子の顔からは、少し前まで浮かんでいた陰が消えているように見えた。

「……そのような手口、どこで覚えてくるのだ？」

席に戻った小春は、隣の喜蔵の言に肩を竦めてみせた。

「綾子さん、顔色変わりませんねえ。普段よく飲まれるのですか？」

高市は綾子と手元の杯を見比べながら、目をぱちぱちとさせた。

「いえ、まったく……ただ、昔から飲んでも顔色は変わりませんでした。気持ち悪くなったりもしないんですが、かといって楽しくなるわけでもなくって」

酒勿体《もったい》ないなあ、と小春は酒をちびちび舐《な》めながら言った。先ほどからそうして猫のように舐めるだけで、ちっとも進んでいない。

（勿体ないなど一丁前な口を利くが、本当は下戸《げこ》なのだろう）

　喜蔵が内心で皮肉笑いをしていると、高市は物憂げな息を吐いた。

「羨《うらや》ましいです……俺なんて弱いどころの話じゃありませんもん。家族は皆酒飲みなのに、何故か俺だけからっきし駄目でして」

　少し前に噂を聞いた姉三人は、村でも有名な酒豪らしい。

「へえ、俺んとこは高市っちゃんと逆で、お袋と兄貴はほとんど飲めないぞ。酒飲みは親からうつるわけじゃねえのかもな。喜蔵のとこは……まあ普通だったよな。深雪ちゃんは酒飲むのかい？　牛鍋屋の客に勧められることだってあるだろ？」

　喜蔵の親についての言及を避けた彦次の気遣いに小春は苦笑したが、当の喜蔵は眉を顰めた。深雪に酒を飲ませようとする不届き者のことを想像しただけで腹が立ったのだ。

「初めの頃はそういうこともありました。でも、そういうお客さんがいると女将《おかみ》さんが『子どもに酒飲ますなんて、なんて勿体ないことするんです！　代わりにあたしがお相伴にあずかりますよ』って……あたしの時もさつきちゃんの時も」

　良い女だなあ、と彦次はひゅうっと小気味良い口笛を吹いた。

「ええ、とても良い女なんです」

　深雪がにっこりと笑うのにつられて、皆も相好を崩した。綾子は隣の深雪をまじまじと見て、それこそ花が咲いたように微笑んだ。

「……良かった」

「何が良かったんだ？」

小さな呟きを拾った小春に、綾子は慌てたように早口で返した。

「あ、いえ！　その、ずっと黙ってらっしゃったから……体調が優れないのかと思って」

綾子の言葉に、皆は一瞬沈黙した。

（気づいていたのか）

深雪の様子がおかしいと思っていたのが自分だけではなかったのだと、喜蔵はようやく悟った。深雪は綾子に微笑み返した。

「とっても元気です。あたし、滅多に風邪も引かないですし」

「じゃあ、何で顰め面してたんだ？」

指摘しにくいことをさらりと口に上らせた小春に皆が気まずいような表情をすると、深雪はしばし考えるようにして、満面の笑みでこう答えた。

「そうね……多分、怒っているからじゃないかしら」

（……やはりか）

察してはいたものの、はっきりと言葉にされると堪えるものである。皆もはらはらした顔をして、ちらりと喜蔵を窺った。荻の屋での一幕を見ているので、すぐ怒りの矛先《ほこさき》に気づいたらしい。唯一その現場を見ていない小春だけが、ぽかんとしている。

「み、深雪ちゃん！　そんなに怒らないでくれ！　深雪ちゃんがあんまり可愛らしいから盗み見ちゃっただけなんだ！　悪気はなかったんだよ」

嫌な空気を払拭《ふっしょく》させようと彦次が立ち上がっておちゃらけると、

「そんなこと言って、彦次さんてば。悪気はなくとも、下心はあったでしょう？」

高市もすかさずそこに乗っかった。

「嫌だな、高市っちゃん。心は真ん中に一つしかねえよ」

「……でも、彦次さんならあと三つくらいありそうですよね」

乗っかったのかどうか疑問ながら綾子がそう呟いたので、どっと笑いが起きた。

「綾子さんっ！　なんだよ、俺には味方がいないのか……小春～」

「綾子に振られたからって、こっち来んなうっとうしい。色魔がうつるだろ。しっしっ」

小春はしなだれかかってきた彦次の顔を、手のひらで押しのけた。

「ええ、うつるんですか？　それは困るなあ」

それとなく距離を取ろうとする高市の隣に戻った彦次は、

「そんなこと言っていいのかい？　俺は高市っちゃんの弱み握っているのに……」

杯を持ち、高市の顔に近づけてじゃれついた。綾子も小春も笑ったが、肝心の兄妹《きょうだい》は固まったままだった。兄はいつでも仏頂面である。しかし、笑みを絶やさぬ妹がこんな表情をしているのは問題だった。口元にはうっすら笑みが浮かんでいるものの、目は無を通り越していっそ冷ややかにも見えた。彦次と高市は気まずげに顔を見合わせたが、

「よっし、じゃあここらで地獄《じごく》踊りでもすっかな！」

小春がいきなりそう叫んだので、二人とも「よし来た！」とばかりに立ち上がった。彦次も高市も地獄踊りが何なのか分からなかったので、小春の動きに合わせて手足を上げ下げした。二人の想像よりもずっと激しい振りで、とにかく関節をがくがくと小刻みに震わせるように踊るのが正解らしかった。他の花見客が遠巻きに見て笑っている。呆れた喜蔵の脅すような睨みで制止させられるまで三人は踊り続けた。

「何だよ、まだ二十八番だぞ？　二百五十九番まであるのに……」

小春はぶつくさ文句を言ったが、彦次も高市もへとへとになっていた。高市が倒れるように座り込むと、背負い籠にぶつかって中から何かが零れ落ちてきた。

「あら、綺麗な京組紐《きようくみひも》……」

綾子がふと呟くと、高市は苦笑しながらそれを拾い上げた。組紐は羽織紐や刀の下緒《さげお》などとして使われる紐で、用途に応じた多種多様な組み方がある。京の組紐は色鮮やかなのが特徴であり、高市の持っているそれも目が覚めるような柿色だった。

「これは母や姉達への京土産なんです。毎度旅に出る度、何かしら買ってこないと絞られるので……綾子さんは京へいらっしゃったことあるんですか？」

綾子は少々言い澱《よど》んで、「以前少しだけ住んでいました」と答えた。

「そういや、綾子ってどこの生まれなんだ？」

小春が無邪気に訊く。付き合いが長い割に、喜蔵も知らなかった。一斉に皆の視線を受けて、綾子は仕方なくといった感じにぼそぼそと言った。

「田舎《いなか》なので皆さんご存じないと思いますが……大和《やまと》の池ケ原《いけがはら》というところです」

「池ケ原？　分からないなあ……吉野《よしの》や郡山《こおりやま》は立ち寄ったことがあるのですが」

胸をなでおろした様子の綾子を見て、喜蔵は少し不思議に思った。

「大和ご出身ということは、故郷を出られて京都へ行かれたんですか？」

「ええ、十五の時、呉服屋へ奉公に出ました」

「それでは、さぞや有名な看板娘だったのでしょうね」

世辞でもなく、感心したように高市が言うと、綾子は即座に首を横に振った。

「め、滅相もないです！　内勤めだったので、表に出ることもありませんでしたし……」

そこの主人は馬鹿だなあ、と小春は呆れたようにこめかみを掻きながら言う。

「綾子だったら、店の前に立たせておきゃあ勝手に人が寄って来ただろうに」

「確かに。それこそ、深雪ちゃんみたいにな？」

深雪は淡く微笑んだものの、返事はしなかった。喜蔵は妹の様子を気にしつつも、問い質《ただ》すことはなく、蓮根《れんこん》の白和《しらあえ》を黙々と口に運んだ。

「こちらにいらっしゃったのはどうしてなんです？」

問うた高市に、「綾子は後家《ごけ》さんなんだよ」と小春は何でもないように言った。彦次はいつの間に知っていたのか、少し眉尻を下げて首元を撫でただけだった。

「ああ、そうなんですか！　すみません、不躾なことをお伺いしてしまって……」

うなだれた高市に、綾子は微笑みながら首を振った。

「気にしないで下さい。もう、四年も前のことですから」

「まだ、四年ですよ」

深雪の呟きに息を呑んだ綾子は、そうですねと口の中で返事をした。

「まあ、お前達はまだ人生四十年以上あるからなあ……そう考えると四年って長いんだか短いんだか」

小春の年寄りめいた言葉に「背伸びして」と笑ったのは、高市だけだった。

「しかし、綾子さん。それじゃあ、再縁も先の話ですか？」

再縁はしません、と綾子はきっぱりと言った。彦次は勢いよく立ち上がると、

「勿体ねえ！　綾子さんのことだ、後家さんだからって遠慮しているんでしょう⁉　綾子さんなら後家であろうと何であろうと引く手数多《あまた》なんですよ！」

さも縄を持っているような手つきで何かを引き寄せる振りをした。

「俺もそう思います。もしも綾子さんがその気がおありならご紹介しますよ？」

「おいおい、それ桃爺じゃねえだろうな？」

茶化したように言う小春に、「そんなわけないですって！」と高市は顔を赤くした。

「叔父《おじ》は肝煎《きもいり》なので、頼めばいくらでもあります。それか、旅先で知り合った方とか――古道具集めが趣味じゃない方もいらっしゃるのでご心配には及びませんよ！」

本当に結構ですから、と綾子はぽつりと言ったが、彦次も高市も勝手に盛り上がってしまって、聞いていない。

「そうか、高市っちゃんは顔広いもんなあ。いい男はいそうか？」

「大勢いますよ！　例えば、三河《みかわ》の義三《よしぞう》さんとか肥前《ひぜん》の善右衛門《ぜんえもん》さんとか」

「俺はね、綾子さんには誠実で真面目であんまり派手好きじゃない男がいいと思うんだ」

「じゃあ、備後《びんご》の相模《さがみ》さんかなあ……よし、今度声掛けてみましょう――」

「――いいんです、本当に！」

にわかに綾子が大きな声で制したので、彦次と高市は固まり、喜蔵は息を呑んだ。

「おお、綾子どうした？」

小春が目を丸くして訊《たず》ねると、少し間が空いて「ごめんなさい」と小さな声音が返ってきた。眉を顰めた綾子は目の端を赤くして、泣きそうにも見える。深雪が気遣わしげに「綾子さん？」と小さく声を掛けた。

「い、いいえ、ごめんなさいはこちらの台詞です。またしても不躾なことを申しまして」

端座して深く頭を下げた高市の横で、彦次は慌てふためいて何度もござに頭をぶつけた。

「す、すみません綾子さん。『勿体ない』ってそればっかり先行して……申し訳ない」

綾子は口を開きかけては噤み――それを三度繰り返して、ようやく小声で話し出した。

「いいえ、ご好意は嬉しいんです。とっても……でも、私は――」

「遅いな」

にわかにそう漏らした喜蔵を、皆は一斉に見た。

「たかだか酒を買いに行くのに、これ程時を要するか？」

ここにいない平吉のことを指しているのだと分かって、皆は顔を見合わせた。のんびり行って戻っても、せいぜい十五分程だろう。いつの間にか、その倍は優に過ぎていた。

「あの野郎、どっかで道草食っていやがるのかも。俺見てくるわ」

そう言って腰を上げかけた彦次の着流しの裾を引っ張った小春は、ぐっと背筋を伸ばして立ち上がった。

「俺が行く。お前は変なものに巻き込まれやすいから大人しくしてろ」

「え、何かいるのか⁉」

途端にそわそわと落ち着かぬ様子になった彦次に、

「……馬鹿だな、桜には昔からこういうのがつきものなんだぞ……」

小春が胸の前に両手を持ってきて虚《うつ》ろな顔を作ると、彦次は「ひええ」と声を上げて足をばたつかせながら後退《あとずさ》りした。

「子ども一人じゃ危ないから、一緒に行きますよ」

小春が鬼だと知らぬ高市が心配して立ち上がろうとしたら、喜蔵が意地悪く笑ったので、小春は口をへの字に結んだ。

「俺はなあ、お前らよりずっと……まあ、いい！　高市は阿呆《あほう》の相手しといてくれ」

小春は彦次を指すと、そのままくるりと踵を返した。いつもだったら、ついていくと言い出しそうな綾子は、俯いて黙ったままだった。その綾子を気遣わしげに見つめている深雪もどこかぼんやりとしていて、まるで小春達の言は聞こえていないようである。彦次と高市は何度目か分からぬが、困惑しながら目を合わせた。

「食い物にたかるなよ」

喜蔵の言に、小春は前を向いたまま「その手があったな」と小気味よく指を鳴らした。


「遅いですねぇ……」

小春が平吉を探しに行ってから四半刻経った頃、高市が呟いた。

「もしかして、迷子になっちゃったんじゃないかしら？」

ぽつりと零したのは、久方振りに口を開いた深雪である。

「平吉も迷子？」

いい年なのに、と言いたげな彦次に、高市は首を振った。

「いえ、十分有り得ると思います。酔うと人は何しでかすか分かりませんから……うちの長姉は家宝の壺で酒を飲み出しますし、次姉は屋根に上って寝ようとするんです。一等年の近い姉は近くにいる者すべてに乗っかり、身体中に接吻《せっぷん》しますからね」

切々と語る話に、皆言葉を失くした。

「なあ、高市っちゃんって……だから酒飲めないんじゃねぇか？」

耳打ちしてきた彦次に、喜蔵は思わず頷いた。小春の座っていた場所には、食べ掛けのいなりずしがある。それをまじろぎもせずに見ていた綾子は、

「あの……私、探しに行ってきます」

と言って立ち上がろうとしたが、その手を引っ張って止めたのは深雪だった。

「綾子さん、顔色が優れませんよ？　休んでいてください。あたしが探してきますから」

深雪が腰を上げようとすると、彦次は中腰になってその前に立ちはだかった。

「お二人とも何をおっしゃる！　こんな可愛い女性が歩いていたら、男共は桜そっちのけで集まって来ちまいますよ！」

「あたしは大丈夫です。男の人に言い寄られたことなんてないですもの」

「そりゃあ、深雪ちゃんが気づいてないだけ！　絶対いるって」

「いませんよ。いたとしても、ちゃんとお断りするから大丈夫です」

深雪がそう言って胸を叩くと、喜蔵は鋭い目つきで深雪を見据えた。深雪は視線に気づいたものの、知らぬ振りをした。二人の間に目に見えぬ火花が散った。

「あのう、俺が見てきますよ。俺は旅慣れしているので道に迷ったりしませんし、酔ってもいないので。二人が見当たらなかったらまっすぐ戻ってきます」

彦次が慌てて取り成そうとした時、太っていることを感じさせぬ機敏な身のこなしで、高市が立ち上がった。ごめんなさい、と綾子と深雪が同時に言うと、

「いえ、そんな！　いいんですいいんです！」

やはりほのかに顔を赤らめながら、高市はその場をそそくさと離れていった。

それから更に四半刻近く経って、ようやく彦次は悟った。

（高市っちゃん、ここにいるより探しに行った方がマシだと思ったんだな⁉）

　そのくらい、花見の席は寒々しいものだった。仏頂面の喜蔵はいつも通りとしても、深雪、綾子がどんよりと沈んでいる。重苦しい空気の中、彦次は重箱の中に残っている不揃いのおかずを口に運んでいた。何と表現したらよいか分からぬ味わいである。顔の前を飛んでいる蝶もうっとうしかったが、深雪と綾子は払いもせずただ俯いていた。そのうち沈黙に耐え切れなくなった彦次は、何とか場を盛り上げようと思い立ち、ぱんっと手を打って皆の視線を集めてみた。

「い、いやあ、たった半刻の間に三人もいなくなっちまうなんて！　せっかくの席だっていうのに、ねえ深雪ちゃん」

　深雪は一応笑みを作って頷いたものの、目が怖い。恐らく喜蔵に怒っているのだろうが、彦次にその理由は見当もつかぬ。深雪が駄目なら綾子に、と思うところだったが、綾子は青い顔で下を向いたまま、取りつく島もない。

（女の相手は唯一の特技だっていうのに……うう）

　彦次は仕方なく、気が進まぬまま喜蔵に場を盛り上げる相手を頼むことにした。

「でも、よく考えたら相当いい状況だよなあ？　こんな美女二人と四人きりだぞ？　それぞれに恋が生まれたってまるで不思議じゃない。なあ？」

　乗れよ乗ってくれ、と念じながら喜蔵の肘《ひじ》を突《つつ》くと、「お前がいる時点で何も起こらぬ」と身を避《よ》けながら間髪《かんはつ》いれずに答えたので、（助かった）と彦次は息を吐いた。

「じゃあ、自分はどうなんだ？　隣に物凄い美人がいらっしゃるが」

彦次に手を差し向けられた綾子は、それを避けるようにますます視線を落とした。喜蔵は歯応えが良すぎる蓮根をすっかり咀嚼すると、辟易した顔で彦次を見遣った。

「そういう考えしか浮かんでこぬから、お前の脳は腐っているというのだ」

「お、男と女が共にいりゃあ普通は頭に浮かんでくるもんなんだよ……まあ、でも綾子さんだって困っちゃいますよね、相手が鬼商人じゃあ」

いたずらっぽく笑いながら訊ねる彦次に、綾子は小声で答えた。

「迷惑です……」

「え？　あっはっは！　ほら、みろ。迷惑とか言われちゃったぞ……え、綾子さん⁉」

思いがけぬ反応に「さては何か悪さしたな⁉」と彦次は慌てて喜蔵の胸倉を摑んで詰め寄った。

「ち、違います！　そうじゃなくって……あの、喜蔵さんにご迷惑ですから」

否定する時だけ声を大にして顔を上げた綾子だったが、彦次の手をなぎ払った喜蔵と目が合うと、また俯いてしまった。

「綾子さんが相手で不足のある者なんてどこにもいやしませんって！　喜蔵はご覧の通り仏頂面ですが、内心小躍りしているんですから。ほらほら、踊ってみろ喜蔵。よ！」

心底軽蔑《けいべつ》したような息を吐かれて、（誰のせいでこうなっているんだ！）と内心叫んだ彦次だったが、再び笑顔を作ると果敢にも深雪に話を振っていった。

「……じゃあ、そちらさんはともかく、深雪ちゃん。兄貴の親友の色男はどう思う？」

自惚《うぬぼ》れ男のような軽い訊き方に、深雪はゆっくり顔を向けて目を細めた。その控えめな笑みを見て、彦次は初めて深雪にどきりとしたのだが、

「彦次さんの絵、とっても素敵です」

そう言われて、胸の高鳴りはどこかへ行ってしまった。「ありがとよ」と言いつつ、肩を落とした彦次は、苦笑いしながら兄妹を見比べた。

「深雪ちゃん正直だなあ……何だ、似てなさそうで兄妹そっくりじゃねえか」

途端に冷ややかな表情になった深雪を見て、彦次は青ざめた。

（う……お、俺また何か不味いことを……⁉）

常だったら踏んではならぬところは器用に避けるのだ。それなのに、今日はあちこち踏んでいる。睨みつけるようにあらぬ方向を見ている喜蔵は、助けを請う彦次の視線には応えなかった。綾子は節目がちで、きゅっと口を結んだままである。余所《よそ》の席では日頃の憂さを晴らすがごとく盛り上がっているというのに、この席はまるで通夜のようだった。浮き浮きとしているのは、彦次達の周りを飛び交う蝶ばかりである。

「……小春はいねえけれど、地獄踊ります！」

彦次はやけくそのように叫んで踊り出したが、勝手がよく分からず、より変な動きをしてしまった。盛り上がったのは先程と同じく遠目から見ていた他の客達だけで、肝心の喜蔵達は無言で顔を伏せているばかり――彦次の努力は徒労に終わったのである。

「はあ……双六《すごろく》でも花札でも持ってくりゃあ良かったか……なあ？」

「あってもやらぬ。いくつの餓鬼だ」

「お前っ……いや、ほらあそこ！　碁《ご》打ちやってるぞ！　いっちょ、交じってみるか？」

喜蔵は微かに首を横に振るだけで、それから何をいってても返事もしない。

「そういや、この前さ――」

彦次はとっておきの笑い話を披露してみたが、それでも三人は黙したままだった。

（……こういう時こそ無邪気な子どもが必要だろ！）

早く帰ってきてくれと彦次が小春の名を何度も念じていると、蝶が前を横切った。する
と間もなく視界の端に小さな影が見え、（救いの神が帰ってきた！）とばかりに安堵の笑顔で振り返った彦次だったが、

「こは――お前！」

そこに立っていたのは、小春ではなかった。驚きの表情を浮かべたのは彦次だけではな
く、それまでずっと渋面を作っていた喜蔵もである。

「何しているの？」

相変わらず舌足らずな声音で訊いてきたのは、長い前髪をしたおかっぱ頭の少女だった。

ふた月前の騒動の時、百目鬼――多聞の隣にいたできぼしである。

「そ、そりゃあこっちの台詞だ……！」

彦次がやっと言葉を発した時には、喜蔵はできぼしの腕を掴んでいた。できぼしは何の
反応も示さず、池の向こう側を指差した。不機嫌を滲ませた喜蔵の顔をようやく見上げた

できぼしは、にいっと笑ってこう言ったのである。

「あっちにいるよ。お兄ちゃん達の探し物」

「お、おい。まさか、あいつらを……⁉」

彦次が叫んだ瞬間、喜蔵の手に摑まれていたはずの腕がするりと抜けた。そして気づいた時には、すでにできぼしは走り出していたのである。

「こら、待ちやがれ！」

片膝を立てていた彦次がすぐに立ち上がって後を追い出すと、喜蔵の脳裏に小春の言葉がふっと横切った。

——お前は変なものに巻き込まれやすいから大人しくしてろ。

（あやつが心配していたのはこのことだったのか？）

多聞ではなく、できぼしと接触させたくなかったのかもしれぬ——そんな考えが頭に上った喜蔵は「行くな、彦次！」と叫び、二人の後を追いかけた。

「おお、こんな狭いところで鬼ごっこか？　兄さん達、少しは場所を弁《わきま》えな」

「まあ、せっかくのハレの日じゃ。童心に返ってみるのも一興よ。娘っ子頑張りなあ」

ほろ酔い加減の花見客の野次が飛ぶ中、二人は木と木、人と人の間を掻い潜って、池の向こう側へと走っていくできぼしを追いかけていた。子どものできぼしよりも大人の彦次や喜蔵の方がずっと足が速いので、難なく追いつけるはずだった。思った通り、彦次はすぐにできぼしに追いついて、その手を引こうと手を伸ばしたのだが――。

(……!)

喜蔵が瞬きをした瞬間、二人の姿が目の前から消えてしまったのだ。慌てて周りを見たが影も形もない。目つきを鋭くした喜蔵に睨まれた花見客達が、怯えているだけだった。

(……また奴の幻術にはまってしまったのだろうか?)

そのまま池の反対側まで行ってみたものの、できぼしも彦次も見当たらなかった。喜蔵達の探し物――平吉達の姿も見えぬ。どうしようかと思案していたときである。

「嫌だ、清《きよ》ちゃんったら。そんなにお団子頬張っちゃ駄目よ」

「そういうおまさ姉さんだって食べ過ぎよ?」

若い娘の声が聞こえてきて、喜蔵は残してきた二人の女のことをにわかに思い出した。

己の失態が信じられぬまま、急いで戻った。なるべく早く着くように池の際を走って行くと、大木が見えた。そこには綾子一人がぽつねんと立ち尽くしていた。

(何故忘れていた……)

「妹は、どうしました?」

喜蔵はござの前に立つと、息を整える間もなく訊いた。そこでようやく喜蔵に気づいた綾子は、途端に顔をくしゃくしゃにしたのである。

「喜蔵さん、ごめんなさい……わ、私……」

綾子は泣きそうになりながら、訳を話し出した。何でも、喜蔵がいなくなった後できぼしが再び現われて、深雪にこう言ったのだという。

――お姉ちゃん、遊んで。

ほんの少し前、喜蔵と彦次が走り去って行くできぼしを追いかけていったばかりである。しかし、できぼしがやって来たのは、その反対方向からだった。

――お兄ちゃんと彦次さんは？

深雪が訝しむような声音で問うと、できぼしはくすくすと笑い出した。

――お兄ちゃん達、追いかけっこに負けたの。だから、お姉ちゃん遊んで。遊んでくれたら探し物のこと教えてあげる。

深雪はじいっとできぼしを見つめると、「――分かったわ」と言ってすくりと立ち上がったので、綾子は慌ててそれを遮ったが――。

「『ここで一緒に遊びましょう』と言ったら、女の子は走り出してしまって……」

深雪は「綾子さんはここで待っていて下さい。すぐに戻りますから」と言うと、できぼしを追いかけて行ってしまったのだ。綾子もすぐ深雪の後を追おうとしたものの、おかしなことに、十も数えぬうちに二人の姿はどこにも見えなくなっていたという。

(先程と同じか)

苦虫を嚙み潰したような喜蔵の顔を見ているうちに、綾子はますます顔を歪めて踵を返した。

「……私、探しに行ってきます」

一人で行かれたら堪《たま》らぬ、と喜蔵は慌てて腕を摑んだが、綾子が身体を震わせて固まったのですぐに放した。それ程強く摑んだ訳でもないが、綾子の目には恐怖が映っている。

(不躾だったか)

「……ごめんなさい」

喜蔵が謝る前に、何故か綾子がそう口にした。綾子が謝ったのは深雪の件だと思ったが、綾子が見ているのは自身の腕を摑んだ喜蔵の右手だった。沈痛な面持ちをする綾子が気になったものの、喜蔵はともかく深雪達に考えを戻すことにした。

(どうせならば一緒に探しに行くか。だが……)

これまで皆誰かを探しに行くと、戻ってこなくなった。ここで喜蔵と綾子がまた深雪達を探しに行ってしまったら、またしても相手の思う壺なのではないか——?

「……誰か戻ってきたら、すれ違いになるやもしれません。ここで待ちましょう」

喜蔵は綾子にそう声を掛けて、腰を下ろした。しかし、綾子は不安な表情を隠さず、再びその場に立ち尽くした。珍しく目を逸らさぬ綾子と見つめ合った後、喜蔵は口を開いた。

「すぐに戻ると言ったのなら、そのうち戻ります。あれは嘘をつきませんから」

「そう……そうですね。確かにそうですよね」

喜蔵の言葉に虚を突かれたように目を丸くした綾子は、気が抜けたようにゆっくりと腰を下ろした。しかし、綾子を落ち着かせた喜蔵はといえば、少しも心に余裕がなかった。本当は、すぐにでも探しに行きたかったのだ。喜蔵が苦悩を隠すように額をごしごしと撫でていると、横からくすりと笑い声が聞こえてきた。

「……よく考えてみたら、深雪さんは小さな女の子を追いかけて行ったんですよね。相手は子どもなのに、こんな心配するなんて変ですね」

何も知らぬ綾子の呟きに、喜蔵はぎゅっと拳を握った。


「……追いついた！」

深雪はできぼしの肩を摑んだ。結構な距離を走ったのに、できぼしは少しも息を乱していない。肩で息をする深雪に、振り向いたできぼしは不敵な笑みをもらした。

「お姉ちゃん足速いね」

何故だかぞっとしたが、深雪はそれに気づかぬ振りをして問い掛けた。

「ねえ、あなた……できぼしちゃん？　本当にこっちに小春ちゃん達がいるの？」

深雪は中腰になって、できぼしの視線に合わせようとしたが、肝心の目は前髪で隠れてしまっている。

「お姉ちゃんの探し物はそこにあるよ」

「私の？……あら？」

いつの間に――深雪は目を瞬かせた。ついさっきまで木々しかなかった場所に、幕の張られた小屋が佇《たたず》んでいたのだ。六角形で、広さは恐らく縦割り長屋三つ分くらい。艶やかな光沢をした常磐《ときわ》色の幕は、つい最近あつらえたかのような真新しさがあった。

「……⁉」

小屋を見上げていた深雪は、息を呑んだ。手に氷か何かを押しつけられたのかと思ったが、できぼしが肩に掛けられた深雪の手を外しただけだったのである。

(まるで、死人のよう……)

思わず身を引きかけてしまった深雪をじいっと見上げたできぼしは、音も立てずに掘っ立て小屋の中へすべりこんだ。しばしその場に立ち尽くした深雪は、意を決してできぼしの後を追った。幕をめくり上げて足をふみいれると、中は真っ暗闇だった。

「……できぼしちゃん?」

幕布に触れたまま呟くと、奥の方から「なあに?」とあどけない声が返ってきた。

「どこにいるの?　真っ暗で何も見えないわ」

しょうがないなあ、と幼女の楽しげな溜息が聞こえたと思ったら、辺りがにわかに明るくなった。小屋の中にはできぼし以外誰もいなかったが、少しも寂しい印象はない。幕で出来た壁が赤と青の丸みを帯びたひし形の模様で彩られていて、

(何だか……あまり趣味がよくないわ)

思わずそう思ってしまう程、ごちゃごちゃとしていて騒がしかったのだ。地は外と同じく土だったが、そこには七列のござが敷かれており、二十人は優に座れそうである。奥は一段高くなっていて、どうやらそれが舞台のようだった。その前には紺青の幕が下りている。五寸程の隙間から、舞台の上に誰かがいるのが知れた。

（これは……見世物？）

見世物というのは、祭りがあると必ず催される娯楽物である。どこの家の子どもも「入りたい！」と親にねだるもので、深雪も幼い頃に一度だけ父の袖を引いて入ったことがあった。深雪が見たのは「妖怪タコ女」だ。上半身裸で、明らかに作り物と分かる八本足の布切れを纏った女が、

「右へ寄ったり左へ寄ったり、親の因果が子に報い〜」

という文句をうたいながら、右に左にとふらふら動いているだけのものだった。今でも、ある意味忘れられぬ思い出である。入り口で棒立ちしたままの深雪を振り返りもせず、できぼしは前方に指を差し向けた。

「ここでね、私のお人形がお芝居するの」

深雪が見た見世物とは大分趣の違う物であるらしい。入り口の幕から手を放して進み出した深雪は、前から三番目の真ん中にいるできぼしの隣の席に座ることにした。

「人形劇はできぼしちゃんのお家《うち》の人がやるの？　お母さんとかお父さんとか……」

妖怪には親がいるものなのだろうか？　よく分からないながらも訊くと、できぼしは足をぱたぱたとさせながら上機嫌に答えた。

「違うよ。それにお母さんはお父さんに食べられちゃったから、もういないよ」

深雪はしばし、言葉を紡ぐことができなかった。ようやく口に上った「……お父さんは？」という声は、自分でも驚く程掠れていた。

「お父さんは多聞に食べられちゃった」

深雪は今度こそ絶句した。あの多聞が人を喰《く》ったなど信じられなかったのだ。深雪にとって多聞は、牛鍋屋に通う女たらしで愛想も気前も良い客である。小春達との一件を聞いた今でも、どうしても多聞と恐ろしい妖怪の姿が結びつかぬ。

（……！）

突如、幕布の壁が風に煽《あお》られたのか、びゅうびゅうと呻くように震えた。すると、六角形の隅っこにそれぞれ置いてあった大きな行灯が二つ消えてしまい、更にもう一つ消え、不安に思った深雪が立ち上がろうとした時、くいっと袂を引かれた。

「始まるよ」

できぼしが深雪の袂から手を放した途端、四つ目の灯りが消えた。大分薄暗くなったが、今走って戻れば外へ出られそうである。しかし、深雪はその場から動けなかった。恐怖で身が竦んでいたわけではない。頭がぼうっとして、足も手も動き出そうとしなかったのだ。

「お兄ちゃんが心配するから、帰らなきゃ……」

己に言い聞かせるように呟いた時、ちょうど灯りが残り一つとなった。

「心配なんてしていないよ」

ほのかな光に照らされたできぼしの顔は、冗談や意地悪を言った風でもなければ、笑ってもいなかった。

「だって、お姉ちゃんは強いじゃない。強い子は大丈夫だって思うもの」

「でも、心配してくれているわ……きっと……」

深雪はそう言ったが、小さく震えた声の通り、自信などちっともなかった。いくら彦次が心配だったとはいえ、喜蔵は自分のことなどすっかり忘れて走って行ってしまったのだ。

「お兄ちゃんはあの怖くて綺麗なお姉ちゃんのことは心配しているよ。でも、お姉ちゃんのことなんて忘れてる」

できぼしの言葉で深雪がすぐに思い至ったのは、何故か綾子だった。

（どうして？　綾子さんはとても綺麗だけれど、少しも怖いところなんてないじゃない）

それなのに綾子以外思い浮かばなかった。そして、何故か深雪の胸は締め付けられるように痛んだのである。胸苦しさに襲われた深雪が心臓辺りを押さえていると、最後の明かりが消えて真っ暗闇になった。隣のできぼしさえ見えず、手で探ってみたが何ら手ごたえはない。為す術もなく立ち尽くしていると、舞台に明かりが灯った。闇の中、無事に歩ける自信はない。深雪は不安に駆られながらも、その場に慎重に腰を下ろした。

足を抱え込むように座り込んで、深雪は思い惑っていた。

（あたし、最近何だかおかしいわ。自分のことがよく分からない……）

喜蔵に対する怒りの原因は分かっていた。けれど、いつもだったら同じことがあっても飲み込んでしまっていたはずだ。しかし、ここ数日はそれがどうも上手くいかなかった。喜蔵の顔を見ると苛々《いらいら》としてしまって、つい嫌味のような言葉が口をついて出てしまうのだ。花見の最中ですら、皆がいるというのに平静を装っていられぬ程苛立ってしまった。

こんな風になることは初めてで、深雪自身困惑していたのである。

せっかく一緒に暮らせるようになったのだ。共に生きる日々に嬉しさはあれど、苦しみなどない――はずだった。しかし、日に日に苛立つ心を抑えられなくなっている。どうして？　どうして？　どうして――頭の中にぐるぐると「どうして」が渦巻いていた。

（どうして……？）

深雪が自身への問いかけで胸がはちきれそうになった時、六角形の前方二箇所に明かりがついた。いつの間にか舞台の両脇に、三味線と篳篥《ひちりき》を持った二人の男が端座している。そろそろと奏でられ始めた旋律に乗って、舞台の幕が引けた。つつつ、と人形特有のおぼつかぬ足取りで、真っ白な肌をした人間が舞台の中央に出て来た。

（……え？）

深雪は瞬間本物の人間かと思ってしまったが、程なくして「生き人形」だと気づく。絹のような肌と艶やかな黒髪はとても作り物に見えなかったが、本物より一回り程小さい。それに、よくよく目を凝らすと、人形の後ろから白く美しい手がちらちらと見え、何者かによって動かされているのが分かったのである。

「――とある家に玉のような赤子が生まれ、父上様と母上様は、それは大喜びでございました」

舞台の後ろから、男の流麗な声が響いた。聞き覚えのある声に、深雪はぎくりとした。

母人形は父人形に支えられながら、手元に抱いていた布に巻かれた物を天に掲げるようにした。顔がはっきりと見えると、確かに玉のような光り輝く赤子で、こちらも人形とは思えぬ程素晴らしい出来だった。

「『お前よくやった』『いいえ、旦那様のおかげです。旦那様が私を引き受けて下さったから、こうして無事に産むことが出来ました。旦那様がいなければ、この子も私も生きてはいなかったでしょう』『そんなことはない。お前とこの子の力だよ。どれ、よく顔を見せてごらん。なんて可愛い娘だ』『本当に。なんて可愛いのかしら』」

父人形は、母人形と娘人形を大事そうに抱きしめた。幸せな家族の光景だったが、深雪はじわじわと恐ろしさを感じていた。

（まさか……）

深雪の動揺など気にすることなく、場面はさっと変わった。赤子の人形は八つくらいの娘人形と入れ替わっていて、心なしか父母の人形も老いている。

「娘はすくすくと大きくなりました。幼い頃から聡《さと》い子で、身体の弱い父の稼ぎが芳しくないことも、母が毎日寝る間も惜しんで働いていることもよく存じておりました。心配で堪りませんでしたが、父も母も娘の笑顔を見ると元気になると申しますので、娘はいつも笑顔でいようと心掛けておりました。出来ることはそれくらいしかなく、それを不甲斐なく思うこともありましたが、父と母がいてくれれば幸せでございました」

娘人形はそこでお日様のように笑んだので、深雪もつられたように拙《つたな》い笑みを零した。

「父母は揃ってとても優しい人間で、それこそ笑みを絶やさぬ人達でございました。けれど、母は時折一人涙に暮れることがありました。それを何度か目撃した娘は、思い切って母に訊いてみたのでございます。『おっかさん何で泣いているの？』『子どものことを想っていたの。そうしたら自然と流れたのよ』『子ども？　あたし？』」

母人形はがくがくと身体を左右に傾け、散々逡巡《しゅんじゅん》した素振りをした後語り出した。

「『私にはあんたの他に子がいるの。その子のことを考えていたのよ。あんたのお兄さんよ』『お兄ちゃん……おっかさん、あたしお兄ちゃんに会いたい！』『会えないの。おっかさんも会いたいけれど、会えないの……』」

母人形の目から涙が流れた。作り物にしてはよく出来過ぎていて不気味だったが、食い入るように見ていた深雪には関わりのないことだった。

そのうち、また場面が変わった。少し成長した娘人形は布団に寝かされていて、その隣には父人形がだらりと端座していた。

「娘はそれ以来兄に会いたいと口に出すことはありませんでしたが、心の中ではずっと願っておりました。風邪を引いた時に一度だけ、父に漏らしたことがございます。『おっとさん、お兄ちゃんに会いたいよ』『……まだ会えないんだよ』それは、この先ずっと会えぬということなのでしょうか。絶望しかけた娘に、父はこう申したそうでございます。『おっかさんが挿している山茶花の簪があるだろう？　お前があの簪が似合うようになったら会える』『じゃあ、おっかさんにちょうだいしなきゃ』『もっと大人になったら頼みなさい』父はせっかちな娘を笑いました」

（そうよ、そうだったわ……）

深雪も少しだけ笑って髪に挿した簪に触れたが、はっとして即座に手を膝に下ろした。できぼしがくすくすと笑い出したので、深雪は劇に視線を戻したものの、まるで笑うような場面ではなかった。

「『あたし早く大人になる』娘はそれからよくそう口にするようになりました。あの簪の似合うような大人になれば、兄と会える――娘に一つ夢が出来たのでございます」

突如旋律が止まり、舞台は真っ暗になった。深雪が思わず腰を上げると、やっと舞台にほのかな明かりがついた。場面の変化に、深雪は目を見開く。痩せ細った父人形が舞台の上に崩れ落ちたのだ――。

母人形と娘人形は、がくがくと身を捩じらせて父人形へ駆け寄っていった。

「父が死んだのは、娘が九つの時でございます。昔から病に苦しんでいましたが、その上身体に鞭《むち》打って働いていたため、否応なしに死へと近づいてしまっていたのです。娘は父が大好きでございましたので、哀しくて涙が止まりませんでした。しかし、隣の母が娘よりもずっと泣いていた為、止まらぬはずの涙は引っ込んでしまいました。母は父が死んでからもひたすら涙に暮れていました。娘の止まってしまった涙の分まで、母は泣いたのでございましょうか」

事切れた様子の父人形を見て、深雪はその場にどさりと座り込んだ。母人形から止め処ない涙が流れている。娘人形はそんな母人形を支えながら、人形らしく暗い目をしていた。

「父が亡くなってからというもの、母はこれまで以上に働くようになりました。娘も母と同じところで働きました。共にいる時間が増えて、娘は嬉しく思っていましたが、母は口癖のようにこう言うのでございました」

ごめんね、と深雪が呟くと、ごめんね、とできぼしが真似をして笑った。

「『ごめんね、ごめんね』『おっかさんが謝ることなんて一つもないのよ』そう言っても、母は謝るのを止めません。それだけが気がかりでしたが、母と共に生きていけるならば何でもないことでした。生きてさえいれば何とかなる――それは決して強がりではありませんでした。娘は心の底からそう信じて生きていたのでございます」

明かりが強くなり始めたのと合わせたように清新な旋律が響き出すと、支えられて立っていた母人形はゆっくりと自分の足で立ち、娘人形の手を取って笑みを浮かべた。その笑顔が本当に本物と瓜二つだったので、深雪は思わずおっかさんと呼びかけそうになった。

「健気な娘の姿を見て、母は次第に立ち直っていきました。父の不在はとてつもなく哀しいものでしたが、娘には母がいて、母には娘がいたのでございます。それに、いつか会えるという兄も――」

声音が翳《かげ》ったと同時に、明るい旋律が徐々に暗くなっていく。

（……見たくない）

せっかく希望の兆しが見えてきたところだったが、深雪は顔を歪めて唇を噛んでいた。

何しろ、深雪は先を知っているのである。再びほのかな明かりが灯ると、娘人形の手を取っていた母人形は床に伏していた。

「母は父と同じ病に倒れて、見る見る身体を蝕《むしば》まれていき、気づいた時には死の淵《ふち》に立っておりました。それでも娘はにこりと笑ってみせました。『おっかさん、弱気にならないで。絶対に大丈夫だから』『あんたには苦労ばかりかけて何もしてやれなかったね』『そんなことないわ。あたし幸せよ』嘘ではありませんでした。娘は本当に幸せだったのでございます。しかし、母は聞いていないのか首を横に振るばかりでした」

薄い布団を被《かぶ》ったまま、がくがく、がくがくと母人形は何度も首を振った。深雪がかすかに震えだしたのは、人形の不気味な動きが恐ろしかったからではない。母の「最期」が近づいていたせいである。娘人形は母人形の手を祈るように両手で握ったが、母人形の首振りは止まらぬ。

「『大丈夫よ、おっかさんは死なないわ』娘はそう繰り返しました。生を確信していたわけではなく、大丈夫だと己自身が信じていたかったのでございます。しかし、母は己の命の限りを知っていたようで、娘に形見を託しました」

母人形が己の髪から取って娘人形の髪に挿したのは、山茶花の簪だった。深雪は思わず自分の髪に挿されたそれを縋るようにきつく握った。

「『これからはきっと幸せになってね』母は最後にそう申しました」

母人形はびくりと痙攣《けいれん》し、動かなくなった。先程まで確かに生きているように見えたが、その瞬間（死んでしまった）と深雪は思った。母人形の死に顔は、とても安らかで幸せそうに見えた。それは確かに、深雪が数年前に見た母の最期の姿だった。

(おっかさん……!)

深雪が舞台へ向かって思わず伸ばした手は、もちろん届くはずもない。母人形が舞台からすっと消えてしまうと、残された娘人形はふらりとよろけるように立ち上がった。

場面が切り替わると、娘人形は前掛けをして盆を持ち、忙しく給仕をしていた。舞台には娘人形の他に何もなく、調度品どころか客すらいなかったが、深雪には繁盛している店の景色をありありと思い描くことができた。

「一人になってしまった娘は、母の働いていた店で住み込み働きをさせてもらうことになりました。娘は懸命に働きました。父や母のことを考えると悲しく、寂しい気持ちになりましたが、毎日笑って生きておりました」

あちらへこちらへと動き回る娘人形の元へ、舞台の端から体格のいい女の人形が近づいてきた。するとその女人形は、娘人形の手を固く握り締めてこう言ったのである。

「『そんなに無理しなくたっていいんだよ。無理して生きなくていいんだ。私達の前でくらい、泣いたっていいんだよ。あたしも旦那も本当の娘だと思っているんだから。くれぐれも遠慮なんてしちゃ駄目』」

女将の言葉は深雪の記憶と寸分も違《たが》わず、深雪の心を突き刺すものだった。深雪は髪から簪を引き抜いて、それを膝の上で握り締めた。

「『おっかさん。優しい人達に囲まれて、あたしはとっても恵まれているわ。おっとさんとおっかさんはいないけれど、大丈夫。皆心配してくれるけれど、本当に大丈夫だから。幸せよ。これまでもこれからもきっとそうだわ』娘は毎日仏様にそう報告しておりました。うんともすんとも返ってくることはありませんが、娘は毎朝晩それを続けました。そうしながら、娘はもう一つ願掛けをしておりました。それが叶ったのは、母が亡くなって半年が過ぎた頃でございます」

舞台の右端に、娘人形は立っていた。左から若い男の人形が、直立不動で近づいてくるのを深雪は固唾《かたず》を呑んで見守った。どうなるか分かっているのにひどく緊張してしまい、簪を握る手にますます力が籠っていく。

「木枯らしが吹く、寒い冬のことでございます。店の前を掃いていると、背の高い若い男と目が合いました。男の見開いた目を見て、娘はすぐに承知しました。そして、勇気を出してこう呼びかけたのでございます。『お兄さん』相手は固まりました。恐らく相手も確信したのだと娘は悟りました。しかし、相手の表情の中に嬉しさは見えませんでした。だから娘は『お兄さん――牛鍋いかがですか?』と逃げました。すると、相手は少し拍子抜けしたような、ほっとしたような表情になりました――娘はそれ以来彼を名で呼び、兄と呼ぶことはしませんでした」

明かりが差した舞台には、娘人形とその兄の人形が向かい合って座っていた。娘人形の手元には重箱がある。深雪は古道具屋で兄と喧嘩したことをふと思い出して、目を伏せた。

「初めておはぎを作って持って行った時、兄はとても嫌そうな顔をしました。想像していた通りの反応だったものの、胸がちくりと痛みました。母と自分と兄が共に笑顔でおはぎを食べる光景を夢見ていましたが、それはもう叶わぬ夢でした。だからせめて兄に食べてもらいたかったのですが、兄がおはぎを本当に食べたのか娘には分かりません」

声の言う通りである。小春が「あいつも美味いと言っていたぞ」と言ってくれたが、その場面を見ていない深雪には、未だにそれが真実なのかどうか分からなかった。するとそこで舞台から灯りが消え、楽器の音も途絶え、声だけが語り出した。

「『お兄ちゃん』初めてそう口にした時、娘は顔には出さなかったものの、それまで生きてきた中で一等緊張いたしました」

(あの時だわ……)

八ヶ月前を思い出した深雪は、その時と同じような緊張に胸が震えた。深雪が喜蔵のことを『お兄ちゃん』と呼んだのは、喜蔵が小春のことで思い悩み、迷っている時だった。もう他人に裏切られたくないから、誰も信じぬ――喜蔵は他人を拒絶して己の殻に籠っているだけに見えたが、深雪には違って見えた。他人を信じているからこそ、裏切られるなどと考えるのだ。初めから諦めていれば、裏切りに怯えることなどない。深雪は不器用な兄がもどかしく、愛《いと》おしかった。一人では動き出せそうにない兄を放っておくなど出来なかった深雪は、意を決して語り掛けたのである。

「『でも、これじゃあ背中を押せないわ。だから、今度はお兄ちゃんがあたしの手を引いてね』」

娘人形があの時の深雪と同じ台詞を述べると、その娘人形の手元と、兄人形の手元だけがぽっと浮き上がるように明かりがついた。二人の手はしっかりと繋がれていたが、すぐにまた暗闇に戻って見えなくなってしまった。

「……そして、ようやく兄妹と互いに認め合う日が参りました。しかし、それからもそれまでと何ら変わらぬ日々が続いたのでございます。その頃が一等寂しい時期でございました。父が死に、母まで亡くし、一人ぼっちになっても、娘には兄という夢がございましたけれど、それはどうやら娘だけが描いていたものであったのでございましょう。寂しくて、泣きたいような気持ちになりました。寒くて凍えそうな夜は、空しさが通り過ぎるのを震えながら待ちました」

まるでそこにだけ陽光が差したように明かりがつき、深雪は眩しさに目を細めた。娘人形が雪の中、震えながら何かを探し回っている場面だった。

「母の命日に、娘は母の墓参りを致しました。常のように語りかけ、その後祖父の墓にも参ったのでございます。祖父とは血の繋がりがありませんでしたが、娘のことを気に掛けてくれていたのは母から聞いて知っておりました。御礼がてら向かったはいいものの、墓がどこにあるか分からず迷ってしまったのでございます」

その時、闇から現われたのは兄人形だった。娘人形は驚いた様子も見せず微笑んだが、兄人形は常のように怖い顔をしていた。兄人形と娘人形は舞台上を歩き回った。決して肩を並べはしなかったが、前後に寄り添うように連れ立って歩いた。そのうち、足を止めた娘人形は、兄人形に礼を述べて別れようとした。

「その時でございます——『まだ家に着いていない』と兄が申しましたのは」

深雪はもれそうになった息を、袂で押さえた。

「『ここから四半刻もかかる』『お兄ちゃんは……ね？』『お前もだ』拙いやり取りでしたが、兄が『共に暮らそう』と言おうとしているのは精一杯伝わってまいりました。そして、兄は娘の手を引いて歩き出したのでございます。『早く帰るぞ』と言われた娘は、胸が詰まって『うん』と返事する以外に何も言えませんでした」

「当たり前よ」と呟いた深雪は、上に顔を向けて涙が零れぬようにした。そんな風に言ってもらえるとは、夢にも思っていなかったのだ。ずっとあのまま離れて暮らし、打ち解けぬまま終わってしまう気がしていた深雪は、喜蔵の口から出た言葉がにわかには信じられなかった。歩いているうちに湧いてきた実感は、言葉では言い表せぬ程幸せで、今と同じように涙を堪えるのが大変だった。何しろ、夢がすっかり叶ったのである。

「兄との帰り道、娘はいつも仏前に語りかけるように、心の中で母に話しました。『おっかさん、お兄ちゃんと一緒に家に帰るよ』こうして二人はついに兄妹になったのでございます」

そうして、明かりは徐々に消えていった。幸せのままでは終わらせてくれぬらしい。深雪は上を向いたまま苦笑いを零したが、その実胸が痛んで仕方がなかった。

「娘はいつも山茶花の簪を挿しておりました。それは母からもらった、あの形見の簪でございます。髪が短くなってしまってからも、それは娘の頭を彩っておりました。寝る前には仏前に置き、起きると父母に挨拶《あいさつ》をしながらそれを左耳の辺りに挿すのでございます」

娘人形の髪に挿してあるそれは、深雪のそれと寸分違わぬように見えた。深雪は膝にあるそれに触れて、ごくりと喉を鳴らした。

「いつものように仏前に行くと、そこに簪がございませんでした。動揺した娘は家中を探し回りましたが、やはりどこにもありません。途方にくれていると、作業場に出ていた兄が居間へ戻ってまいりました。『お前が探しているのはこれか？』兄が差し出したのは、正しく娘の探していた簪でございました。『花弁の一片が割れたので直した』そう言われて見てみると、確かにひびが入っておりました。兄が誤って割ってしまって、それを直してくれたということなのでしょうか。そう訊けばいいだけなのに、訊けませんでした。もしかしたら――と嫌なことを考えてしまったのでございます」

舞台からほとんど明かりが消えて、人形がそこにいるのかいないのか少しも分からなくなってしまった。それでも深雪は両手で簪を握り締めながら舞台を凝視し続けた。

「次の日もまた同じことが起きました。三日続くと、流石に娘も黙っていることが出来ませんでした。しかし何を訊いても、兄は『知らぬ』と申しました。兄が営む古道具屋に住みついている付喪神達にも訊いてみたところ、皆揃って兄と同じ答えをします。四日目の朝、目覚めるとすぐ仏壇に行き、娘は簪を手に取りました。すると、やはり四枚目も割れていました。不安と悲しみにくれていると、兄が近づいてきました。慰めてくれるのかと期待するところはございました。しかし、兄は娘に金を渡しながらこう申したのです。『その壊れた簪をつけるのはやめて、これで新しい簪を買ってこい』」

夏の夜に合うような涼しげな音色が、静まり返った小屋の中に響き渡った。

「『これはお母さんにもらった大事な簪だから、他の物なんていらない』『もう十分つけただろう』『この先もずっとつけるわ』『手放す気はないのか？』『ないわ……これじゃなきゃ嫌なの』娘は珍しく引きませんでした。兄は眉根を寄せて、怒ったような哀しいような複雑な顔をして言いました。『簪などどうでもよいだろうに』」

（……どうでもよくない）

深雪は再びそう思った。思ったのに、この時も声に出せなかった。喉の奥が渇き切って、声が出せなくなったようだった。

（どうでもよくない……よくないわ、お兄ちゃん。だって――）

「兄にとってはどうでもいい物かもしれませんが、娘にとってはとても大事な物でした。母がいなくなった今、母そのものであるような気がしていたのです。兄は簪に込められた父や母や娘の想いなど知る由もございません。しかし、少なからず兄は母を恨んでいるので、母の形見である簪が目障りだったのでしょうか――そして、翌朝目覚めると、最後の花弁が折られていたのでございます」

人形を扱う者に己の心をそっくり代弁された深雪は、ぐっと奥歯を嚙んだ。いつの間にか、舞台の真ん中に娘人形が現われていた。下から赤い光に照らされたそれは、まるで幽鬼のように哀しげで、この世にたった独りだけ取り残された者のようですらあった。見たくない、聞きたくない――深雪はそう思った。けれど、娘人形は深雪の懇願など聞き入れることなく、寂しげな声で独白し始めたのである。

「『でも、お兄ちゃんはいつか一緒におっかさんのお墓参りに行ってくれるって言ったわ。おっかさんのこと嫌いなわけじゃないのよ……ただ、今はまだすっかり許せてしまえないだけ。きっといつかは許してくれるわ。きっと、いつか……でも、いつかなんて本当に来るのかしら？　いつかが来ないというなら、あたしはどうしてここにいるの？』」

娘人形は深雪の方を向き、問いかけるようにか細く叫んだ。深雪は答えたかった。いつかは来る、絶対に――でも、喉の奥が詰まって、ただの一言さえ出てこなかった。何も言わぬ深雪に失望したように娘人形はほろほろと泣き出し、その場に膝を折ってしまった。

「『あたしはずっとお兄ちゃんに会いたかった。でも、お兄ちゃんはどうなの？　お店に通ってきてはいたけれど、結局名乗ってはくれなかった。あたしから言わなかったら、きっとあのままで兄妹にはなれなかった。お兄ちゃんはあたしと一生他人のままでも良かったの？』そんなわけない――そう考えるべきだと分かっていたので、心の底に封じ込めようとしました。我慢するのは得手でございました。これまでずっとそうやって生きてきたのです。しかし、娘の心にはほころびがあったのでございましょうか。それとも、折れてしまった簪と共に、娘の心も折れてしまったのでございましょうか。いつの間にか、ひびの入ったところから、不信・不平・疑心の思いが漏れていき――娘は兄を愛するあまり、それ以上に恨むことになったのでございます……」

　ゆっくりと幕が閉まり、芝居が始まる前のように隅々に明かりが灯った。深雪の隣には立てた膝に肘と頭を乗せて、斜め下から深雪を見上げているできぼしがいた。

「あたし、こんなこと思ってない……」

　力なく呟いた深雪に、できぼしは笑い声で「嘘つき」と言った。確かに喜蔵に対して腹は立った。しかし、不平も疑心もない。恨むなど考えたこともない。深雪はただ、寂しかったのだ。行き場のない寂しさが怒りに変じ、喜蔵に向かってしまったのである。

（お兄ちゃんのせいじゃないのに、あたし……）

　唇を噛んだ深雪に、できぼしは笑いかけた。

「お姉ちゃん、可哀相」

　言い返そうとした深雪の口に、できぼしは人差し指を当てた。

「可哀相可哀相って自分のこと哀れんでばかりいたら、本当にそうなってしまうから思わないだけでしょ？」

　指を外されても、深雪は言葉が出なかった。簪を握り締めた手が震えているのを見て、できぼしは唇を真横に引いた。

「お姉ちゃんは可哀相。でも、もっと可哀相なのはお姉ちゃんのお兄ちゃん」

「……どうして？」

「知りたい？」

知りたい——けれど、素直にそうとは言えなかった。目の前の少女はあどけないが、人心を誑《たぶら》かす妖怪の一味であるという。しかし、それでも（知りたい）という気持ちはなかなか消えてはくれぬ。深雪はこれまでこうして迷うことなどなかったし、誰かの言葉に揺さぶられることなどなかった。己の決めた道を生きていけば、他人に左右されることもないからだ。けれど今、自分よりずっと幼い妖怪の子どもに惑わされている。

「知りたいのなら、見せてあげる。知りたくないのなら、出て行って」

できぼしが指した斜め後方には、出入り口があった。先程とは違う場所に出現したので、次に現われることはないかもしれぬ。出るべきだとは分かっていた。しかし、深雪はしばし黙考して、こう言ったのである。

「あたしは……お兄ちゃんが何を考えているか分からないの。だから、知りたい……」

深雪の言葉に、できぼしは満足の笑みを浮かべた。

（この子の唇はなんて赤いの）

深雪がぼんやりとできぼしの唇を見つめていると、できぼしは身体の向きを変え、舞台を指差した。

「第二幕が始まるよ。題目は『亡き者の簪』だって」

できぼしの声を合図に辺りは再び暗くなり、舞台に小さな光が差した。娘人形と兄人形は舞台に立ち、向かい合ってはいるものの、互いに目を合わせようとはしない。自分と喜蔵の関係が如実に表れているようで、深雪は目を伏せた。

「兄と妹は兄妹となり、共に住まうようになりました。しかし、二人の間には常にたどたどしさがあり、互いに遠慮するようなところもあって、妹はそれを気にしておりました。けれど、兄の方はといえば、そんなことは少しも感じていなかったのです」

深雪はふと顔を上げた。そこには兄人形しか立っていない。ようやくそこに立っているような儚《はかな》さで、深雪の知っている兄とは結びつかなかった。

「兄は元来人と馴れ合うことがありませんでした。人は独りだと己に言い聞かせて、ひっそりと息を繋いでおりましたが、心の底では常に妹に会いたいと願っておりました。それが叶った今、妹が傍にいてくれること以外に望むことはございませんでした。だから、妹の不信には少しも気づかなかったのでございます」

暗転し、淡い光が舞台の端に灯る。先程の娘人形と兄人形が、それぞれ布団に入って寝ている場面だった。ただそれだけなのに、深雪はふと嫌な気を感じ取った。

（何かしら……寒い……）

背筋がぞくりと震えて、深雪は腕を抱え込んだ。舞台から何やら得体の知らぬ気配が漂ってきている。娘人形は何も気づいていないのか、ぐっすりと眠ったままだった。兄人形は瞬間身を震わせたものの、起き上がりはしなかった。

「ある夜、兄は何かの気配を感じ取って目を覚ましました。薄目を開けて部屋を見回すと、仏壇の前に何者かがおりました。人間ではないと一目で分かりました。それは人間の形を取った影でございました」

薄闇に、深雪と同じくらいの背恰好の女の影が映る――。それを見た深雪は全身に鳥肌が立ってしまった。影女は兄人形と娘人形の間をひたひたと歩き回っていた。何かを探すかのように、二人の布団をめくったり、顔を覗き込んだりしている。兄人形は異変を察知しながらも、知らぬ振りをしていた。深雪は不思議に思った。兄の性格なら相手が何であれ怯まず捕まえるだろう。影女は二人の間を巡るのを止めると、仏壇に向かっていった。探し物が見つかったらしく、そこにある何かを手に取ろうとしたが、上手く持ち上げられなかった。腹を立てたのか、影女はそれを乱暴に振り払うと、

――パキッ。

耳を劈《つんざ》くような鋭い音がして、深雪は思わず「きゃっ」と声を上げた。

「『どうしてもそれが欲しいのか……』兄は影女にそう言いました。この夜の出来事は、実は初めてではございませんでした。前の夜にも、その前の夜にも同じことが起きていたのでございます。影女が『これは私の物よ』と言って消えた後、起き上がった兄は簪の割れた花弁を握り締めると、とある決意を致しました。妹を守るため、簪を影女に渡そうと考えたのでございます。しかし、事情を知らぬ妹は簪を手放そうとはしませんでした。命を守りたい一心だった兄は、『簪などどうでもよいだろうに』とまるで心無いような台詞を吐いたのでございます」

（え……）

とても重要なことを言われた気がして深雪が目を見開いた時、にわかに場面が切り替

わった。兄妹人形が布団に入って寝ているところに女の影が現れると——深雪は、その恐ろしさに総毛立ってしまった。

「次の夜でございます。またしても、あの影女は現れました。日を重ねる度、その影女の気が陰ってきているのを兄は感じておりました。影女は昨夜までのように二人の間をさ迷うことなく一直線に仏壇へ向かうと、あの簪を手にしました。その夜は何故か持ち上げることが叶ったそれを、影女は嬉しそうに髪に挿そうとしました。しかし、簪はからんと地に落ちて、五枚目の花弁が折れました。影女はただの影で、簪を挿すことなど出来るはずもなかったのです。絶望に苛まれた影女は、その場に伏しました」

ただの影だというのに、女は本当に泣いているように見えた。慟哭《どうこく》が伝わってきて深雪の心はしくしくと痛みだした。

「影女は再び簪を手にすると、のそりと起き上がって、ふらふらとそれこそ幽鬼のように眠っている二人の方へ近づいて参りました。そして、兄の前を通り過ぎて娘の前に立った影女は、娘の頭目掛けて簪を振りかざしたのでございます」

深雪は思わず目を瞑《つむ》った。己の頭をかばっても詮無《せんな》きことではあったが、知らぬ間に抱え込んでいたのだ。だが、舞台からは悲鳴どころか物音一つ聞こえてこぬ。恐る恐る目を開けると、影女の手は兄人形に止められていたのである。

「『もうよせ』『これはあたしの物よ』『それとは別物だが、俺の祖母がつけていたものをやろう。これはお前の物だ』そう言って兄は、枕元に置いてあった風呂敷から取り出した簪を掲げました。『……どうして？』『お前も俺の妹だ』影は満足したのか、それとも諦めたのか、その簪を掴むとそのままうっと消えてしまいました。兄は本物の花に触れるような手で山茶花の簪をそっと掴むと、仏壇の前に戻しましたのでございます」

兄人形は祈るように手を合わせると、微かな声音で語り始めた。

「『お前は深雪が生まれる前に出来た子だ。この世の陽を見ることなく、死んでしまった。俺は幼かったが、お前が産まれてくることを心から願っていた。この山茶花の簪は母が俺の祖父から譲られたものだというから、確かにお前の物になるはずだったものかもしれぬ。だが、だからといって深雪を恨むな。あれはいつも笑って幸せそうにしているが、そのまま心まで笑っているとは限らぬ。泣きたい時ですら、笑っている娘だ。そうやって、独りで耐え抜いてきたのだ。お前が生まれていたら、きっと深雪はお前を慕い、お前は深雪を可愛がったことだろう。だが、お前はもうこの世にいない。成仏してくれとは言わぬ。ここにいてよいから、お前の妹に当たるな。それをするなら、俺にしろ。俺はお前の兄でもあるのだから』兄は仏壇に奥に置いてある木製の守り札を大事そうに撫でると、固く目を閉じて妹の冥福《めいふく》と幸せを祈ったのでございます――」

幕が閉まり、辺りは真っ暗になった。しばらく何の音もせず、闇の中で深雪は一人震えていた。その目からは涙が止め処なく流れ落ちた。

（どうして……お兄ちゃん……あたし）

怒濤《どとう》のごとく溢れ出てきている感情が何なのか、深雪には分からなかった。母が死んだ時も、これ程泣きはしなかった。母が死んでも生きていかねばならぬと知っていたから、泣くのを必死に堪えていたのだ。深雪は哀しいときでも——否、哀しいときこそ、泣かぬ用意をしていた。しかし、それがまったく出来ていなかった今日は、泣かずに堪える術が見つけられなかった。せめて嗚咽を封じようと、喉を両手で握るように包み込んだとき、暗闇の中からできぼしの声が聞こえてきた。

「ね、可哀相でしょ?」

俯いて答えぬ深雪に、できぼしは楽しそうに続ける。

「お姉ちゃんもお兄ちゃんも可哀相。お姉ちゃんのお母さんもお父さんも可哀相。お姉ちゃんのお姉ちゃんなんて、もっと可哀相」

膝の上にある山茶花の簪を無言で見つめ続けていた深雪は、しばらくするとふと顔を上げた。そして、暗闇の中にいる姿の見えぬ相手を見据えるようにして、はっきりとこう言ったのである。

「……あたしはやはりそうは思わない。自分も、他人も可哀相だと思わないわ。一生懸命生きている人が可哀相なわけないもの」

「じゃあ、生まれる前に死んじゃったお姉ちゃんは? 可哀相じゃないの?」

それは——一瞬言葉に詰まった深雪を、できぼしは嘲《あざけ》るように笑った。

「……あたしはこれから毎日姉のことを想うわ。姉の分まで生きて、姉に話し掛けるの」

「死人に想いなんて届くわけないよ。死んだらそれまでだもの」

できぼしがにわかに冷めた声音を出したので、深雪はびくりと肩を震わせた。隣からは、先程舞台に影女が出て来た時のような冷気が発されている。恐ろしく思いつつも、深雪はどうしても言わずにはおれなかった。

「あたしの傍にはおっかさんとおっとさんがいるわ。お祖父さんだっているし、きっとお姉ちゃんだっていてくれる……あたしが生きている限り、皆だってその中にいてくれるはず。傍にいてくれる限り、あたしは皆を可哀相になんてさせないわ」

沈黙が下りた後、できぼしは「あーあ」と大きな溜息を吐き捨てた。

「何それ？　つまんないなあ。どうしてそんなにつまんないこと言うの？　死んだ人間が傍にいるわけない……いるわけないもん！　お姉ちゃんの馬鹿！」

深雪は暗闇の中で頰を打たれた。小さく冷たい手のひらだったので、それができぼしの物であることははっきりと分かった。思わず隣に両手を伸ばしたところ、確かに一瞬子どもを抱きすくめたような感覚がした。しかし、やがて小屋の右前方にふわっと明かりが灯ると、できぼしの姿はどこにもなかったのである。

「あーあ拗《す》ねちゃった」

一人取り残された深雪の前に現れたのは、芝居に使われていた人形を両手に抱えた多聞だった。いつも派手な装いだが、この日は黒の着流しと黒の足袋を身につけている。あまり似合わぬが、闇に紛れるには確かに適していた。多聞は人形をその辺に置きながらゆっくり歩いてくると、深雪の隣に静かに胡坐を掻いた。

「深雪さんをからかっても楽しくないって言ったのになあ……どうしても深雪さんと遊びたかったんだって」

「どうして、あたしを？」

何故自分が選ばれたのか、深雪は皆目分からなかった。多聞はできぼしのように足を抱え込みながら、小首を傾げて微笑んだ。

「さあね……ただ、できぼしも父母がいないんだ。深雪さんが自分と同じ思いを抱いていたらいいと思ったのかな。あの子は自分と同じような者に会ったことがないから、気持ちを分かち合える相手を欲しているのかもしれないね」

多聞はあくまで憶測のように話したが、それが真実なのだろうと深雪は思った。

「あの子は四百年以上生きているが、中身は子どものままだ。世の中が己の思い通りに動かぬことが受け入れられぬらしい。でも、深雪さんは凄いね。まだ十六年しか生きていないのに、その辺の大人よりずっとしっかりしている。深雪さんは強いよ」

多聞はそう言って深雪を褒めたが、深雪は眉を顰めて首を振るばかりだった。

「強いよ。独りきりだというのに……でも、独りきりだから強くなれたのかな？」

「あたしは独りきりじゃありません……！」

深雪は己の声が大きくなったことを恥じて俯いたが、多聞はますます微笑みを深くして、うたうように続けた。

「人間は皆独りだよ。だから小さな地に寄り集まって生きている。一緒に生きているようで、本当は皆独りきりだ。誰かと手を繋いでも、一つになどなれはしない」

（そんなの当たり前だわ）

一つになんて誰もなれぬのだ。人間は皆違う生を生きている。たとえ親子や夫婦であろうと、一つになどなれぬ――深雪は昔からそれを知っていた。けれど、多聞のすべて飲み込んでしまうような漆黒の目を見ているうちに、つい本音を漏らしてしまったのである。

「一つになんてなれなくていい。でも、あたしは――共に歩いて生きたいんです……」

「でも、それが一等難しい。深雪さんはそのことをよく分かっているだろう？」

多聞の言う通りだった。だから深雪は何も返さなかった――否、返せなかったのだ。黙り込んでしまった深雪に、多聞は莞爾《かんじ》として笑んだ。

「だから思うんだ。深雪さんは本当に強いって。俺だったらもうくじけてしまうよ」

「強くなんて――」

言葉を発した途端、深雪の目からまた涙が零れ落ちていた。身体から力が抜けて、その場に手をついてしまった。後悔や哀しみの波は引いていったはずだ。それなのに、多聞の目をただ見ていただけで、どうしようもなく涙が溢れてしまったのである。

「強くなんてないわ……本当のあたしは、誰よりも弱いの」

強い、強い、強い――深雪はこれまでずっと、そう言われて生きてきた。本当の自分が強くないことなど分かっていた。元来泣き虫で、頑《かたく》なな気質である。でも、それでは生きていけなかったのだ。

「だって、弱いとおっかさんやおっとさんに迷惑が掛かるもの……」

二人を煩わせることなど、深雪には出来なかった。強くなりたかった、と深雪が呟くと、多聞はゆっくりと頷いた。深雪には涙でぼやけて見えなかったが、優しい目に見えた。

「……強くなろうと思って、そういう風に生きてきたの。強い子ねって言われて、強く生きているつもりだった……でも、本当は弱いままなの」

くじけそうになることは何度もあったが、くじけることなど出来なかった。そんなことをしたら、きっと二度と立ち上がれぬ。本当の己はずっと奥底で膝を抱えて座り込んでいたが、見ぬ振りをして前を向いていた。見たら戻れぬ、と深雪は思ったのだ。

「本当の自分を見てしまったら、きっと生きてはいけないもの……あたしは弱くなることが怖いの」

それからしばらく、小屋の中には深雪の嗚咽《おえつ》だけが反響していた。それも止むと、何も聞こえなくなった。どれ程時が経った頃か、深雪はゆっくりと顔を上げた。そして、多聞がまだそこに座っていることに少し驚いた。多聞はこちらを見ようとせず、抱え込んだ膝の上に顎を乗せたまま、ゆっくりと口を開いた。

「それでも、やはり深雪さんは強いと思うよ。己の弱さを知っている人間は存外少ない。知ってしまうと、向き合わざるを得なくなるからね。ずっと見据えていくのか、捨ててしまうのか、はたまた振り出しに戻って気づかなかった振りをするのか……深雪さんはどれを選ぶのかな？」

黙りこんだ深雪を一瞥して多聞は立ち上がった。去っていくその背中に、深雪は呟く。

「多聞さんはすべてを捨ててしまったんですか？」

多聞は半分だけ振り向き、先を促すように顎を引いた。

「この世に独りきりの人間なんていないって思っていました。あたしもお兄ちゃんも、遠く離れて暮らしているけれど、独りじゃないって。でも、多聞さんはもしかして独りぼっちなんじゃないですか？」

「どうしてそう思ったのかな？」

多聞はその場にそぐわぬ笑みを浮かべたまま、子どものように小首を傾げた。

「……孤独の海」

深雪がぽそりと言うと、珍しいことに多聞は驚いたように目を見開いた。深雪はゆっくりと視線を上げて、まっすぐ多聞を見つめた。

「多聞さんの目は凄く綺麗だけれど、誰よりも寂しい目をしています。見ていると、怖くなる……誰にも立ち入れない、孤独に満ちた深い海のようで――」

言っている途中で、深雪は再び黙り込んでしまった。孤独の海に溺《おぼ》れているのは多聞ではなく、自分である。それも、勝手に溺れている気になっていたのだ。

（ずっと強いつもりで生きてきたのに……できぼしちゃんの言う通り、あたし馬鹿ね）

己自身を嘲笑《あざわら》った時、握っていた簪の上にぽとりと涙が落ちた。涙でぼやけた視界では、花弁にひびが入っていることなどまるで分からなかった。もっとも、普通に挿していても、誰もひびに気づかなかったのだ。そのくらい綺麗に直されていた。喜蔵がどんな思いで箸を直していたのか、今更ながらに考えた深雪は三度涙が止まらなくなった。

「……だから嫌だったんだ」

苦笑しながら近づいてきた多聞は、深雪の肩にそっと手を置いて身を起こさせた。

「深雪さんは率直過ぎて化かしようがない。化かしたつもりが化かされているし」

顔を上げて不思議そうな顔をした深雪に、多聞はにこりと微笑んだ。

「でも、もしかしたら、深雪さんもこっちに向いているのかな？　喜蔵さんより、あんたの方がこっちへ来てしまうのかもしれないね」

ここを離れてどこへ行くというのか――深雪にはまるで意味が分からなかったが、多聞はそれ以上何も語ることなく、袂から取り出した煙管を口に咥えて再び踵を返した。

「さ、できぼしを探しに行かなくちゃ。じき幻も終わる……昼間に幻は見せられないのだけれど、今日は特別なんだ。何しろ、あちらとこちらが混ざり合うあわいの日だからね。でも、そのせいで少々作りが粗い。深雪さんも早く出た方がいいよ」

出られるものならね、といたずらっぽく笑った多聞はそのまま闇に消えた。その直後、ぐらぐらと地が揺れ出した。幕の壁に描かれたひし形の真ん中に黒い丸が滲み出して、目のように変化して――いつかの騒動の後、その場にいた付喪神達から聞いていた状況とよく似ている、と深雪は存外冷静に考えていた。

揺れが大きくなっていくと、立派だった舞台はちっぽけなものに変わった。細い柱にひびが入って、身の危険が迫っているのが分かったが、立ち上がる気力さえ残っていなかった深雪は、俯いてぼうっとしているしか出来なかったのである。そして、とうとう明かりが消えた。暗闇の中に轟音《ごうおん》が響き渡り――深雪は為す術もなく、座り込んでいた。恐ろしいとは思わなかった。一切の考えも浮かばず、ただ浅い息を繰り返していたのである。

（……お兄ちゃん）

耳の横辺りから何かがにわかに発光したのは、その時だった。深雪の前には、薄闇の中に一筋の光が浮遊していた。まるで人魂のようだと深雪は思った。見たことはないが、想像するそれとよく似ていたのである。その光は、深雪を誘うように波を描きながらまっすぐ進み始めた。花見の席とは違い、実に明瞭な飛び方である。

（あれが、おっかさんかおっとさんかお祖父ちゃんか――それとも、お姉ちゃんだったらいいのに）

深雪の強がり通り、今は亡き人々が深雪に寄り添って導いてくれていたら――もしそうだったら、どんなにか自分の心が慰められるだろう。ふらりと立ち上がった深雪は、その光り輝く人魂のような物体――蝶の元へ吸い寄せられるように歩き出した。

四、飛縁魔の系譜

桜の大木の下で、喜蔵は途方にくれていた。一人が寂しいからではない。一人だったら、恐らく何とも思わぬだろう。平吉が酒を買いに行ってから、小春、高市、彦次、深雪までもが姿を消した。皆して「すぐに戻る」と言ったのに結局誰も戻ってこぬままである。

（……まったく）

喜蔵は隣にいる綾子を盗み見た。綾子はご近所の中でほとんど唯一といっていいくらい近しい知人だ。顔を合わせれば挨拶をするし、深雪が来てからは一緒に夕飯を食べたこともある。それ程の仲ならば話題の一つや二つ自然に出てくるはずだが、この日はどうも駄目だった。これが裏長屋の前で行き会ったとか、夕餉のおすそ分けをされた時だったら、恐らく自然に対応出来る。けれど、たった二人きりで同じ時を過ごさなければならぬ時には一体どうしたらいいのか――喜蔵にその術はまるで思い浮かばなかった。

花見客が通る度、必ずといっていいほどこの席を見ていくのも、会話が出来ぬ要因の一つであったかもしれぬ。普段であれば、喜蔵の顔の恐ろしさに真っ先に気づくだろう。しかし、桜の木の下にいて、常にも増して美しい綾子に目を奪われぬ者などいなかった。男のみならず、女までも綾子に見蕩《みと》れるのだ。羨望《せんぼう》の眼差しとは対照的に、綾子はすべてを拒絶するかのような硬い表情で俯いていた。

「……遅いですね。人が多いからなかなか見つからぬのでしょう」

喜蔵が独り言のように漏らすと、綾子は心持ち青白い顔を上げて頷いた。どこか影のある微笑を零した綾子を見て、喜蔵は（何故この人は時折こんな風に笑うのだろう）とまたしても思ったが、その理由を訊いたことはないし、訊こうと思ったことさえない。何かしら理由がありそうなのは分かっている。しかし、興味本位で相手に理由を訊ねるなど不躾極まりない。もし喜蔵が綾子の立場で理由を聞かれたら、（何故そんなことをお前に話さなければならぬ？）と苛立つはずだ。

理由などどうでもよい。無闇に立ち入らぬ方が互いのためだと喜蔵は思っていたし、綾子は恐らくもっと思っているだろう。綾子は愛想がいいが、喜蔵とはまた違った意味で他人を寄せつけぬところがあった。喜蔵も綾子も己の領域を侵されるのが不得手である。他人との距離に敏感な者同士であるから、こうして付き合いが続いているのだ。しかし、そのせいで今こうして沈黙の嵐に巻き込まれている――時が経つにつれ、喜蔵は段々と居たたまれぬような心地になった。口を開きかけては止め、を繰り返してすっかり諦めた頃、

「それ程好いているのかしら」

沈黙を破ったのは黙りこくっていた綾子だった。心当たりもないのに、喜蔵はどきりと

した。何のことを言っているのかと混乱していると、横からすっと白い指が差し出された。

「あの子達、ずっとこの木の下を飛んでいるんですよ」

指先を追うと、そのすぐ上に蝶が二羽上下に舞っていた。何となく二人して眺めていると、「懐かしいです」と綾子がぽつんと言った。

「私の故郷も、春になるとたくさんの蝶が舞っていたんです。この子達のような鮮やかなのはあまりいなくて、くすんだ黄色や白の蝶ばかりでしたけれど、とても綺麗でした」

綾子はそう言うと、ふと視線を上げて喜蔵を見た。

「喜蔵さん、大和へ行かれたことはありますか？」

首を横に動かした喜蔵に、綾子はうっすら笑みを浮かべた。

「高市さんもご存じありませんでしたが、大和で生まれた人でも知っている人は少ないと思います。それくらい奥深い地……吉野の山々や大川に囲まれた池ケ原村。今から二十五年前……私はそこで喜蔵さんがお生まれになる五年も前に生まれたんです」

喜蔵は綾子が自分の年を知っていたことに驚き、綾子が自らの過去を話し出そうとしているのを察して、また困惑した。先ほどあれ程話したくなさそうだったのだ。

(それに、もしも俺がこの人ならば、俺になど話そうとは思わぬ)

話しても特段の感想も言わぬし、同調することなど有り得ぬ。意見することもないだろうが、何の手応えもない相手よりも、彦次や高市などの打てば響くような者に話した方がよいのではないか——。どういうつもりなのか様子を窺ってみたものの、綾子は喜蔵の方などちっとも見ておらず、目の前を飛ぶ蝶をひたすら目で追っているようだった。

「……私が生まれた時、私の家には父、母、兄と姉、それに祖父がいました。隣の村落には叔父夫婦と娘と息子がいて、他にも遠縁の者達が大勢住んでいたようです。血族全員揃ったら、百人にもなるんじゃないかと姉は言っていました」

随分と多いが、江戸を離れればそんなものなのだろうか。江戸から離れたこともなく、田舎もない喜蔵には想像もつかぬ話である。

「一同が揃うことなどなかったので、数は少し大げさかもしれません……それに、田舎というのは血の繋がりよりも、村の中の繋がりが強いんです。会ったことのない血縁者より、共に生きる村の中の人達の方が家族みたいでした」

『この女は、その家族を何人も殺したんだ』

喜蔵は耳を疑った。

（殺した……？）

今、確かにそう耳に届いた。綾子の声ではない。綾子の声音は低く落ち着いているが、恐ろしい言葉を放ったのは高く、それでいて冷ややかなものだった。綾子は喜蔵の見開いた目に驚いて問いかけた。

「どうかされました？」

（空耳か？）

周りを見回したが、そこには誰もいない。綾子が不思議そうな表情を浮かべているので、喜蔵は誤魔化すように言った。

「……家族といいますが、村一同で何かなさっていたのですか？」

「喜蔵さん、鋭いですね……そうなんです、村の皆でお蚕《かいこ》さんを育てていました」

綾子は手で蚕の形を作ると、懐かしそうに頬をゆるめた。

「女衆が糸を紡ぎ、それを男衆が売りに行く……私は売りに行く方がやってみたかったんです。男の子に生まれたら良かったのにって小さい頃はよく思っていました」

『そうだな。男に生まれていれば、皆を殺さずにすんだのに』

「……」

空耳ではないのか？――喜蔵は眉を顰めた。

「私、小さい頃はとってもお転婆だったんです。女の子の遊びをするより、兄や男の子達と交ざって鬼ごっこしたり、剣術ごっこしたりするのが好きだったんです。でも、抜けているからよく転んだり、泥んこになったりして、親に怒られていました。だから、本当は三味線より鬼ごっこの方が得意なんです。そっちを教えたいくらい……でも、子どもは教えなくても、いつの間にか鬼ごっこが出来るんですよね」

綾子が照れたように笑うと、それに被さるように嘲笑が響いた。

『子どもも、鬼のような女に教わりたくはないだろうよ』

（何なのだ、一体……）

やはり空耳とは思えなかったが、綾子は一切表情を変えることなく語っている。

「……今、聞こえましたか？」

「え？　何か音がしました？　誰かが戻ってきたのかしら？」

綾子は少し前の喜蔵のように、周囲に目線を遣った。

『この女に私の声は聞こえぬ』

答えが返ってきて、喜蔵はぐっと詰まった。黙り込んだ喜蔵を見て、綾子は首を傾げたが、喜蔵がそうやって黙ることなど珍しくはなかったので、話を続けることにしたらしい。

「男勝りすぎて、男の子に間違えられることもあったんです。兄も面白がって、私の髪で男の髷《まげ》結ったりしていました……七つになるまでは」

最後だけほろ苦く言った綾子は、喜蔵の疑問を読み取ったように頷いた。

「七つになった時、村で六十年に一度のお祭りがあったんです。それは、江戸のお祭りのように活気のあるものではなく、村を維持していくための儀式のようなもので……お神輿《みこし》なんてもちろんないし、山車《だし》も見世物もありません。それは、村の守り神様に仕える巫女《みこ》を一人決めるお祭りなんです。その時ちょうど七つになる女の子が選ばれるしきたりとなっていて、私が選ばれました」

『巫女？　ただの生贄《いけにえ》のくせに……偉そうなことを申すな』

（生贄？）

聞こえてきた不穏な言葉にまた喜蔵が押し黙っていると、いつの間にか綾子が心配そうに覗き込んでいた。本当に何も聞こえていないようである。

「……巫女になるというのは？　何か特別な修行などされるんですか？」

「いいえ、特にはありません。時折社に参って祈禱《きとう》するくらいでした。その時には襦袢《じゅばん》に緋袴《ひばかま》を付けた巫女装束を着て、伸ばした髪を朱の紐で一つに括《くく》る決まりはありましたけれど、普段はごく普通の着物を着ていました。家でお蚕さんのお仕事もしますし……ただ」

綾子は言い澱《よど》んだが、少し迷ってから恐る恐る話し出した。

「男の子と――異性と遊んだらいけないんです。触れてもならないし、口を利くことさえ駄目で……神に仕えるのだから、清くい続けなければならないって……」

まるで男が不浄のもののようであるが、実際その村ではそうだったのだろう。綾子は申し訳なさそうに喜蔵を見ていたものの、喜蔵は別段何とも思わなかった。

「……それで、鬼ごっこも出来なくなってしまったんです。村にはあまり同じ歳の女の子がいなかったので、隣家のお嫁さんに遊んでもらいました」

綾子はその人から三味線を習った。まさかそれを生業にするなど思いも寄らなかったが、鬼ごっこの代わりに毎日懸命に爪弾いたという。

「その巫女というのは、いつまで続けられたんですか？」

十五の時までです、と綾子は言った。つまり、八年も仕えてきたというわけである。長い――喜蔵の呟きは誰にも聞こえぬほど小さかったというのに、

『本当は、死ぬまで続けなければならぬものだ。この女は身勝手に途中で降りたのさ』

どこの誰とも分からぬ相手が答えてきた。どうやらこの声は、喜蔵にしか聞こえぬらし

い。どこの誰とも分からぬのだから、無視してもよいだろう――そう腹を括った喜蔵は、綾子に向き直って問い掛けた。

「異性と口を利いてはならぬというのは、ご家族以外ということですね？」

「……いいえ」

綾子は膝の上で手を何度も握り返しながら、ひっそりとした声音で答えた。

「兄と父と祖父……家には三人男がいましたが、誰とも口を利いてはなりませんでした」

喜蔵は村の掟《おきて》の徹底さにしばし絶句したが、女の意地の悪い笑い声が聞こえてきたため、

「では、巫女を終えてご家族とようやく話が出来たのですね」

声を掻き消すように少々大きな声で訊いた。当然、「はい」と返ってくるものだと思ったが、綾子が答える前に『違う』という声が耳に響いた。

「役目を終える頃、兄は亡くなっていましたから……兄だけでなく、父も祖父も」

「それは……」

何とも気の毒な話である――掛ける言葉を探しあぐねていると、またしてもあの女声が話し出した。

『死んだのではない。殺したんだ。この女と関わったせいで、男は皆死んだ』

呪いのような台詞は簡単に聞き流せなかった。しばし逡巡してから、喜蔵はようやく
「母上と姉上はご健在なのですか？」とぽつりと問うた。

「ええ……でも、二人とももう実家にはおりません。姉が隣村に嫁いで行ったので、母も

それについていって、実家はもぬけの殻だと思います」

（思う？）

そういえば、と喜蔵は思い出す。藪入《やぶい》りの時期になると、長屋の連中はこぞって田舎へ帰っていくが、綾子はいつも裏長屋にいた。あそこへ越してきて以来、遠出したような素振りもない。

『この女は十五の時以来実家には帰っていない。母にも姉にも恨まれているからな』

綾子は喜蔵の戸惑いを感じ取ってか、努めて明るく話し出した。

「普通、妹は姉と遊ぶものなのでしょうけれど、姉は私より五つも上だったのであまり遊ぶ機会がなかったんです。兄とは一つ違いで、気も合いましたからいつも一緒にいました。私は兄が大好きでした。元気がよくて明るくて……兄は村の子ども達の親分だったんです。皆に慕われていて、何かと頼られていました」

私もその中の一人、と綾子は照れたように頬を撫でた。

「私が巫女に選ばれて、唯一泣いてくれたのがこの兄でした。『あやと話せなくなるなんて嫌だ！』って、村中に響き渡る程に大泣きするものだから、私はびっくりして涙なんて引っ込んじゃいました」

びっくりして涙が引いたということは、泣いていたということである。大好きな兄と話せなくなってしまったのだ。泣かぬ方がおかしい。七つの幼子にはあまりに酷《ひど》い仕打ちに思えたが、それは一つ上の兄にとっても同じだったようで、初めは拗ねて大変だったらしい。皆へのあてつけに、兄自身が女と口を利かなくなった程だったという。

「本当に仲が良かったんですね」

綾子がこくりと頷いた時、女声の失笑が喜蔵の耳に届いた。

『それなのに殺したのだぞ？　なんと業の深い女なのだろう』

しつこい、と喜蔵は思わず舌を打ちそうになったが、気になるのは事実だった。快活な少年がどうして死に追い込まれてしまったのか――常だったら恐らく訊いてはいなかった。だが、桜と蝶と青空――まばゆいばかりの春の情景が目に入ると、まるで夢うつつのような心地で自然と口にしてしまったのである。

「兄上は何故……？」

綾子は一瞬息を止めたが、その後ふうっと深く吐くと、ぽつぽつと話し出した。

「……私のいた村は、秋になると嵐が起きて水害に見舞われるんです。私が十二の秋にもそれは来ました」

綾子はその日もいつも通りお社へ行ったのだという。その日は雨が降っていたものの、最初は大した雨ではなかった。それに、社に祀《まつ》られているのは水避けの神だったので、なおさら行かぬわけにはいかなかったのだ。

行きは何事もなく辿りついた綾子だったが、祈りを捧《ささ》げている間に段々雨足が強くなっていき、そのまま家に帰ることが出来ぬほどになった。社は古くて暗い。綾子はその時すでに五年も巫女を務めていたが、まだ怖さを拭い去れないでいた。大雨と雷が社を揺さぶる度、一人で凍える思いをしていたのだという。

「お一人だったんですか？」

「ええ。お社には神様がいらっしゃるので、巫女以外は入れないのです」

『あんな不浄の場に誰も立ち入りたくはあるまい』

大雨で社に足止めを食っていた綾子は、格子の間から外を眺めていたが、夜中になっても雨は振り止まず、足を抱えて雨が去るのを待っていた。そのうち、いつの間にか寝入ってしまっていたが、

――ゴゴゴゴゴゴゴゴゴッ――。

轟音が鳴り響いたので、綾子は飛び起きた。初めは地震でも起こったのかと思い、頭を抱え込んで突っ伏していたが、程なくして気づいたという。

「すぐ裏手に川があったのですが、お社の下の土砂が崩れて……お社がそっくりそのまま川に流されてしまっていたんです」

そもそも社の四分の一は川の上にせり出していた。それまでいくら川が増水しても流されなかったのは、土台と柱が頑丈に作られていたからだ。しかし、長い年月を掛けて徐々に傷んでいたのである。綾子が社の中にいる時にそれが崩れてしまったのは、運が悪いとしか言えなかった。流されていった社はまず屋根が半分取れてしまい、綾子は嵐の中へ無防備に投げ出されたような恰好となった。

「真っ暗で物凄い雨で風も強くて、よく前も見えなかったんですが、どんどん濁流に流さ

れていくのは分かりました。私は残った土台にしがみついていたのですが、少しでも手を放したら川に落ちていってしまいそうでした」

まるで絵空事のようである。綾子が淡々と語る様が、それで平静を保っているように見えて喜蔵は胸が痛んだ。綾子は必死にしがみつきながら、「助けて」と叫んでいたらしい。だが、雨の音と川の音がとにかく凄くて、川の近くに誰かいたとしても誰にも聞こえなかっただろうという。

「ただ、怖さを紛れさすためにも叫ばすにはいられなかったのです……」

しかし、川の流れは収まるどころかますます速まっていき、初めは形を保っていた社も壁や柱が崩れて、徐々に川の中へと沈んでいった。そして、ついには綾子が座り込んでいた床――一畳程だけになってしまったのである。

「その時とっても後悔したんです。どうせ死ぬんだったら、兄や父達と口を利いておけば良かったって……もう、哀しいなんて通り越していっそ笑えてしまいました」

そう言って綾子は確かに笑ったが、喜蔵はとてもではないが笑えなかった。綾子が過去のことだと割り切っているのだとしても、現在聞いた喜蔵にとっては生々しい出来事である。それに、綾子の心中を察するとあまりあって、喜蔵は俯いて首を振った。

『本当に笑える夜だった。この女はこんなことで死ぬのか、何と運の悪い女なのだろうと……しかし、現というのは思いもよらぬことばかり起きるものだ』

この時死んでいた方が幸せだったろうに――喜蔵は綾子に悟られぬように、額に手をやって眼光を鋭くしながら声の主を探したが、やはりそこらには誰の姿もない。

「あと少しで私も沈んでしまうという時です――兄の声が聞こえたのは」

あや――綾子の兄は綾子のことをそう呼んでいたが、その時も同じように聞こえてきた。最後に神様が話をさせてくれたんだと思った綾子は、「兄さん」と叫んだ。すると、また「あや」と聞こえてきたのだという。

――あや、この木の棒を摑め！

声のする方を見ると、確かに長い木の棒がつき出ていた。

「棒の先に視線を辿ると、兄の姿がありました。流されている私に追いつこうと、懸命に川岸を走っていました。どうして？　と訊くと、私の声が聞こえたと言うんです……」

兄は差し出した棒を早く摑むようにと促したが、綾子は躊躇した。綾子とそれ程変わらぬ体格の兄に、綾子を岸に引っ張り上げる程の力があるとは思えなかったのだ。

「兄まで流されてしまったら、と考えたらもう、身が竦んでしまって……」

『しかし、結局は己の方がやはり可愛かったのだ』

「『あやが手に取らないなら、泳いでそこへ行く』と言って、兄は着物を脱ぎ始めました。兄は本当にそういう無茶をする人でしたから、私は慌ててその棒を摑んだのです」

しかし、岸には上がれず、流されていくばかりだった。足場にしていた床が倒木にぶつかって川へ投げ出されそうになった綾子は、溺れそうになりながらその倒木にしがみついた。兄は木の棒を捨て、倒木の上を辿って綾子に近づいていくと、綾子の両脇に手を入れて身体を引き上げようとしたという。何度共に川底へ沈みそうになったか分からぬが、兄は決して放そうとしなかったので、綾子も必死に息を繋いでいた。

――あや、あと少しだ。頑張れ！

もうすぐ岸に引き上げられるという時、綾子は安堵して気を失った。

「次に目を開けた時は、もう朝でした。私はちゃんと岸にいて……ああ、助かったんだ。兄が助けてくれたんだって思ったら、涙が止まりませんでした」

喜蔵が詰めていた息を吐くと、それを嘲るように女声は言った。

『そこに姿のなかった兄の遺骸《いがい》が見つかったのは、それから三日経った後だ』

「でも、助かったのは私だけだったんです。兄は私を助けた後、川に流されたようでした……そして、そのまま――」

綾子はそう言うと、両手に持っていた杯を勢いよく煽った。すると、沈んだ顔をした綾子を慰めるように、綾子の肩に蝶が止まった。少しだけ表情を和らげた綾子は、喜蔵をちらりと見て再び話し出した。

「……その年は、兄以外にも嵐で亡くなった人が何人もいました。こんなこと初めてだったので、大変な騒ぎでした」

『これは巫女が掟を破ったせいだ！――と皆は心の中でこの女を責めた』

「流されてしまったお社は、新しく建てられることになりました。私は神に仕えるため、しばらくそこに籠ることになりました」

『責任を取って、村を鎮めろと村人達に無理やり連れていかれたのだ』

もしや――と予想していたが、じかに耳で聞くと嫌な答えだった。喜蔵の顰めた顔を見て、綾子は弁解するように両手を胸の前で振った。

「籠るといっても、閉じ込められたわけじゃないんです。私は村の鎮守の一端を担う巫女だったわけですから、お役に立てるならと思ってお社に籠ったんです」

『あんな村の奴らにまで気を遣うのだから、この女は愚かだというのだ』

吐き捨てるように言った声音が微かに震えていたので、喜蔵は首を傾げた。その喜蔵の元に綾子から移動してきた蝶が止まったが、背だったので喜蔵は気づかなかった。

「お社に籠ってからは宮司さん以外誰とも会わず、毎日祈っていました。他にすることもないので、あとは手慰みに三味線を弾きながら、格子越しに外の世を見ていました」

懐かしむような顔をした綾子に、「嘘つきめ」と声は笑った。

『こいつの元には毎日のように通ってくる幼馴染の男がいたのだ。格子越しに顔を見合わせて話もせず笑い合っていたのさ』

「お社から外を見ると、それまでと違った景色に見えるから不思議でした。毎日通っていた場所なのに、まるで違う世に来てしまったみたいで……だから飽きずに外を見ていられたのかもしれません」

それしかすることがなかったのだろう、と喜蔵は顎に皺を寄せた。想像するしかないが、綾子は村人から水害を巻き起こした張本人と思われて憎まれていたはずだ。憎らしく、それでいて恐ろしい存在に関わろうとする者などいなかったはずで――。

（ほとんど孤独だったのだろう）

喜蔵がそう思った時、声は嘲笑含みに言った。

『お前は今この女に同情しているだろう？　だが、それは大きな間違いだ。この女の元へ毎日通ってきていた幼馴染の男は、この女を好いていた。そのため、ある日何かの折に思わず格子の向こうに手を伸ばしたんだ。女も思わず、といった風にその上に手を重ねた……たったそれだけだったが、それは決してやってはならぬことだった』

「外のことは何も分からなかったけれど、平和に思えました。でも――」

喜蔵はにわかに曇った綾子の表情を見て、何かが起きたことを察した。誰がどうなったかまで分かってしまったのは、声が楽しげに語り出したからだ。

『この女とその幼馴染が手を繋いだ翌日、幼馴染の男はにわかに高熱を出して死んだのさ。その家の親父も弟も、この女の父も祖父も隣の隣の家の息子三人も同じ病で死んだ』

「流行《はや》り病が起こって、村の人間の四分の一が亡くなりました。私の父と祖父も……」

綾子はそこまで言うと、声が詰まって話せなくなった。すぐに喉を潤《うるお》せるものは一つしかない。喜蔵が綾子の杯に酒を注ぐと、綾子は礼を言ってそれを一気に飲み干した。本当に酒に強いらしく、酔った顔一つしない。

（いっそ酔ってしまった方がいいのではないか）

喜蔵がそう思ってしまうくらい、綾子は思いつめた表情をしていた。

『あれもまた祟《たた》りだった。この女がまた戒めを破ったから、ああなったのだ。しかし、この女が男と話したり触れたりしたという確証はなかったから、それからもしばらく社の中に閉じ込められていた。もちろん、この女は父と祖父の葬式にも出られなかったよ』

村八分されている者でさえ、葬式と火事には助け合うものである。村人達の綾子に対する非情さに、喜蔵は戦慄《せんりつ》を覚えた。

「……流行り病が落ち着いてからふた月後、私の姉が輿入《こしい》れすることになりました。そんな時に、とお思いでしょう？　けれど、そういうものなのです。悪いことが起きたら、いいことをしなければならない。いつまでも悪い気を村に居続けさせてはならないって」

綾子はめずらしく眉を顰めて苦笑をした。綾子はどうしても姉のハレ姿を見たかったが、社から離れることは出来なかったという。

「神様に毎日お願いしていたんです。ほんの四半刻でいいから外に出して下さいって」

その祈りが届いたのか、輿入れ当日いつもは締め切られている戸が開いていた。

「遠くから、こっそり姉の嫁入り道中を見たのですが、とってもきれいでした……今でも目に焼きついているんです」

綾子は満面の笑みを零したが、喜蔵はそれより気になることがあった。

（それまで、ずっと閉じ込められていたというわけか……）

喜蔵は不可解だった。綾子の口振りだと、特段村人を悪く思っている様子もない。

「……輿入れを見た後、寄り道はしなかったんですか？」

大抵の人間はそのまま外の世に焦がれて出奔してしまうのではないだろうか？　しかし、綾子は「まっすぐお社に帰りました」とさも当然のように答えた。

『無事帰れたなら、偉い娘だと私も褒めてやったよ。だが、この女はまた禁を犯した。この女は見目だけはいい……呪われた女と知りながら、懸想する男は大勢いたのだ。格子の隙間から覗いていたのは幼馴染の男だけではなかったのさ』

「久方ぶりに見る外は、何もかも光り輝いて見えました」

男の方もそうだったのだろう、と声は言った。その男は幼馴染の友で、幼い頃は綾子もよく遊んだという。美しく育ったと評判の娘を格子から時折盗み見てはいたものの、数年振りに間近で見る綾子の美しさは想像以上だった。

『お前も男ならば分かるだろう？　その美しさにカッとした男は思わず草陰から手を伸ばした。外に出た巫女が悪い――そう言い訳をして、この女を手籠めに――』

「止めろ！」

「……！」

喜蔵がいきなり声を荒らげたので、綾子は思わず持っていた杯を落としてしまった。怒りに震えて青ざめた喜蔵に、綾子は目を見開いて固まった。ちょうどその時二人の間に花が落ちてきて、その上に蝶が止まると、密《ひそ》やかな声が喜蔵の耳に届き出した。

『早とちりな男だ……女はそうされそうになったことさえ気づいていないというのに。男が草陰から女に手を伸ばそうとした瞬間、どこからともなく飛んできた槍に、背を突き刺されて死んだ。この女のせいでまた人が死んだのさ』

嫌な話を聞いたせいだろうか。蝶の伸ばした口が花の中心に突き刺さり、蜜を吸い出すその様は、どうも不気味に思えた。何も言わぬ綾子と喜蔵を尻目に、声は饒舌《じょうぜつ》に先を紡ぐ。

『その後も、火事が起き、大嵐が来て、病が流行り、村の男はどんどん死んでいった。そこには、あの男の一族郎党ももちろん入っていた。度重なる災厄に、女はとうとう社から締め出されることになった。一度巫女に選ばれると六十年先までは次を選べぬが、この女を村に置いておくと更なる災厄が続いてしまうやもしれぬ——では、余所に出せばいいと古老共は取り決めた。そしてこの女は隣村の親戚《しんせき》の家に養女に出され、名を『あや』から『綾子』と変えられて、生まれ変わらせられたのだ』

喜蔵は言葉が出なかった。声の言うことが真実だとしたら、あまりに非道である。村に起こったすべての災厄を綾子のせいと決めつけ、利用するだけ利用して、もう駄目だと分かったらすぐに放り出す——。

（人ひとりの人生を何と思っている……）

綾子は村の結びつきは血の繋がりより濃いと言ったが、綾子のような弱者はただ一方的に縛られていただけなのではないのか？　綾子の人生こそ、村の都合で狂わされてしまったのだ。喜蔵の苦悩に満ちた顔を心細げに見つめていた綾子は、小さく漏らした。

「あの……ごめんなさい、べらべら喋ってしまって……」

『飛縁魔《ひえんま》のくせに男を怖がるなど……笑止だ』

（飛縁魔？　それがこの人に憑いたものの名か？）

喜蔵の疑問に答えたのは、やはり誰とも分からぬ女の声だった。

『飛縁魔とは男をとり殺す妖怪のこと――男よ、それが聞きたかったのだろう？』

喜蔵は顔を上げて桜木を睨んだ。

――妖怪はね、人間と同じで桜が大好きなのさ。あちらとこちらは常から重なり合うように存在しているが、大桜に大池とくれば、重なり合うどころじゃすまないよ。特にこの桜は大きな力を持っている。

あの時多聞は明言しなかったが、この桜木こそ悪趣味な暴露話の語り手ではないのかと喜蔵は考えていた。ここに着いてからというもの、怪事ばかり起こっている。花見を始めてからずっと蝶達がこの場を離れようとしないのも、桜木の妖しい力に魅せられているからではないのか――喜蔵の怒りの籠った目を見て、綾子は余計に身を縮ませた。それに気づかぬ喜蔵は、首を振ってこう言った。

「……いえ、すみません……どうやら、少し白昼夢を見ていたようです」

「まあ、寝ていらしたんですか？」

喜蔵が決まり悪そうな顔で頷くと、綾子はしばらくぶりに笑い声を漏らした。

「喜蔵さんも転《うた》た寝《ね》なんてされることあるんですね。何だか不思議。今日は知らない喜蔵さんに会えたような気がします。皆を驚かせるために木の上に隠れてみたり……」

綾子は少しだけ羞恥の表情を浮かべた喜蔵の顔を見つめると、微笑みながらこう呟いた。

「何となく、喜蔵さんと一緒にいると……兄を思い出します。兄はもっと豪快に笑う人でしたけれど、きっとどこか似ているんでしょうね」

『兄と言ったが、本当は殺した夫に似ていると言いたかったのだろう。なるほど、確かにお前と似たところがある』

嫌なことばかり聞かせてくる――聞くだけでも精一杯だというのに、己に飛び火されるのは困る。しかし、喜蔵はまた、気づけば綾子に問うていた。

「旦那さんは村の方ですか？」

兄の話をしていたのに、いきなり夫のことを訊かれて驚いた顔をしたものの、綾子はすんなり答えた。

「……いいえ、京の人でした。巫女の務めを終えた私は、奉公へ出ることになりました。『沢屋《さわや》』という呉服屋さんです。恭司《きょうじ》さんは――夫は、沢屋のご子息でした。私と同じ歳で、少し身体の弱い人でしたが、とても明るくて優しい人でした」

（どこが俺と似ている？）

怪訝に思った喜蔵に、声は高らかに笑いながら教えてくれた。

『あの男は明るくも優しくもなく、この女を叱ってばかりいた。いつも無愛想でとっつきにくくて、気を許したほんの数人にしか心を開かぬ。だからお前のようだというのさ』

そんな人間と似ていても嬉しくはない。それに、綾子が本当にそんな男を選んだのか怪しく思った。未だに喜蔵を怖がっている様子からして、その手の人間は苦手そうに思えたのである。

「私は皆より数年遅れて店に入ったので、足を引っ張ってばかりで申し訳ないと思いながら働いていました。でも、皆さん優しかったので、京都での生活はとっても楽しかった」

綾子にまつわる呪いはどうだったのか――喜蔵の疑問に答えてくれるのは、憎らしいことにいつもあの声である。

『この女は『口の利けぬ女』として働いていたんだ。男にだけ口を利かぬのはおかしいから、誰とも口を利くなと親戚に言い含められて言われるままにしていたのさ。しかし、口を利かずともこんな見目をしていれば男は寄ってくる。当然やっかみも多くて、女共に虐められていたよ。黙っていても目立ってしまうのだから、厄介な女だ』

その時初めて声に哀れみの念が籠ったような気がして、喜蔵は木を見上げた。落ちた花に止まっていた蝶はいつの間にかゆらゆらと上って、もう一羽の蝶と絡み合うようにして舞っていた。綾子によると、綾子と恭司はほとんど顔を合わせることもなかったという。

『この女に興味を示さなかったのは恭司だけだった。だからこの女は恭司のことが気になっていたのさ。しかし、話すことなんて出来ぬ。呪いを横に置いても、身分違いだ。気になるが何も望めない――だが、気になる。女はいつの間にか男を好いていたのさ』

喜蔵はちらりと綾子を見た。頰を染めるでもなく、遠くを見つめるような表情をしていて、常よりずっと大人びて見えた。もっとも、綾子は喜蔵より五つも上だ。大人びて……などと本来使うのはおかしいが、普段の抜けた性格やくるくると変わる表情を見ていると、自分と同じか、それよりも下に思えてしまうのだった。

「ある日、突然恭司さんに声を掛けられたんです。『おい』と言われても、私のことを呼んでいるとは一瞬分かりませんでした」

『そして、女は返事をしたくても出来なかった』

口を利いてはならぬ――と固く言い聞かせられていたからだ。

「何故か私に怒っているのです。何もした覚えはなかったんですけれど、知らず知らずのうちに何かしてしまったのかしら、記憶を辿ったのですが、覚えがなくて……」

『男が怒っていたのは、この女が虐められているのに、その女共に気を遣って言われるがままになっていることに対してだった』

――お前はどうしてそんな真似をする？　今度意地悪をされたら、やり返してやればいいのだ。それでますます虐めてくるようなら、俺に言え……いや、口が利けぬのだったな。では、身振り手振りでもいいから教えろ。

（その男も、見ていないようで見ていたのか……）

それぞれ盗み見るように見ていたから、視線が交わることはなかったのだろう。

「話を聞いているうちに、恭司さんが怒っていたのは私を想ってのことだと分かりました。だから、私はとっても嬉しかったんです」

嬉しいと言いつつ、ここでも綾子の笑みは儚げで、哀しさが滲んでいるように見えた。

恭司という男は、綾子がこんな風に辛苦を押し殺したようなところがもどかしかったのかもしれぬ、と喜蔵は思った。

『自分のことを考えてくれて、わざわざ叱ってくれた。嬉しくて思わず、「ありがとうございます」と言ってしまった――馬鹿な女だ。「お前、話せるのか？」と男に言われた女ははっとして、そのまま店を飛び出していった。あの男にも呪いが及ぶかもしれぬ、と思って泣いていると、後ろに男が呆然として立っていた』

動揺した恭司は思わず綾子の腕を摑み、「何故逃げる！　何故泣く！」とまた怒り出し、綾子は摑まれた手を見てますます泣き出した。周りに大勢の人だかりが出来るほどの騒ぎになったという。微笑ましい場面であったが、喜蔵はその先を聞くのが少し恐ろしかった。触れる、話すが駄目なら、男は死んでしまうはずである。

（しかし、俺は？　長屋の連中はどうだ？）

何度も話している上に、夕餉のおすそ分けの時に手先くらい触れたことはある。しかし、こうして喜蔵は生きているし、長屋や近所の連中も綾子と普通に接していて、死んだ者など一人も思い至らなかった。喜蔵の疑問を察したらしい声は、つまらなそうにこう続けた。

『そう、男は簡単には死ななかった。女は名を変え生まれ変わった。そのせいですっかり巫女としての力が消えてしまった――村の古老連中の寄り合いでは、そういう結論に至ったらしい。おかげで、女は晴れて皆と話せるようになったのだ』

綾子は口を利かぬと美しさが際立って角が立ったが、話すと意外に愛嬌があるというので、それからは虐めも減ったという。その後綾子と恭司は時折会話するようになったが、綾子は叱られてばかりいたらしい。とんとん拍子に仲が深まったわけではなかったようだ。

『男は男でずっと女を見ていたわけだが、まさか話せるようになるとは思わなかった。普段から口下手で、考えても言葉が出てこぬ。しかし相変わらずこの女を見ていると、抜けていて危なっかしい。だから、そこばかり注意する羽目になる。男は女に嫌われているはずだと思っていたようだ。話しかけた後、いつも悔いたような顔をしていた』

どうにも不器用な男だったようである。喜蔵は何となく己のことを言われているようで居心地が悪くなった。

「怒られてばかりいましたけれど、私は嬉しくて……私、それまであんまり怒られたことがなかったんです。それこそ兄くらいで、父も祖父も私には甘かったので」

『母や姉はこの女のことを忌み嫌っていたから、ほとんど口も利かなかった。他の連中も女を怖がっていたから、禁を犯してまで怒ることなどしない。父と祖父は女を気の毒がっていたが、見て見ぬ振りをした。怒るどころか皆まともに口も利かなかったのだ』

綾子がその男に惹かれるのは無理からぬことだったのだろう。あくまで親や村人を責めるでもない綾子に、喜蔵は小さく息を吐いた。

「ある日、恭司さんに縁談が来ました。私は……少し寂しくなりました。もう叱ってもらえることもなくなるのかしら、なんて……何だか変ですね」

「……別段変ではない、と思います」

喜蔵の呟きに、綾子はふわりと笑みを零した。

「恭司さんもきっと私の心を察したのでしょう。『一緒になってくれ』などと言って下さったんです。優しい人でしたから……私、申し訳なくて……でも嬉しかった」

しかし、綾子は男の申し出を断って、暇をもらうと田舎に帰ってしまった。

「……何故です？」

身分違いでしたから、と綾子は眉尻を下げながら呟いた。綾子は村に帰って養蚕に携わっていたが、店を辞めてひと月後、家にある男が訪ねてきた──それが恭司だったという。綾子の為に家も家族も捨ててきたのだと聞いた喜蔵は、恭司がそれほどの情熱を持った男だったのかと存外に思った。

「『一緒になろう』と再び言ってくれたのですが、私はまた断りました。そうしたら、すでに母や姉に私と一緒になることをお願いしてきたというんです」

『この女は田舎に帰ってきていたが、実家には住んでいなかった。村人が誰も行かぬような山の麓にある小屋をあてがわれて、そこに住んでいたんだ。男は女に教えなかったが、母や姉は男に散々女の悪口を吹き込んだらしい。あの娘は男を取り殺す、死にたくなければ所帯を持つのは止めろ、と──男は家族以外の村人達にも話を聞いて、この女が正しく呪われた女だと知ったが、愚かしいことにそれでも諦め切れなかったのさ。女の母は最後にこう言ったそうだ。可哀相に、お前様もあの女に殺されるのね──』

喜蔵は出来ることなら耳をふさいでしまいたかった。綾子の呪いよりも、綾子の母や姉の繰り出す言葉の方が余程恐ろしい気がしたのである。

「恭司さんにはご家族もいるし、何よりお店を継がなければなりません。私と一緒になったら失うばかりで、何もあげることは出来ません」

『死ならばいくらでも与えられるだろうに』

薄気味悪い笑い声が響くと、舞っていた蝶がくるくると落ち葉のように下りてきて、重箱蓋の牡丹《ぼたん》柄のところに止まった。

「それでもいい、一緒になってくれ――と恭司さんは言いました」

そう言って顔を上げた綾子の目には、うっすらと涙が溜まっていた。

それから、二人は夫婦となり、美濃《みの》に移り住んだ。綾子は裏長屋で三味線を教えて、恭司は大工をして生計をたてるという、慎ましい生活が始まった。贅沢《ぜいたく》などしたことはなかったが、幸せな時が続いたという。

「元々身体が強くない人でしたから、体調を崩すこともありましたが、それでも懸命に働いてくれました。慣れない力仕事を休むことなく一生懸命……恭司さんはお酒も煙草もやらないし、芝居を見たり物見遊山をする趣味もなかったんです。家に帰っても、私とぽつぽつ話をするくらい。でも、それが楽しいと言ってくれました。時折、私の三味線に乗せて歌ってくれたんです。それが凄く下手糞《へたくそ》で……でも、自分が下手だって分からないから得意そうに歌うんです。それが可愛くて、とっても幸せでした」

それからしばらく沈黙が続いたので、喜蔵はまたしても察してしまった。

「共に暮らし始めて一年経った頃です。あの人が火事に巻き込まれて亡くなったのは」

飛縁魔の呪いは解けてなどいなかった――地を這うような声が響くと、はらり、はらりと桜の花びらが落ちてきた。風もないのに落ちてきた花びらを不思議に思ったらしい綾子は、哀しげな目をして木を見上げた。

「……一人になってしまった私は、しばらくして故郷へ帰りました。ゆっくり恭司さんの喪に服したかったのです」

『女は己の人生を諦めたのさ。自ら社に籠って、もう二度と出て来ぬつもりだった。しかし、女が帰った時村に祈禱者《きとうしゃ》が来ていたのだ。憎らしいことに、そいつはなかなか食えぬ者だった……その者は女の中の飛縁魔を女の中から出すのではなく、更に身の奥底に封じ込めて、出て来れぬようにした』

忌々しげに言うので、喜蔵は訝しく思いながら桜を見上げた。綾子はそんな喜蔵を見て小首を傾げると、自分の頬に手を当てて、夢の中にいるようなぽうっとした顔をした。

「故郷でのことはあまり覚えていないんです。寂しいも辛いもたくさんあったと思うんですけれど、何も考えられなくて……」

(その祈禱者とやらが飛縁魔という魔物共々、記憶を封じたのか?)

説明が欲しい時こそ、声は何も言わず、喜蔵は桜木をまたねめつけた。

「ある日、私は急に故郷を出ようと思い立ちました。思い出のある場所ではなく、どこか見知らぬ地へ行きたい……そうして、いつの間にか江戸に来てしまったのです」

『それこそ、憑き物が落ちたような気になったのだろう。散々人を殺しておいて己は新たな道を歩もうと思えるのだから恐ろしい女よ』

「江戸に来たのは四年前――この間に二度住まいを変えました。あの裏長屋に越してきてもうすぐ三年……まだ三年なんですね」

喜蔵はふと、綾子が初めて店に挨拶をしに来たことを思い出した。何か挨拶をされた覚えはあったが、碌《ろく》に聞いていなかった。喜蔵は初め、綾子が嫌だったのだ。綾子というよりも、綾子くらいの年齢の女が嫌だった。かつて喜蔵を騙した従妹がちょうど同じくらいの齢だったからだ。おまけに、その女は綾子同様人目を引く程美しかった。綾子を見ているとその女の影がちらつくような気がして、避けていたのである。

しかし、小春が来て以来、綾子と縁が出来てしまった。初めは嫌々だったが、人となりを知るにつれ、喜蔵は考えを改めたのである。

(この人はあの女とは違う)

綾子は誰かに騙されることはあっても、騙すことなど決してしないだろう。それどころか、騙されたとて恨むことのない人間だ。

(どこかの馬鹿鬼のように、人が良過ぎるのだ)

あの女とはまるで似ていない――喜蔵ははっきりとそう思っていた。

「何だか、もっと長い間あの長屋にいる気がしていました」

綾子の呟きに、喜蔵はうっそりと頷いた。喜蔵は生まれてから二十年間ずっとあそこに住んでいるが、未だに誰とも馴染みがない。一方の綾子は誰とでも挨拶を交わし、親切の応酬を行っている。その様子を傍目から見ると、綾子こそ生まれてからずっとあの場所に暮らしているように思える程だ。

「私、本当にあそこが大好きなんです。あそこに住む人達が大好きで……ミケも」

喜蔵は心当たりに眉を持ち上げた。ミケは喜蔵や綾子の住まう長屋付近を住処にしている、姿は可愛いが妙にしわがれた声の野良猫である。

「丸々していて、懐っこくって、ちっとも人間を怖がらないでしょう？　皆に可愛がられている証ですよね。あそこの人達は動物にまで優しいんです……私も出来ればずっとあそこに住んでいたい、住んでいたいくらい」

（住んでいたい、か……）

つまり、ずっとは住んでいられぬと思っているのだろう。恭司ではないが、喜蔵は綾子をもどかしく思った。だからつい、「店賃《たなちん》をちゃんと支払っていれば、ずっといれますよ」と素っ気なく言った。言った後に我に返っても、後の祭りである。

「……そうですね」

しかし、綾子は何故かくすくすと笑い出し、喜蔵は訳が分からず混乱した。そんな二人の間を、ひらひら、ひらひら、と蝶が舞った。喜蔵と綾子は、それを追うともなしに追った。いつの間にかあの呪わしい声は聞こえてこなくなった。

（一体何をしているのだ）

喜蔵の頭の片隅に過《よ》ぎったまっとうな問いは、ふっと立ち消えた。目の端に綾子の横顔が映っているせいだ。うっすらと笑んでいるものの、やはり寂しげで、儚い。喜蔵がいつも引っかかっていた綾子の笑顔に浮かんだ、その表情の正体――。

(似ていると勝手に思っていたのだ)

綾子の笑顔の奥に潜んでいるのが「諦め」だと、喜蔵はどこかで気づいていた。喜蔵自身、色々なことを諦めていたからだ。すべてがどうでもいい、どうにでもなれと明日に希望など持つことなく生きていた。

(この人もそうなのかもしれぬ、と思ったのだ)

共感を覚える一方で、近づいてはならぬとも思った。似ていると感じた部分は、己の嫌な部分であったからだ。触れれば互いに傷つくだろう。諦めることがすなわち悪ではないし、そうしないと生きてはいけぬ人間もいる。喜蔵だって、前向きに生きていけたらいいと思うが、明日に希望を持って今日を生きて、迎えた明日が今日より最悪なものだったら――。

(それこそ、生きていくのが辛くなる……のではないだろうか)

喜蔵は、生きていることが辛いと思ったことはない。その代わり、楽しいと思ったこともない。人生になるべく波を立てぬよう生きてきた。心動かされそうになっても、知らぬ振りを決め込んだ。そうしていれば何でもなかった。初めから諦めていたのだ。綾子もそうなのかと喜蔵は考えていた。

しかし、話を聞くにつれ(違うのかもしれぬ)と思った。綾子は己の宿命を受け入れ、この先誰とも共にいない決意をした。その決意通りこの先伴侶《はんりょ》は得ぬのかもしれぬ。しかし、他人と関わって同じ世を生きていたいと綾子は望んでいる。そこにはまた辛い現が舞い込むかもしれぬというのに、綾子は立ち向かう気でいる。

(俺だったら間違いなく逃げているだろう)

困難な道にも、無難な道にも、それぞれ石は落ちている。つまずくかもしれぬし、転がりながら進んでいくかもしれぬ。喜蔵はもちろん、出来るだけ平坦《へいたん》な道を進みたい。その為には一人きりでもいいと思っていた。が、一緒に歩いてくれる相手が見つかったのだ。その途端、平坦だった道はいつの間にか凸凹《でこぼこ》ができ、石ころどころかまきびしまで転がってしまった。喜蔵はまだその道を歩き始めたばかりだというのに、既に相手に置いていかれてしまっているように感じていた。相手は喜蔵よりもずっと華奢《きゃしゃ》な身体で何も恐れず突き進む。歩くより、走っているようにさえ思えてしまう。

(だが、これは己の歩みがただ鈍いだけなのだろう……)

深雪と共に住み始めてから少しは努力をしてきたつもりだったが、元来口下手で不器用なのだ。想いをどう伝えたらいいのか、喜蔵には分からぬ。一人でいた時には気づかなかったが、他人がいて初めて己の駄目さをこれでもかと自覚した。一人で生きるより、誰かと共に生きることの方が難しい。一人でいたらあっさり諦めてしまうことでも、相手がいるならそれも出来ぬ。

だから一人の方がいい――これまでならばそう思ったはずだが、今は違う。煩わしくても苦しくても、共に生きていきたいと思うのだ。

（ならば……やはり、この人と俺は似ているのかもしれぬ）

喜蔵が目の端に映る横顔に視線を傾けたとき、

「似ていますね」

そう言って、綾子は喜蔵に顔を向けて微笑んだ。初めて真正面からその笑みを見た喜蔵は、どうしてか心臓が何者かに絞られたかのように苦しくなった。

「深雪さんとちょうちょ、似ていますよね。可愛くて可憐で、眺めていると楽しいような嬉しいような気持ちになる……あんな妹さんがいて、喜蔵さん幸せでしょう？」

返事はなかったが、綾子はそれが事実だと分かりきっているらしく、笑みを深くした。

「本当に仲睦《むつ》まじいですものね。お二人を見ているととっても温かい心地になってくるんです。微笑ましくって思わず笑顔になってしまうくらい、いいお兄さんにいい妹さん」

「……少しもよくはないです」

喜蔵が冷たく言ったので、綾子はびくりと肩を震わせた。

「妹は……だが、俺はいい兄ではありません。以前はあれを哀しませてばかりいました。やっと兄妹になったと思ったが、今度は怒らせてばかりいます。俺は妹が何で怒っているのかさえよく分かりません。何を言ったらいいのか、どうすればいいのか、勝手がまるで分からない……よき兄にはなれずとも、せめて少しくらい兄らしくいようと思っていましたが、そんなことでさえ俺には荷が重いようです」

そこで喜蔵は言葉を止めた。何を語っているのだ、とふと我に返ったのである。

（……まるで阿呆のようではないか）

綾子はしばらく喜蔵の顔を見つめていた。喜蔵は非常にいたたまれなくなって、あからさまにそっぽを向いた。その喜蔵をからかうように、二人の間を蝶が飛び交った。

「喜蔵さんは本当に妹さん想いですね。深雪さん、とても幸せだと思います」

綾子が思わぬことを言ったので、喜蔵は視線を隣に戻しながら訝しむような表情をした。その表情に怯むことなく、綾子はこう言い切った。

「喜蔵さんは優しい人です」

褒められたというのに、あまりに己にそぐわぬことを言われた喜蔵は顔を顰めた。

「でも、優し過ぎて遠慮もすぎます。兄妹なんですよ？　言いたいことを言えばいいんです。訊きたいことがあるなら、訊いてみたらいいんです。話さないと何に怒っているかなんて分からないし、本当に怒っているかさえ分かりませんよ。本当は、何かもっと違うことが言いたいのかもしれないし、もしかしたら喜蔵さんに訊いて欲しいのかもしれません」

（訊いてみたらいい……のか？）

何でもないことなのに、喜蔵には目から鱗《うろこ》のような言葉だった。兄なのだから気づいてやらなければならぬ――そう思い込んでいて、訊ねることなど思い浮かばなかったのだ。ましてや、訊いて欲しいのかもしれぬなどとは、考えもしなかった。考えても考えても分からず――確かに、このままでは一生分からぬままかもしれぬ。喜蔵がむつかしい顔で黙り込むと、綾子はいく分調子を落として言った。

「偉そうに言ってごめんなさい。そんな風に言いましたが、私自身は問い質されるのが苦手なんです。さっきも皆さんに悪いなと思いつつ、でもやっぱり言えなくて……」

すみません、と喜蔵は思わず謝った。話してきたのは綾子だったとはいえ、喜蔵は綾子と綾子以外の誰かから色々なことを聞いてしまったのだ。綾子が隠したかったかもしれぬこと――虚実なのか真実なのか分からぬこと――それをすべて知ってしまい、喜蔵は申し訳ないような心地がしていたのである。そんなことなど露知らぬ綾子は、首と手を思い切り横に振って慌て出した。

「そんな……喜蔵さんは何も悪くありませんよ！　私が勝手につらつらと、調子に乗って……ご、ごめんなさい！」

その様はいつものそそっかしい綾子で、喜蔵は少し顔を上げて綾子を見た。

「……喜蔵さん、あの時一言も訊かなかったでしょう？　それに、話題を他に移してくれましたよね？」

いえ、と喜蔵は首を振ろうとしたが、綾子が何だか泣きそうな顔をしていたので言葉を飲み込んだ。泣かれるのは御免だった。泣き顔は女でも男でも苦手である。

「私は……それで何だか凄くほっとしたんです。こちらに来てから今まで誰にも話したことなくて、でも、今日揃った皆さんはすごく良い方達だから話してもいいかな、話したいな、と思ったんです……でも、出来なくて……」

綾子は本当に泣いてしまいそうだった。喜蔵は何も言わず、待った。しばらくして咳払いを一つした綾子は、少し落ち着きを取り戻したように見えた。

「皆さんがいなくなって、桜と蝶ばかり眺めていたら、昔のことが色々と蘇《よみがえ》ってきました。辛いこともあったけれど、思い出すのは楽しい思い出ばかりだったんです……こんなこと初めてでした。だから、話したくなったのかもしれません。話す相手が、黙って聞いてくれる喜蔵さんだったから」

何も言えぬから黙っていただけだった。それが心地よかったと言われて、喜蔵はどうも気まずく、また押し黙った。

『そうか、今度はこの男を誑かす気か』

またあの妖しい女の声が響きだしたので、喜蔵はぎくりとした。

（どこかに消えたのではなかったのか……）

喜蔵は桜木を睨みつけたが、そこからは何の応えも返ってこぬ。綾子はやはり何も聞こえていないらしく、急に苦虫を噛み潰したような顔になった喜蔵を不安げに見上げていた。

『兄に幼馴染に父と祖父、それに大勢の村人達――お前に関わった男は皆死ぬというのを忘れたか？　そうか、お前は何度殺しても気がすまぬのだな。業の深い女よ。次は一体どうやって殺すのだ？』

大丈夫ですよ、と呟いた声に、喜蔵はふと我に返って隣を見た。

「喜蔵さんと深雪さんはこれから先ずっと一緒に生きていけるんですもの。いくらだって喧嘩《けんか》も出来るし、仲直りも出来ます」

『もう二度と、お前は兄と喧嘩も仲直りも出来ぬからな。だが、それは殺した報いだ！』

声はけたたましく笑った。戯言《ざれごと》だと気にせぬつもりでいたが、不快感に襲われて仕方がない。喜蔵の顔がどんどん曇っていくのを見た綾子は、自分の言葉に喜蔵が気分を害したと思ったらしく、必死に言葉を紡いだ。

「私、深雪さんが喜蔵さんに『お兄ちゃん』って言って笑い掛けているのを見るの、とっても好きなんです。ああ、深雪さん喜蔵さんのこと大好きなんだなって……私も兄を思い出して、何だか懐かしくなるんです。喜蔵さんはあまり返事なさらないけれど、私には分かります。『お兄ちゃん』と呼ばれて凄く嬉しいんだなって」

必死だな、と虚《うつ》ろな声が耳元でして、喜蔵は肩を震わせた。それに驚いたように、ちょうど肩辺りを飛んでいた蝶は喜蔵から離れて、綾子に向かっていった。

『お前がそう必死にならずとも、目の前の男はお前に大分参っているぞ。早く殺してしまえばいい。兄のように、父のように、祖父のように、幼馴染のように、夫のように、お前を心底愛し、憎んだ男達のように殺してしまえ……殺せ！　殺せ！』

嘲笑が響き渡ると、喜蔵の中にあった憤りが、はっきりと怒りに変わった。額に青筋を浮かべ、口を真一文字に結び、目を吊り上げ、憤怒の表情を浮かべた喜蔵を見て、綾子は顔を歪めた。

「私は……私のせいで色々な人達を不幸にしてしまいました。でも、喜蔵さんや深雪さんは違う」

だから大丈夫なんです――綾子は震える声で言った。崩れ落ちそうな様子をした綾子にやっと気づいた喜蔵は、慌ててつい手を差し伸べようとしたが――綾子がそれを避けるように俯いてしまったので、ゆっくり手を引っ込めながらこう言った。

「あなたのせいではない」

「え?」

綾子は耳を疑って、顔を上げた。喜蔵はもう一度、今度は声を抑えて同じ台詞を吐いた。

「あなたのせいではない」

『……馬鹿を言うな。これまでの話を聞いてきただろう?　あれはすべて真のこと』

喜蔵は何事も聞こえていないように、まっすぐ綾子を見つめた。

「綾子さんのせいではない」

綾子は目玉が落ちてしまいそうな程、目を見開いた。

『お、お前はこの男殺しの、嘘しか申さぬ飛縁魔を信じるのか……!?』

頷くと、声は何も言わなくなった。代わりに聞こえたのは、か細い声音だった。

「ありがとうございます……」

そうしてまた、沈黙が続いた。ほんの少しだけ、すすり泣きのような声が聞こえて思わず隣を見そうになったが、喜蔵は桜の花びらに止まっている蝶を眺めることに心を集中させた。

どのくらいそうしていただろう。沈黙を破ったのは、「あ」という綾子の小さな呟きだった。喜蔵がそちらに横目を向けると、綾子は池の方を指差した。

「あの……今、池の中から何か覗いたような気が……」

喜蔵も目を凝らして見たが、何も見えぬ。綾子は抜けている。またしてもいつもの勘違いかと思ったが、綾子は真摯《しんし》な顔をして池の方を見続けた。

「馬鹿な子どもが泳いでいるのかもしれませんね」

「ええ⁉　ちょ、一寸見てきますね」

喜蔵の言葉に小春を連想したらしい綾子は、慌てて立ち上がって十歩程離れた池に走って行った。綾子が池のほとりにしゃがみ込んだのを見届けてから、喜蔵は言った。

「飛縁魔という怪は男を取り殺すと言ったな。だが、何故あの人に憑いた？　あの人はそもそも神に仕える巫女のはずだろう？」

喜蔵は声の主が本当にそこにいるか分からぬまま声を掛けたのだが、相手は実際いたらしい。間が開くことなく、声は語り出した。

『あの村の祭りは、元々は確かに水害封じの火神を祀るものだった。しかし、鎮める対象は途中で変わった。あの祭りで選ばれた者は巫女などではない。飛縁魔という、男を取り殺す化け物をその身に封じ込めておく依代《よりしろ》なのさ』

飛縁魔が解き放たれてしまえば、いつ何時誰が取り殺されるとも限らぬ。だったら特定の者の中に入れて、その者を監視すればよいというわけである。むごい――思わずそう呟いた喜蔵に、声はまた笑う。

『人間というのは妖怪よりもえげつないもの。一人の幼子がどうなっても自分の夫や息子、自分が助かりさえすればどうでもよいのだ。あの女の親だって結局はあの女を捨てた。出来ることならずっと社に放り込んでおきたかったのだろう。だが、外聞がそれを許さなかった。兄と幼馴染以外は女のことを汚らわしい依代としてしか見ていなかった』

「……一生辛い役を負わされることとなっても、生きていて欲しかったのかもしれぬ」

『本当にそう思うか？』

　喜蔵が押し黙ると、けらけらと高笑いが響いた。楽しげに笑っているが、喜蔵は（本当は違うのではないか？）と疑問が湧いていた。

「では、お前は何故俺に話した？　お前の言い方は悪意に満ちていたが、その裏に別のものが含まれていたように感じた」

『ほう？』

　面白そうな声を出す姿の見えぬ主に、喜蔵は淡々と意見を述べた。

「あの人を責めつつも、あの人がそうなってしまったのをすべて飛縁魔のせいにしたいように聞こえた。お前の言うことが真だとするなら、あの人は語らなかったことが多いのだろう。しかし、お前はそれを敢えて俺に聞かせた。聞いて欲しかったのではないか？」

『人間というのは本当におめでたいな。自分達の都合のいいようにしか解釈しない。甘言をそのまま受け取るのだから、何とも哀れな生き物よ』

口調が和らぐでもなく、相変わらず他人を馬鹿にしてやまぬような話し方だった。けれど、やはり喜蔵はその言葉をそのまま聞き入れることが出来なかった。姿も見えぬというのに、大木の前に哀しい微笑を零した女が立っているような気がして、喜蔵はぽつりと問うた。

「哀れな生き物はお前もではないのか？　話を聞いていて、何も好き好んであの人に憑いているわけではないのかと思った。あの人の中に閉じ込められているのはお前だろう――飛縁魔」

風がさあっと吹いて、一羽の蝶が流されるように喜蔵の近くに舞い降りた。

「あの人の兄は死んでしまったが、あの人は兄のおかげで助かった。あの時、兄を呼んできたのはお前なのではないのか？　幼馴染の友人を殺したのは、手籠めにされそうになったあの人を救うため」

本当は守ろうとしたのではないか――（そんなわけあるまい）と心の中の自分に失笑されたが、喜蔵はそれでもこの憶測があながち外れていない気がした。風がもう一度強く吹くと、ざっと花びらが散った。しかし、桜は少しも堪えることなく満開に咲き乱れている。桜木を見つめていると、誰かがふうと息を吐いた音が喜蔵の耳に届いた。

『……その昔、ただの人間だった頃の私は、非常に美しい女だった。あの池を覗き込んでいる女よりも余程な』

　喜蔵はちらりと池の方を見た。後ろ向きで見えぬが、艶やかな髪の向こうには息を飲む程美しい面がある。しかし、飛縁魔はその綾子よりも美しいという。

『凡庸な者には分かるまいが、この世というのは、足りぬことも、行き過ぎることも不味いのだ。私は他人よりも少しばかり優れていた』

　己で優れていると言うのもどうかと思ったが、言っていることは少し分かった。この世をうまく渡り歩いていくためには、普通であることが何より大事なのだ。少しでも自分と違う者がいると、無視を決め込むか、排除したがるものである。

『私には許婚《いいなずけ》がいた。男は村一番の大家で、私の家は貧しかった。家柄は釣り合うものではなかったが、男は周囲の反対を押し切って私と祝言を挙げようとしていたのだ。私に袖にされた男共は「あの女は金目当ての性悪だ」と嘲笑し、好いていた男が私に取られたと妬《ねた》む女共は「あの女は男を誑かす悪女だ」と触れ回った……だが、周りがどう言おうと、私はその男と一緒になるのだ。勝つのは私だと知っていたから、別段気にしていなかった』

　しかし、祝言を挙げる半月前のこと――あの村を稀《まれ》に見る水害が襲った。雨が村を飲み込む勢いで降りしきると、あっという間に人の腰辺りまで水が上ってきてしまったのだ。当時村で一等大きく、高い建物は社だった。だから村人は皆こぞって社に向かい、女も男に手を引かれそこへ逃げたのである。二人がそこへ着いた時には、人で溢れていた。それからも続々と村人は来たが、ついに社の中に入りきらなくなってしまった。おまけに、少しずつ水が浸入してきてもいて――。

『それからどうなったか分かるか？　男共は女共を外に放り出し始めたのさ』

目を見開いた喜蔵の前を、蝶が長閑な動きで横切った。

『あの社は水害封じの火神を祀っていた。嘘か真か知らぬが、古代は若い娘を生贄に捧げていたらしい。男共はそれに乗じて「太古の儀式を復活させ、神の怒りを鎮める」と言ったのさ。あまりの愚かしさに笑えるだろう？』

恐怖に打ちひしがれた女に、男はすっぽりと羽織を被せて、かばうようにずっと抱きかかえていたという。しかし、それからも男達は女達を見つける度外に放り出した。断末魔のような叫びが聞こえる度、女は己の命が削り取られていくような心地になったという。

そして、そのうち異変が起きた。

『女の悲鳴が止まったと思ったら、今度は男の悲鳴が上がったんだ。「火の海だ！」とね

……水害のはずなのに、何を言っているのかと思ったら、本当にその通りだった』

いつの間にか、雨は止み、水も引いていたが、その代わりに社の周りを取り囲んでいたのは炎だった。殺された女達の呪いなのか、はたまた勝手に口実にされた火神の怒りなのか――恐らくはその両方であったのだろう。火の中には殺された女達の憤怒の表情が浮き上がっていたという。火の勢いは見る間に増していき、ぐんぐん社の方へ迫ってきたが、気づいた時には社の周りに炎で形作られた蛇が蠢《うごめ》いていて、出られる状況ではなかった。

『男達は皆恐れ慄《おのの》いていたよ。そこでようやく己のしでかしたことの非情さに気づいた

――わけもなく、社に入ってこようとする蛇を槍で突いた。自分達が殺した女をまた殺そうとしたのさ』

しかし、突いても突いても、蛇は死ななかった。男達は狂ったように突いたが、炎を槍で突いたところでどうなるものでもない。そのうち、男の一人がこう叫んだという。

――神に捧げる生贄は、村一番の美しい女でなければならぬ！　ここにいるはずの、あの女を捜し出せ！

男の叫びに呼応した他の男達は、父や夫の陰に隠れていた女達を一人ひとり検分して、女を捜した。「いたぞ！」と声が上がった時、そこにいたのは自分だった。

『そいつは以前私が振った男だった。腹いせに殺そうというのだから、男というのは女よりも余程執念深い。男共は槍を持って私を取り囲んでいた。許婚は私から引き剝がされて、他の男共に拘束された』

女は大人しく男共に従った――振りをして槍を奪うと、周りの男を突いた。

『どうせ殺されるのなら、一人でも多く道連れにしてやろうと思った。でも、一人しか突けなかった……所詮《しょせん》は非力な女だ。男共はそんな私に多勢で向かってきた』

そして突き殺された――飛縁魔は静かに言った。背中に痛みを覚えて振り返ると、許婚が泣きながら女を槍で突いていたのだという。

『「誰かにやられるくらいならば、俺が」男はそう言ってもう一度私を突くと、抱えて外に飛び出して共に炎の中に入った』

「……それは、心底お前を好いていたのではないか?」

喜蔵の呟きに、飛縁魔はしばし沈黙した。

『……私も、男となら共に死ぬのも悪くはないと思った。だが、哀れにも思った』

女は、火神に(私の身と引き換えにこの男を助けてくれ)と頼んだ。すると、願いは聞き入れられたのか、見る間に火が引いていったのだという。蛇は消え、そこにあるはずの女達の遺骸もなくなり、社とその中にいる村人達だけが残った。

「お前の願いは叶い、男は助かった。その後に何かあったのだな?」

何しろ、女はそれまでただの人間だったのだ。社の神もただの火神のままである。飛縁魔はまだ姿を現してもいない――。

『私は火神の物になったつもりだったが、この一件で力を使い果たしたのか、いざ同化すると火神は眠りについてしまった。代わりに私は徐々に力を蓄えていった。そして数年経った後、ふと気づくと私は人間の時と同じ姿で社に佇んでいたのだ』

女は混乱しながらも、とりあえず愛しい男に会いに行った。死に際の男の慟哭を思い出した女は、男がさぞや喜んでくれるだろうと考えていた。しかし、男の家に辿り着いた女が目にしたのは、男の妻と娘だったのである。初めは哀しくて憎らしくて堪らなかったが、しばらくするとこう悟ったという。

『私は死んで、あの人は生きているんだから当然だ――子まで生《な》して素晴らしいことじゃないか。人間でなくなった私には出来ぬことだ……』

だから女は、男と顔を合わせぬまま社へ帰ろうとした。しかし、あとを追ってくる者がいた。元許婚のその男だったという。

『男は私を後ろから抱き寄せた。まだ私を愛おしいと思ってくれているのだと分かって、私はそれだけで幸福だった』

神と同化したおぼろげな身であるものの、温かさを感じたという。しかし、それは相手の温もりではなかった。

『どうにも生温《ぬる》い――気づくと全身から血が流れていた』

男が手に隠し持っていた短刀で、女を刺していたのだ。

「何故……」

絶句した喜蔵に、飛縁魔は一言「分からぬ」と答えた。

『血は流れたものの、一度死んでいる私はもう死ぬことがなかった。地に滴り落ちた血は、ちょうど降ってきた雨と混ざって、村を覆った。男は狂ったように私を刺したが、血と共に火の神の力が溢れ出すばかり……』

呪われた血は炎となった。そして、男はその血に焼かれて死んだのだという。

『そして、あの社は火神ではなく、私を――この飛縁魔を祀るものとなった』

村人は飛縁魔の荒ぶる魂を鎮めるため、飛縁魔を殺した男に似た男を捧げるようになった。飛縁魔は、その捧げられた男を次々に殺したのである。

『ある年は、幼い子が捧げられた。子どもを殺すのは忍びなかったが、成人すると腹が立って殺した。それならば、と思ったのか、今度は幼い女の子どもを捧げてきた』

以来、『飛縁魔には幼い女子を捧げる』というのが村の決まりとなったという。

「今度は殺さず、生かしたのだな?」

喜蔵がそう訊いても、飛縁魔は返事をしない。風習は時が経つにつれ徐々に変化していき、一年に一度、六年に一度、十六年に一度……とうとう六十年に一度となったという。初めは一生社に閉じ籠って祈らねばならぬ掟だったが、いつの間にか家から社へ通ってもよしとされたのである。何故だ? という喜蔵の疑問に、飛縁魔は失笑した。

『お前も村人共も愚かだ。私は一度も人身御供が欲しいなどとは言っていない。勝手に送ってくるから、それに付き合っていただけだ』

「ならば、殺さずとも良かったではないか」

『私に与えられたものだ。生かすも殺すも私の勝手だろう』

「それは――」

喜蔵はたまたま視界に入ってきた綾子を見て、言葉を止めた。綾子はまだしゃがみ込んで、首を伸ばしたり横にしたりして、熱心に池を覗き込んでいる。

(そんなに見ずとも、鯉《こい》か亀くらいしかいないだろうに)

どこまで馬鹿正直なのだろうと呆れて、喜蔵は思わず笑ってしまった。すぐ表情を引き締めたものの、飛縁魔は喜蔵の表情を見逃さなかったらしい。「憎い」と呟いたので、喜蔵は少々気まずげに視線を落とした。

『……あの女が名を変えて生まれ変わったことによって、私の存在も変化した。今はこうしてお前の前に姿を現せぬ程脆弱《ぜいじゃく》になってしまった。私はあの女が憎い。いつかあの女を私の中に取り込んで、燃やし尽くしてやる』

「脆弱なお前には、もう男を取り殺す程の力はないのだろう？」

喜蔵は内心飛縁魔に同情を覚えるところもあったが、それを外に出すことなく冷たく言った。飛縁魔は確かに哀れであるが、それよりもっと哀れなのは綾子である。

（憎い、と叫びたいのはあの人の方だろう）

だが、綾子は決してそんなことを口にしない。誰かを憎むことすらしないだろう。力は再び戻る――飛縁魔が呟いた言葉に、喜蔵はゆっくり顔を上げた。

『その時に、お前があの女と一緒になっていたら見物だな。じっくり殺してやる。男は総じて醜いが、頂点から突き落とした時の絶望した顔は、どんな傾国《けいこく》よりも美し――』

高々と話している途中で、飛縁魔は急に舌打ちをした。

『役に立たぬ奴だ。もう……こ奴の口では話せぬらしい……』

作られた者は弱い、と飛縁魔は憎々しげに呟いた。

「作られた？」

喜蔵は桜木を眺めた。人の手が加えられているにしろ、自然と育ったものである。眉を顰めた喜蔵に、声は途切れ途切れの笑い声を上げた。

『桜人……とかく……桜に騙されるもの……』

ずっと近くを飛んでいた蝶が、初めて桜木を離れて池の方へ向かっていった。喜蔵はしばらく呆けたように桜木を見上げていたが、飛縁魔の声が再び聞こえてくることはなかった。

「喜蔵さん！」

忙しく走る足音が近づいてきたと思ったら、綾子が必死の形相で間近に迫ってきたので、喜蔵は思わず目を見開いた。綾子は距離感が分からなくなるくらい混乱しているらしく、間合いをこれまでにないくらい縮めたまま話し出した。

「変なんです……私の目がおかしいのかしら？　でも、確かに池の中に――」

「喜蔵さん！　綾子さん！」

綾子の声に被さるように、大声が響いた。二人が声の方を見ると、そこにいたのは汗だくの高市だった。どれ程走ってきたのか。ぜえーはあーぜえーはあーと荒過ぎる息継ぎを繰り返している。ぼとぼとと地に滴《したた》るのは、高市の流した汗である。二十くらい数えた後、高市はようやく言葉を紡いだ。

「はあ、皆を、皆さんを見つけました……！」

「え!?」

喜蔵と綾子は同時に声を上げたが、綾子は何故か池と高市が来た方向を見比べて困惑した表情を浮かべている。

「はあ、見つけたんですが……見つけたんですが、はあ、何だか妙で……」

喜蔵が眉を顰めると、高市はあーうーと唸って、頭を抱えた。

「何と言ったらいいか……ともかく、一緒に来てもらえませんか⁉」

高市は喜蔵の袂を引っ張って、そのまま走り出しそうな勢いだった。喜蔵はその手を袂から放しつつ、頷いた。二人が足を踏み出した時、

「待って下さい！」

綾子がそう叫んだので、二人は顔を見合わせた。

「じ、実は……私も皆さんを見つけたんです！」

「え？　どこで……俺が見つけたのは、ここからじゃ見えぬところですよ？　だって、ほとんど池の向こう側ですから。綾子さんは一体どちらで？」

そこです、と綾子が指差したのは、先程と同じ池だった。

「綾子さん、もしかして酔っ払ってらして……」

「酔ってません！……と思うんですが……」

頭を抱えるように唸った綾子は、喜蔵の裾を摑んで引っ張った。

「と、とにかく、見て下さい！」

綾子はいつにない強引さで、喜蔵を池の前まで引っぱっていった。見事に瓢簞《ひょうたん》の形をしているその池は、蝶が上を飛び交うばかりで、静寂に包まれている。水は非常に冷たそうで、当然泳ぐには早い。いくら馬鹿といえども、そんな真似をするわけがない——そう思

いながら、池面をおざなりに覗きこみ――喜蔵は無表情のまま動きを止めた。微動だにせぬ喜蔵に綾子は青ざめたが、遅れてやって来た高市は池面を見た瞬間尻餅《しりもち》をついた。

「え、えええ……な、何でここに⁉」

（やはり、幻ではないのか……）

度肝を抜かれたような高市の様子を見て喜蔵は苦い表情をした。

池の中には彦次がいた。そして、平吉もいた。見知らぬ女がいて、そのうちそこへ小春も現われた。小春と女は何やら争いをしているらしかった。結局勝ったのは初めから余裕綽々《しゃくしゃく》の小春のようだったが――その時蝶が水面に止まったので、波紋がひろがり、はっきりと分からなくなってしまった。

（邪魔だ）

払いのけようとしたが、蝶はどかぬ。そのうちまた水面に静寂が戻ると、先程浮かんでいた画が映ったが――場面は激変していた。小春達は女の手によって、どこかの深海に吸い込まれていくところだったのである。

「……おい！」

溺れて沈んでいく三人に、喜蔵は思わず声を掛けた。すると、小春は閉じていた目を少しだけ開けて、こう一言呟いたのである。

――喜蔵……。

いつもの生意気で他人を小馬鹿にしてくるような声音ではなく、弱々しい童子の声が聞こえた気がした喜蔵は、思わず池の中に手を伸ばした。水は想像以上に冷たかったが、手を引くわけにもいかぬ。思い切って二の腕辺りまで突っ込むと、何故か少々温く、粘り気があるように感じられた。池の中で起きている異変にじかに触れた喜蔵は、気を失いそうになっている小春へ向けて必死に手を伸ばした。腕をすべて池の中に入れて、指先まで伸ばしきったが、小春には届きそうもない。なにしろ、小春は池の中にいないのだ。

（だが、こうして姿が見えている）

指を咥えて見ていることなど、喜蔵には出来なかった。（届け、届け）と念じていると、ふと小春が目を開けた。

「おい！」

呼びかけると、小春はゆっくりと手を持ち上げたので、喜蔵は身を乗り出した。届くはずはない——それでも、（届く）と疑わなかった喜蔵は、確かに小春の手を捕らえた。しかし、小さな手の感触に安堵した瞬間、池の中に更なる異変が起こったのである。

（な……何だ、これは——）

まるで水中に竜巻が起こったかのようだった。凄まじい勢いで、水が攪拌《かくはん》し始めたのだ。腕しか入れていないというのに、引きずり込まれそうになった喜蔵は、思わず身を引きかけたが——。

「あ、喜蔵さん——!?」

綾子と高市の慌てた声は喜蔵には届かなかった。その時にはもう、喜蔵は小春の手に引っ張られて、近くに飛んでいた蝶もろとも池の中へと沈んでしまっていたのである。

五、酒宴

喜蔵が川に落ちるより、二刻前のこと——。

「ま、待ちやがれぇ……！」

彦次は息を切らしながら、花見客の間を縫《ぬ》って走っていた。突如現れたできぼしを追いかけ出してかれこれ四半刻近く経ったが、一向に追いつかぬままである。

（くそ、ちょろちょろちょろちょろと……！）

てっきり、池の反対側へ行くのだとばかり思っていたが、どこを目指しているとも思えぬ浮ついた足取りで、できぼしは待父山を縦横無尽に走り回る。足の長さも歩幅も違うし、大の大人が追いつけぬはずがないのだが——。

「お兄ちゃん、足遅いね」

必死に走っている彦次を尻目に、息切れひとつしていないできぼしは、振り返りながら立ち止まると、手を口に当ててくすくすと笑った。

「それは、お前が……！」

その先を何と続けたらいいのか分からなかった。この時も手を伸ばせば触れられる距離にいたのだが、いざ出してみると、できぼしは二間先まで移動しているのである。これが噂の力なのだろうか、と彦次は額に手を当てながら呻いた。

（幻術……なあ）

小春達が語ったところによると多聞は幻術を使うらしいが、このできぼしも多聞と同じくらい妖しい力を持った少女であるという。彦次には未だ信じられなかった。彦次は前年の暮れからひと月半の間、多聞の屋敷に滞在して錦絵《にしきえ》を描いていたのだ。金持ちの道楽で絵師を召し抱えたのだと思っていたが、実際はとんでもないことをさせられていたのである。多聞が貸してくれた絵具は、それで描いた画が現のものになるという妖力を秘めていた。彦次はその絵具で妖怪画を描き、巷間《こうかん》を騒がせる妖怪を多数生んでいたのである。

まったく知らなかったとはいえ、彦次は悪事の片棒を担いでいたのだ。そして彦次は絵を描く傍ら、目の前にいるおかっぱ頭の少女――できぼしと遊んでやっていた。できぼしは彦次のことを兄のように慕い、彦次も可愛い妹が出来たような気がしていたのだが――。

（……あん時の楽しい時間はすべて嘘だったのか？）

彦次は喜蔵の手前それ程気にしていない振りをしていたが、本当は傷ついていた。小首を傾げながら近づいてきたできぼしは、泣きそうな顔をしている彦次の顔を覗き込んだ。長い前髪のせいで目元は見えぬから、表情ははっきりと窺い知れぬ。喜蔵の話によると、「できぼしの目は多聞に盗られてしまった」らしいが、それがどういうことなのかもよく分からなかった。手を伸ばして前髪をめくれば真相は判明するかもしれぬが、彦次にそんな度胸はない。

「できぼしは人間なのか？……それとも、妖怪か？」

　できぼしが発している怪しい気は、人間の表面に妖気をうっすら塗ったくらいの、淡いものである。できぼしは小さい指を顎に当て、顔を上に向けた。

「分かんない。でも、できぼしのお父さんは鬼で、お母さんは人間だったよ。お兄ちゃんはただの人間」

「お兄ちゃん？　それは多聞のことか？」

「多聞じゃなくて、私のお兄ちゃん。お兄ちゃんはただの人間だったからああなっちゃったんだと思うな」

　嫌な感じがした。彦次は臆病《おくびょう》であるせいか、そういう勘はよく当たる。できぼしは赤い唇でうたうように言った。

「お兄ちゃんはね、お父さんに食べられちゃったの。お父さんは人喰い鬼だから。お兄ちゃんがただの人間だって分かった時、怒ったお父さんがお兄ちゃんを食べちゃったの」

（ああ……どうして俺あ、こう馬鹿なんだ）

　最も聞きたくない類《たぐい》のことを聞いてしまい、彦次は頭を抱えながら身悶《みもだ》えた。

「何それ、変な踊り！」

　できぼしが指差して無邪気に笑ったので、彦次は何だか泣きそうになってしまった。そろりと手を伸ばして触れた頭は小さく、駒鳥《こまどり》のように笑う声はやはり可愛らしく思えて、彦次は余計に混乱した。兄を父に喰われたというのはどういうことなのか——それでどうして笑っていられるのか？　できぼしがただの人間ではないと分かっても、胸が痛んで仕方がなかったのである。できぼしはにこにこしながら大人しく彦次に撫でられていたが、にわかに「あ」と声を上げた。

「お姉ちゃんがもうすぐあそこへ着く！」

「あ、お姉ちゃん？　誰だ？　お前のお姉ちゃんか？」

彦次が辺りを見回し出した時、できぼしは彦次の手から逃れて、くるりと身を翻《ひるがえ》した。

「またね、お兄ちゃん」

彦次に手を振ったできぼしはそのまま去っていく風だったので、（逃がしてなるものか）と彦次はあとを追った。だが、すぐ異変に気づき、足を止めた。彦次は何故か、できぼしが去ったのとは反対の方向へ走っていたのだ。慌ててまた逆方向へ走り出したものの、すでにできぼしの姿はどこにも見当たらぬ。周りの客達は相も変わらず賑《にぎ》やかな酒宴に興じている。途方にくれた彦次はとぼとぼと歩き出すうちに、できぼしを追う前のことをふと思い出して、途端に血の気が引いた。

——行くな、彦次！

喜蔵に数年振りに名を呼ばれたことに、嬉しさよりも恐怖を覚えた。思わず名を呼んでしまうくらい、切羽詰まっていたということである。それを無視して己の感情のまま飛び出してきてしまった。おまけに何の収穫もなく、こうして情けなく引き返している――。

（うう……殺される）

ぞっと寒気を感じた彦次は足を速めた。謝り倒せば、きっと見かねた綾子がかばってくれるだろう。喜蔵があまり女には強く出られぬことを知っている彦次にとって、綾子の存在は非常に有り難かった。

（しかし、深雪ちゃんはかばってくれっかなあ……）

今日の深雪はどこか様子が変だった。喜蔵に対して怒っていたようだが、その静かな怒り方は喜蔵と似ているものの、常通り笑顔なのでかえって喜蔵よりも恐ろしい。

（あの娘は物凄く可愛いし良い娘だけれど、女として見れねえな）

顔はまったく似ていないし、性格だって似たところなどないのに、深雪と接しているとどうも喜蔵の顔がちらついてしまう。師匠の娘と恋仲になった時には破門されるくらいですんだが、喜蔵の場合は冗談ではなしに命を取られそうである。

深雪はないとして、さてもう一方の綾子は――それこそないな、と彦次は思った。いつもの彦次であれば、綾子程の美人がいたら目が合った瞬間に口説いている。だが、綾子相手には軽口ですら口に出来そうもない。綾子からは（触れてくれるな）という意識が漂い出していて、気おくれしてしまうのである。彦次は馬鹿の割に妙に察しのよいところがあるので、深雪と綾子の抱えている闇をどこかで感じ取っていたのだ。もっとも、そんな自覚など毛頭ない彦次は、己の男としての度量が狭くなってしまったのかと危惧《きぐ》していた。

ともかく、花見の席に帰るのが気が重いことには変わりない。数分後の地獄を考えて溜息を吐いた時、

「……うおお！」

顔面目がけて蝶が飛んできたので、彦次は慌てて口を閉じた。それはあの大木の下にいた蝶と同じ種のもので、思わず目を瞬かせた。

（この蝶珍しいよなあ……まるで絵に描いたみてえに色が綺麗だ）

彦次は興味を引かれて、ぱたぱたと羽音を響かせて飛んでいく蝶を目で追ったが——。

「……こ、この馬鹿！　何やっていやがる⁉」

彦次が思わず怒鳴ってしまったのは無理もない。山の頂上には数本しかない赤の細かい花びらをつけた桜木の下に、真っ赤なござが敷かれていた。そこには、桜やござの色が移ったように真っ赤な顔をしていて、片手に杯を持ち、見るからに出来上がった様子の平吉がいたのである。

「何ってさあ、見りゃ分かんだろ？　酒飲み対決してんだよ。この、綺麗な姐《ねえ》さんとさあ。へっへっへっ」

平吉が指した正面には、確かに妖艶《ようえん》な美女がいた。歳は彦次達より二つ三つ上くらいで、ふっくらとした肢体に、はっきりした目元と薄い眉、真っ赤な厚い唇が何とも艶っぽい。しかし、年齢や季節を無視して、深紅の地に紅葉の絵が白く抜かれた振袖《ふりそで》を着ているところを見ると、粋や流行に敏《さと》い芸妓などではないようだ。もっとも着物以前に、首から朱塗

りの瓢箪をぶら下げている芸妓などいない。彦次は女を凝視すると赤くなるどころか青ざめて、平吉の胸倉を摑み上げた。

「な、何でこんな……大体お前、酒買いに行ったんじゃなかったのか⁉」

　彦次に締め上げられながらも平吉はけらけらと笑っている。

「そう、そう。そう、その通り！　俺あ酒を買いに行ったんだあっ！　でもな、うっ……ここの前通ったらすんごい美味そうな酒の香りがしてな。さぞや上等なの飲んでいるんだろうなと思ってちらっと見たら、姐さんが『そこの坊や、この酒が欲しいの？　酒飲み比べして私に勝ったらあげるわよ』って声かけてきてくれたっつーわけ」

「お前なあ……冷静に考えてみろよ。俺みたいな男前に声を掛けるならばまだしも、てめえだぜ？　ほら、後ろの池で顔覗いてこいよ。思っている以上に厳しい現がそこにある」

　平吉にわざわざ声を掛けたということは、何か企《たくら》みごとがあってのことだと彦次は言いたいらしい。平吉は鼻を鳴らしつつ、腹いせのように酒をぐびぐびと呷りだした。

「お前なんて面がいいだけで、他はすべて駄目じゃねえか。落ち着いた大人の女なら、俺みたいな頼れる男を好むんだよ。『本当に素敵なエラ……あなたのエラから離れたくないわ』ってな！　きっと姐さんも……うぃっく！」

「そんな女いたら気持ちが悪いわ！」

　首から下げた瓢箪を撫でながら彦次と高市のやり取りを見ていた女は、赤い唇から白い歯を覗かせて笑いだした。

「面白い坊ちゃん達だこと。彦次さんだっけ？　あんたも座って飲んでいってよ」

ぽんぽんと自分の隣を叩いた麗人に、彦次は慌てて首を横に振った。そして、平吉の首根っこを掴んでその場から引きずり出そうとしたが、

「俺は……俺は俺はあ、酒を手に入れるまで帰らねぇぞお！」

平吉が振り回した手が、ばしばしと太腿《ふともも》に当たって地味に痛い。

「おい暴れんな、馬鹿！　普段そこそこ飲めるくせに、何でそんなに酔っ払ってんだ？」

暴れる平吉を何とか引きずって、ちょうど赤いござと茶の地面の境目に来た時だった。

（……あれ？）

何故か、赤いござの外に足が踏み出せなかったのだ。おかしいぞ、と思いながらもう一度試したものの、やはり駄目である。その後何度同じことを繰り返しても、外には一歩も出ることがかなわず――恐る恐る振り返ると、女は酒を飲みながらにやついていた。その顔を見た彦次がますます力を込めて平吉を引っ張ると、「うぐぐ」と苦しそうな声が聞こえて、平吉の身体から急に力が抜けた。慌てて見ると、平吉は目をつむり、口を開けてよだれを垂らしているではないか。彦次は焦って彼の頰を叩いたものの、何の応えもない。

「へ、平吉……こんなめでたいところで死ぬんじゃねえよ！」

彦次が泣き声を上げた時、「ぐっぴー」と間の抜けた鼾《いびき》が響いた。平吉は幸せそうににやけながら、夢の世界にいってしまったのだ。腹を立てた彦次によってござの上に投げ出されても、「うふふふふ」と気味の悪い笑い声を漏らして身を攀《よ》じっただけだった。

「おやまあ、よく寝ているね。じゃあ、飲み比べは私の勝ち。次は彦次さんの番ね」

彦次の隣には、いつの間にか女が寄り添うように立っていた。

「いや……いいです。俺、こいつ連れて帰りますから！」

彦次は平吉の首根っこを摑んで二歩下がったが、三歩目は足を後ろに出せぬ。そこはやはり赤いござと地面との境で、見えぬ壁があるかのように、どんなに力を込めても進むことが出来ぬのだ。上背のある女は、彦次の肩に顎を乗せて耳元でささやいた。

「色んな奴に憑かれていたのね。蟲《むし》に青女房《あおにょうぼう》に蝦蟇《がま》……確かに、あんた美味しそう」

女は顔面蒼白の彦次をじっくりと眺めると、異様に赤い舌で赤い唇をぺろりと舐めた。

「……お、おおお俺らを喰う気か⁉」

彦次はまたしても平吉を放り出し、自分も尻餅をついてわたわたとし出した。まるで蜘《く》蛛《も》の巣に捕らわれた蝶のように慌てた素振りを見て、女はさも愉快そうに笑う。

「あはは、そんなに怯えないでよ。勝ったら酒もあげるし、無事に帰してあげるから」

「……ま、負けたら？」

「初めから負けることなんて考えていたら、勝てやしないわよ。さあ、飲んだ飲んだ」

女は端座すると、朱塗りの大きな杯に酒を注ぎこんで、それを彦次に差し出した。何から何まで赤尽くしである。どうしても逃れられぬ雰囲気を感じ取った彦次は、女の差し向かいに胡坐を搔くと、恐る恐る杯を受け取って、匂いを嗅いでから一気に煽った。

「おや、いい飲みっぷり。これは私も危ないかも」

女は目を見張ったが、確かに彦次は酒が強い。酒の勝負ならば何とかなるのかも、と考えたのである。彦次はとにかく飲む調子を早めることにした。一刻も早く終わらせて、帰りたかったのだ。

しかし、女は遅れを取ることなくついてきた。彦次が勢いよく杯を煽ると、女も同じように杯を空にするのである。女は余裕綽々で、ちろちろと舌なめずりをする赤い舌が何とも婀娜《あだ》っぽい。(いかん、この女はいかん)と己に言い聞かせながら頭を振った彦次を横目で見ていた女は、面白そうに言った。

「平ちゃんはこの酒が懐かしい匂いがするって言っていたけれど、彦次さんはどう?」

「あ、俺も何だかそんな気が……何の酒なんだ?」

「人間酒」

ぶはあっと、彦次は盛大に酒を噴き出した。

「あっはっは、汚いねえ。嘘よ、嘘。私は人喰いじゃあないもの」

膝を叩いて高笑いをする女に、彦次は「へ?」と間抜けな声を上げた。

「……妖怪って皆人喰うわけじゃないのか?」

想像の妖怪も現で会った妖怪も皆彦次を「喰うぞ〜!」と脅してくる者ばかりだった。幸いなことに夢でも現でもまだ食べられていないが、彦次はいつかその時が来てしまうのではないかと戦々恐々としていた。

「絵草子の読み過ぎじゃない? そんな奴ばっかりだったら、人間なんて今頃一人もいなくなってるわよ。人間がただの食物だっていうならね」

「ただの食物じゃないなら何なんだ？」

言い方が引っかかって訊くと、女はいつの間にか彦次のすぐ隣に移動していて、耳元に息を吹きかけるようにこう言った。

「可愛い玩具《おもちゃ》」

「うひゃあっ」

ぞわぞわぞわ～と立った鳥肌は、恐怖だけが原因ではなかった。

（うう、何やってんだ……）

離れなければ、と思ってはいるのに、正直な身体はぴくりとも動かぬ。

「あたしのことはりつって呼んで。ね、彦ちゃん。年上は嫌い？」

りつは彦次の胸に身を寄せながら、可愛らしく上目遣いをした。匂い立つような色香が彦次を惑わしてくる。

「むしろ大好物……じゃなくて！　いや、美人だけれど……だって妖怪だし……そう、妖怪じゃねえか！　絶対駄目だ！」

己に言い聞かせるように押し返すと、存外にもりつはあっさり身体を引いた。

「……そうよね。あんたも、いや普通はそうよ」

俯いた表情が、何とも哀しげで彦次はたじろいだ。

（う、そんな顔したって騙されねえぞ……！）

ただの女の手練手管ならば騙されてやったたって構わぬが、相手が妖怪では命取りだ。二人ともしばし沈黙のまま杯を重ねていたが、

「あの……あんたもって何だ？」

結局黙っていられなかったのは彦次の方だった。しかし、りつは曖昧《あいまい》に笑うばかりで答えぬ。最初の明るさはどこに消えてしまったのか、憂《うれ》いを帯びた表情をしたまま静かに酒を飲んでいる。

（あああ……もう！）

調子の狂った彦次はぐしゃぐしゃと頭を掻き混ぜると、ぱしっと膝を叩いた。

「……気になるから言ってくれよ！　俺、女が落ち込んでいるの見るの苦手なんだよ」

いいの？　という念押しに彦次が頷くと、りつは多分に勿体ぶって話し出した。

「……昔から花見が好きでね。いつもはあちらの世でしていたんだけれど、たまには違うところでやるのもいいかと思ってこちらの世に来てみたの。でも、その当時私はまだひよっこだったから、人間のことが怖くて」

彦次が驚いて顔を上げると、りつは恥ずかしそうに顔を伏せた。ここへ来たはいいが、花見どころではなくて、一人で膝を抱えて震えているしか出来なかったという。

「震えるほど怖いなら帰ればいいのにそれも出来なくて。頭が真っ白になっていたら、目の前に男が立っていて、飛び上がりそうになった」

男はりつよりも少し年下くらいで、見目のいい男だった。しかし、それが目に入らぬ程

怯えていたりつは、男が手を差し伸べた瞬間、思わず泣き出してしまったという。

――お嬢さん、トラが怖いかい？　ここには大きなトラしかいないが、何も人喰いじゃない。ただ、愉快に歌って踊って、落書きした腹を見せてくるくらいの馬鹿で楽しいトラだ。まあ、かくいう俺もそうなんだ。お嬢さんも共にトラにならないか？

「その人がニッて笑ったら、張り詰めていた糸がぷちんと切れてね」

りつは男の手を取って、その後、その男と共に大トラになったのだという。あんなに楽しかったことはなかった、とりつは遠い目をした。

「だから、翌年もその翌年も一緒に花見をしたの。恥ずかしいけれど、毎度偶然を装ってね。その人もおんなじだったから、お互いすっとぼけていたんだけれど」

「何だ、両思いじゃねえか」

息を吐いた彦次は、りつの顔が曇っていることに気づいて、はっと柳眉《りゅうび》を寄せた。

（そうだ、こいつは妖怪なんだった）

想いあっているからとて、妖怪と人間では恋の成就は難しそうである。

「……正体は明かしたのか？」

りつは首を横に振ると、杯を静かに呷った。

「……でもね、分からないわけないの。だって、何年経っても私は若い女のままなんだもの。私が想いを秘めている理由も、あの人は分かっていたはず」

花見は五十年も続いたが、互いの事情に触れることは一切なかったという。寂しい心地もしたが、一年に一度会えるだけで十分幸せだった。

「いつも二人きりの花見だったけれど、五十年目のあの日、あの人は初めて連れを伴ってきたの。しかも、二人もね」

孫だった、とりつは呟いた。りつはその時も今と同じように二十そこその見目をしていたが、相手は白髪で髭が伸びて、腹が出た老人だったのだ。話には出ずとも、妻子や孫がいない方がおかしいと重々承知していたのだという。しかし、想像するのと実際に見るのとではまったく違った。

「あの人が愛おしそうに孫を見つめて微笑む姿を見たら無性に寂しくなっちゃって……」

ふふふ、と笑い声を漏らしながら、りつは彦次と自分の杯に酒を注いだ。

「それは……誰だって寂しいだろうよ」

彦次は自分がりつだったら、と考えて胸が苦しくなった。そもそも彦次だったら、相手に伴侶や子がいると分かっていて知らぬ振りし続けるなど出来はしないだろう。相手が悪くないと分かっていても、問い詰めてしまうかもしれぬ。

「それ以来その人とは会っていないの……ここへ来たのは七十年振りよ」

りつはあの男がここにいないことなど分かっていたが、つい探してしまったらしい。

(馬鹿みたい)と思いつつ歩いていると、ある場所を通った時思わず足が止まったという。

「そしたらね、あの人がそこにいたのよ」

「いたって……え！　おい、最後に会ったとき、その男七十くらいだったんだろ？」

その男が今生きていたとしたら、それこそ妖怪である。だから見間違いだった、とりつは解《ほぐ》れていた後ろ髪を整えるように撫でた。

「でも、何だかよく似ていたの。姿形というよりも、その気性がね……皆に気を遣って盛り上げようとする健気なところとか、陽気な話し方とか、邪気のない眩しい笑顔とか――あんたのその明るさが私のあの人にそっくりだったから」

彦次が言葉を失うと、りつは懐かしむように目を細めて頷いてみせた。

（……俺⁉）

思わぬ展開に、彦次は思わず杯を手から落としかけた。

「実は、さっき向こうで見てたの。話してみたいなと思ったけれど、お仲間が大勢いたから諦めたのよ。そうしたら、少し経って平ちゃんがこっちへ来たから……平ちゃんには悪いと思いつつ、だしに使っちゃった」

「で、でも俺が平吉を迎えに来るとは限らなかったじゃねえか」

喜蔵や高市が来る可能性だって十分にあったのだ。

「あんたが来るまで待ってようと思った。他の人が来たら、平ちゃんみたいに酔わせちゃえばいいって」

「そりゃあ、また横暴な……」

彦次が呆れて頰を掻くと、りつは真面目な表情をしてこう言った。

「横暴だよ。私、悪い妖女だもの。己が願いのために他人巻き込んじゃうんだから……」

「いや、別段悪いとは……」

困ったことに、本当に悪くなかった。被害を被った平吉は、幸せそうな笑顔で寝ている。こいつはただの自業自得だ、と顔を顰めた彦次は、りつと目が合った。紛れもなく妖気は漂っていたし、首から金色の紐で下げた瓢箪はやはり野暮だが、派手な振袖もきつい紅も思い出の男のために着飾っていたのならば、何とも健気ではないか。すっかり穏やかな表情になったりつは、彦次の杯になみなみと酒を注いで、眉尻を下げた。

「彦ちゃんには迷惑でしかないだろうけれど、あともう少しだけ付き合ってくれる？ 今日を逃したらもう飲めないから……あの人とは」

酒を受け取った彦次は、しばし無言で飲んでいたが、そのうちがしがしと頭を掻くと、

「悪かった」と頭を下げた。いきなりの謝罪に、りつは目を白黒させるばかりである。

「そんな想いを抱いていたなど露知らず、怖いだの人喰いだの言っちまって……」

彦次が肩を落として俯くと、りつは彦次の手を取って、それを己の頰に当てて微笑んだ。

「謝ることない。あたしはこうして彦ちゃんと一緒に花見酒が飲めるだけで嬉しいもの」

ありがとう、と少女のような笑みを浮かべたりつに、彦次は返事もせず目を瞬かせた。

（……あれ？）

口をぱくぱくを開け閉めして、ふらふらと身体を揺らし始めた彦次に、りつは不思議そうに小首を傾げた。

（……何か変……だな。凄くだりい……）

まるで身体が自分の物ではないようだ。右手を持ち上げようとしても、ほんの少ししか動かすことが出来ず、持っていた杯を落としてしまった。段々と力が抜けていき、りつに寄りかかってしまったが、動揺する彦次とは反対にりつは落ち着き払っていた。

「……随分効き目が早いわね。ちょっと入れすぎちゃったかしら？」

りつは彦次の目の前で、懐から取り出した小瓶を振った。中身は空に浮かぶ雲のような形状をした紫色のいかにも妖しいもので、一見してこちらの物でないことが分かった。

「件っていう妖怪から譲ってもらったのだけれど、使う機会がなくてね。今日持ってきてよかった。さっき平ちゃんにも使ったんだけれど、あっちには少なかったみたいで、なかなか寝なかったの。安心して、ただの眠り薬みたいだから——あら、もう寝ちゃった？」

彦次はすでにりつの膝の上にばたりと倒れ込んでいた。りつは彦次の乱れた総髪を手で撫でつけてやりながら、くすくすと笑いを漏らした。

「彦ちゃんは可愛いわねえ、あんな嘘臭い話に騙されるなんて。もう少し大人だったら良かったのに。私から見たら赤ん坊だもの——私はね、自分よりうんと年上の男がいいの。男は皺くちゃで腹が出てきたくらいが渋くって素敵でしょ」

りつはしばらく彦次の髪を撫でていたが、そのうち堰《せき》を切ったように笑い出すと、膝の彦次を無造作に放り出した。

「……おっかしい！　本当、男って馬鹿ねえ！」

りつは腹を抱えて涙を浮かべるほど笑っていたが、おもむろに起き上がると、彦次と平吉をうっとりと見下ろした。

「……そういや、負けた時のこと言ってなかったわね。楽しみだわ、人間酒が飲めるの。でも、二人一緒だから寂しくないでしょ？」

りつはそう言うと、袂から瓢簞を取り出した。巻かれた紐が銀色と違うくらいで、首から下げている瓢簞と瓜二つだった。どう考えても男二人が入る大きさではなかったが、りつは二人の前にそれを向けると、舌なめずりをしながらふたをあけようとした。

「さあ、美味しい人間酒になってね――」

「うわ、不味そう！」

にわかに声を掛けられて、りつは跳ね上がりそうになった。後ろを向くと、そこには斑の長い髪をふさりと揺らし、鳶色の目を爛々《らんらん》とさせた少年がいた。驚くりつを尻目に、小春は草鞋を脱ぎ捨てながらござに上がって、片手をびしっと上げてこう宣言した。

「酒飲み比べ！　俺も参加するぞ！」

小春は呆気に取られるりつに構わず、座の真ん中で胡坐を搔くと、りつの使っていた杯を持ち上げた。

「つーわけで姐ちゃん、酒をくれ！」

りつはその場に立ち尽くしていたが、おもむろに小春の向かいに座り、無言で酒を注ぎ出した。小春は伸びた彦次に寄り掛かりながら、まず一口酒を舐めた。まるで下戸のような飲み方をするのでりつは一瞬気を緩めたが、小春は「お、上等！」と叫んだかと思うと、なみなみ入った酒を一気に飲み干してしまった。

「いやあ、こいつらの買ってきた安酒とは大違い。飲めたもんじゃなかったもん」

小春は上機嫌に平吉と彦次を殴ると、近くにあった徳利の口に鼻を近づけてくんくん嗅ぎ、それを勝手に杯に注いだ。それも見る間にあけてしまったので、りつは眉を顰めると、己にも酒を注いで呷《あお》った。小春もりつも注いでは飲み、また注いでは飲み……を繰り返して、互いに十杯飲み干した頃、小春はにんまりと笑った。

「お前、俺のこと何も訊かねえのな？」

りつはふんっと鼻を鳴らしながら、花形の小皿に盛られた干菓子を丸い指先で抓んだ。

「知ってるよ。あの、お騒がせ猫股鬼《ねこまたおに》の小春でしょ？」

「俺、猫股鬼って呼ばれてんのか？　何か野暮ってえ……俺もそれ食べたい」

小春に手元を指されたりつは、あからさまに嫌な顔をした。

「勝手に取って食べれば？」

つんと澄ましたりつに首を傾げながら、小春はひょいっとりつの前まで行き、菓子を両手一杯に取った。

「で、姐ちゃんは何の怪なんだ？　何かこう、田舎臭い臭いがするけれど」

「ちょ、一寸！　あたしのどこが田舎臭いって⁉　こんなに洒落《しゃれ》ているっていうのに、一体どこに目をつけているのよ！」

りつは途端に吠《ほ》え出したが、小春はどこ吹く風で、両目であかんべえをした。

「どこって、ここに二つだけれど？……目玉といやあそういう妖怪がいたけれど、お前は奴の仲間だったりすんのか？」

小春は冗談のように軽く訊いたが、身のうちから警戒が滲み出ていた。ぞくっと鳥肌が立ったりつは、杯を膝に下ろしてはっきりと否定した。

「私は一人。誰ともつるまないわ」

「へぇ～じゃあ、今日は何でこんなところにいるんだ？」

呆れた表情を零したりつは、酒を持つ手とは反対の手で赤い花をつけた桜木を指差した。

「ここへ来て花見以外にすることなんてある？　あんたこそ何でここにいるの？」

「まあ、俺も花見酒かなあ？」

そう言いながら、小春は後ろの腰掛け――彦次と平吉を一瞥した。

（何でこんなの助けちゃったかな……）

平吉は盛大に鼾を掻いていたし、彦次は「うう……」と時折苦しそうな声を上げるものの、起きる気配はない。情けない表情を浮かべたらふっと笑われたので、小春は慌てて酒をぐいぐいと飲んだ。

「あんた、そんなに人間とつるんでいたら、そのうちどっかの誰かと逆で人間になるんじゃない？」

少し落ち着きを取り戻したらしいりつは、火鉢に火をつけてそこで燗《かん》を作り始めた。

「俺の分もやって。で、それは百目鬼のこと言ってんのか？」

「もう、遠慮の知らない奴ね。私はよく知らないってば。あんたの方がご存じでしょ」

「……知らねえよ」

本当に、何一つ知らなかった。小春は火鉢の青い炎を見ながら、多聞の青みがかった瞳を思い出していた。結局のところ、前回の騒動で多聞が何をしたかったのかはっきりと分からず、未だに腑《ふ》に落ちぬままだった。妖怪の世に帰って色々と訊いて回ったものの、核心どころか謎は深まるばかりである。小春はまだ姿を見ていないが、今日喜蔵をあちらの世に迷い込ませたのは多聞達だったらしい。かといって、殺そうとしているようには見えぬところが厄介だった。本気で「遊んでいる」だけに見えるのである。

（馬鹿にしやがって……）

考えているうちに苛々してきた小春は、「あー！」と声を上げて立ち上がると、杯を持った手を振り上げた。

「あんな奴のこと知るか！　俺はもっとこう、馬鹿正直なくらい素直な奴がいい！　ああいうややこしい奴嫌いなんだよ！」

「ひどいなあ」

冷たい春風が吹いたのかと思ったが、それは妖気ともいえぬ彼の気配だった。声音の美しさといったら、あちらでもこちらでも他に聞いたことがない程で、喜蔵と同様すぐに相手が誰だか分かった小春は、大仰に顔を顰めてその場に座り込んだ。

「……ほら、ややこしい時にややこしく出てきやがる。つか、姐ちゃんが呼んだのか⁉」

「し、知らない！　呼ぶわけないじゃない、こんな……！」

失言にはっと口を押さえたりつの顔が、見る見る紙のように白くなった。

「こんな？　散々だなあ」

くすくすと笑いながら姿を現した多聞は、滑るようにござに上がると、りつの肩にそっと触れた。りつは置物のように硬直したが、手はすぐに離れていった。多聞の手に移った花びらは、風に乗ってひらひらと小春の足元に落ちたが、その小春は殺気を漲《みなぎ》らせた目で多聞を睨み据えている。

「また喜蔵にちょっかい出しに来たのか？　あんな仏頂面からかって何が楽しい？」

「今日は喜蔵さんじゃないのさ。できぼしが深雪さんと遊びたいっていうから」

「お前……深雪に手を出したのか⁉」

片膝を立て、今にも飛びつかんばかりの体勢になった小春を、多聞は穏やかな笑みと静かな手の動きで制した。

「深雪さんとはもう別れたよ。あの娘はやっぱり強いね。てんで騙し甲斐《がい》がない。面白くないってできぼしが拗ねてどこかに行っちゃったから、今探しているんだ」

小春と多聞はしばし見つめ合った。けれど互いの目に込められた意味はまるで違って、一方は多大に敵意をはらみ、もう一方は好意にも似た柔らかさがあった。二人に挟まれたりつは、完全に下を向いてきつく瓢箪を抱きしめていた。

「……深雪は大丈夫なんだろうな？」

信用しているわけではない。けれど、多聞が嘘は言わぬことは知っている。それだけ自分に自信があるからだ。他人にわざわざ嘘などつかなくとも、十分勝てるのである。

「深雪さんには手を出さないよ。俺は今のところ、喜蔵さんにしか興味がないからね」

「うわ、あんなおっかないのに興味持つなよ……お前何か変な呪いにでも掛かってんじゃねえの⁉」

跳ね起きた小春は、くわばらくわばら、と多聞を嫌味たらしく拝んだ。

「喜蔵さん面白いよ。それにあの人をからかっておけば、おまけにあんたもついてくるからね」

「お、俺がおまけ⁉　何言ってんだ！　俺のおまけがあいつで――って、こら！」

多聞は煙をふかしながらゆったりと去っていこうとした。小春は多聞の肩を摑もうとしたが、ふと思い出して、ほくそ笑んだ。

（ふん、馬鹿め……）

一度ござの上に足を踏み入れたら、出られぬのだ。恐らくりつが結界を張っているせいだろう。笑みを堪えつつ見守っていると、多聞はあっさりとござの外に出てしまった。

「……あれ？」

ぽかんとした小春に、多聞は振り向かず優雅に手を振った。

「何であいつだけ……あんの、目ん玉だらけ野郎め！　あれ……姐ちゃんどした？」

瓢簞を膝の上に落としたりつは、腕を抱え込んでいた。顔は青白く、身体中が小刻みに震えている。すっかり怯えきった様子だが、小春を睨みつける力は残っていたらしい。

「あ、あんな気味の悪い妖気……大丈夫なあんたもおかしいわよ！」

白い顔色に赤い唇が眩しく映え、その毒々しさに小春は眉を顰めた。

「あいつの得体の知れなさを感じ取れるってことは、姐ちゃんも満更弱くはねえんだな。田舎臭いし、小便臭いけれど」

「この、また言ったね！　こら、小便まで足すな！」

りつは立ち上がって今度は怒りにわなないたが、小春は立てた足を崩して、にやつきながら酒を飲んでいた。しばらくして、諦めたように息を吐いたりつは、その場に大人しく座り込んだ。そして、乱れた髪を櫛《くし》で整えると、小春に嫣然と笑い掛けたのである。

「あんたさっき目の色変えていたけれど、その深雪って娘が好きなの？」

いきなり深雪の話が出て、小春は首を傾げた。

「ねえ、惚《ほ》れているんでしょう？」

身を乗り出したりつを避けながら、小春は酒を胃の腑に流しこむ。

「彦次もそうだが、馬鹿に限ってすぐ惚れた腫れたって言うよなあ」

「あんな馬鹿と一緒にしないで！　あんただってそんな形しているけれど、一応男なんでしょ。女を愛おしいと思ったことくらいあるんじゃないの？」

「愛おしい？」

何度も首を左右に傾げた小春は、首をまっすぐに直してからもうーんと唸った。その様子を見たりつは鼻で笑って、新しい徳利を手に取った。

「ないんだ？　ふーん、見た目通り餓鬼なのね」

思い切り馬鹿にした言い方をされても、小春はしばらく唸っていた。そして、思いついたようにぽんっと手を叩いたのである。

「あった。昔な……えーといつだったかな？　確か冬場で……あれ、真夏だったか？」

呆気に取られているりつを尻目に、腕組みをした小春は頭をぐるぐると回して、悠長に記憶辿りをした。

「昔過ぎて相手がどこの誰かも……いや、あれそんなに前じゃなかったような。はて？」

「……この耄碌《もうろく》鬼！　苛々するから、ちゃっちゃと思い出してよ！」

先程までと違って威勢のいいりつに少々引きながら、小春は負けずに大声で言い返した。

「耄碌鬼じゃねえ、猫股鬼だろ⁉　俺はお前と違って忙しい妖生送っているから、色々ありすぎてなかなか引っ張り出せないんだよ！　あ……思い出した」

「……本当⁉」

りつは小春の目の前に端座して、目を輝かせた。何がそんなに面白いのか、と苦笑した小春は、両手一杯に取った干菓子を口に詰め込んで話し出した。

「ひょうひょう、あれひゃひょんなに昔でもなかったひゃも。横浜だったひゃな？　俺ひゃ人間達の世をふりゃふりゃ歩いていひゃ……もとい、修行していたんだ」

小春はりつの胡乱げな視線を受けて、大して嚙まぬうちに菓子を飲み込んだ。その時小春は確かにこちらで修行をしている最中だった。修行といっても、人間を驚かすだけだったが、一応の満足をしての帰り道のことである。深夜、小春はもののけ道に通じるとある神宮寺へ行った。すると、そこには誰かが佇んでいたという。

「大方盗人か酔っ払いだろ？　じゃあ、最後に驚かせてやるかと思って」

近くに寄っていくと、相手は何と小春の見目くらい――十二、三歳の少女だった。

「ふうん、その小娘可愛かったんだ？」

私の方が可愛いだろうけれど、と言うりつを無視して、小春は「さあ？」と答えた。

「どんな面していたんだろうな？　目隠しで顔隠していたから分からん」

「はあ？　その子かどわかされている途中だったの？」

「違う違う。一人きりだった。目隠ししているだけじゃなく、裸足でさ。追いはぎにでもあったのか？　とも思ったけれど、すぐ違うと分かった」

少女は独りきりで、本堂から鳥居まで往復しては膝を折って手を合わせていたのだ。

「……新手の丑《うし》の刻参り？」

「俺もてっきりそう思って、邪魔しちゃろうと。くすぐってみたり、息吹きかけてみたり、髪の毛ちょいちょいと引っ張ってみたりしたんだ」

悪い奴だね、と言ったりつは破顔したが、小春は反対に唇を尖らせて面白くなさそうな顔をした。その娘は小春がいくら悪戯《いたずら》しようと、一向にやめなかったのである。何度妨害されても、ずっとそれを続けるものだから、小春は娘のことが気味悪くなったという。

「へえ～そんなに男を呪い殺したかったんだ」

なかなかいい趣味している、とでも言いたげなりつに、小春はこくりと顎を引いた。

「俺もそこに段々興味が沸いてきてな。儀式が終わって、娘がふうっと息を吐いた時に訊いてみたんだ」

——誰を殺したいんだ？　俺が殺してやろうか？

「……あんた意外と妖怪らしいじゃない！　娘はどうしたの？　泣いちゃった？」

それがなあ、と小春は頰を膨らませてむすりとした。

——誰も殺したくなんかないわ。今やっていたのはね、隣の家のお姉さんに聞いた願掛けなの。昔ここに快如《かいにょう》さんっていう人がいてね、信心深い人で皆からとても慕われていたんだって。目隠ししてお百度すると、その人が願いを叶えてくれるのよ。

今日でちょうど百日目なの、と娘は見えぬ相手ににこにこと笑ったのだという。それを聞いた小春は、ムッとしながらこう言い返したのだった。

——俺はその宮司を知っているが、あいつは神社の金で博打《ばくち》や女買いをしたり、人を騙して殺したり、本当にどうしようもない奴だったぞ。そんな奴があの世に行って、お前の願いなんて叶えてくれると思うか？

「でまかせ言ったのね」

りつは面白そうな表情をしたが、小春は仏頂面で首を振った。小春は娘のいう快如という人物を確かに知っていたのだ。その男はあまりにも道理に外れた振る舞いをしていたが、そのうち妖術にまで手を出すようになって、使役しようとした怪に嬲《なぶ》り殺されたのである。

娘の聞いた話は、恐れをなした信徒が祟りのないように、と作り上げたものだった。

「非道ねえ。あんたが言わなきゃ娘は救われた気になって、満足して帰れただろうに。わざわざ小娘泣かすなんて、ひどい鬼……」

りつは袂で目元を覆って泣いた振りをしたものの、口元は相変わらず笑っていた。小春は仏頂面をますます深めると、腕組みをしながらはあっと息を吐いた。

「全っ然はずれ！……笑ったんだよ。『叶えてくれると思うわ』って娘は笑ったの！」

りつは目を瞬かせた。娘の反応はことごとく、りつの予想と反している。そして、娘はこう続けたという。

――本当のこと教えてくれてありがとう。それに、助けてくれようとしてありがとう。あたし、頑張って願いを叶えるわ。そうしたら、この言い伝えが本当になるもの。

「……何だこいつって思ったら、今度は何も言えなくなってさ」

娘は小春がいなくなったと思ったのか、儀式を終えると、目隠しで裸足のまま帰り出した。その足取りは危うく、気になった小春は娘が家に着くまで見ていたのである。

「……あーあ、やはり人が良いんだ」

馬鹿にしたように笑われた小春は、片膝を立てたところに顎を乗せて唇を尖らせた。

「違えよ！　娘が帰ろうとした時、ちょうど雪が降ってきたんだよ……そしたらさ、普通そのまま帰らねえだろ⁉　でも、その娘はそれでも裸足のまま、おまけに目隠しも外さぬまま歩き出したんだよ！　だから俺は（うわ、こいつ馬鹿！）と思って面白く見ていたの！　散々恰好つけて、すっ転んだら面白いのにって思ったからついて行ったんだ」

　面白いにには大分無理があると思いつつ、りつは調子よく頷いて先を促した。

「まあ、案の定転んでな。みぞれだったから、つるつる滑るわけ。だから何度も転んだ。寒いし痛いしびしょ濡れだしで流石に泣くだろうと思ったけれど、そいつは泣かなくってさ。歯食いしばって踏ん張るもんだから、段々苛々してきてな」

　――俺の手を貸してやる。

　そう言って小春が娘の手をぺしっと叩いたものの、娘は首を振って取ろうとしなかった。

　――有り難いけれど、人の助けは借りちゃいけないの。

　――俺は人じゃなくて鬼だから大丈夫なんだよ。さ、手出しやがれ小娘！

　そして、小春は娘の手を無理やり取って、歩き出した。小春と娘はちょうど身の丈が同じくらいだったが、娘の手は小春よりずっと小さかったという。

「何だ、本当に子どもじゃねえかと呆れてさ。子どもがそんなに必死になって祈るもんって何だろうなあって」

　小春は娘に問うたが、『教えたら叶わないから言えない』という答えしか返ってこなかった。しかし、悪いと思ったのか、それとなく家族の具合が悪いと匂わしていたという。二人が家に着いた頃、娘の足はもう真っ赤だった。見ている小春が痛いくらいだったが、娘は泣き言など一言も言わなかった。なかなかどうして大した奴じゃないか、と小春は感心しかけて、慌てて止めたのである。

「そんで、『じゃあな』と言って去ろうとしたんだ。そしたら娘はこう言ってな」

――あの……来月もまたやるの。今度はお礼参りに。

「それはそれは……で、翌月もちろん行ったんでしょ？　どうなったの⁉」

りつは頬を染めながら酒を舐めたが、小春は平素と変わらぬ顔で柏子を打った。

「これにて、めでたしめでたし～」

「はあ？　どうなったか言わない気⁉」

りつの声があまりに怒気を孕《はら》んでいたため、小春は眉を持ち上げながら身を引いた。

「どうもなってない。その娘は来なかったんだよ」

「……ふられたんだ！」

あちゃあ、と額に手を当てて嘆いたりつの赤い口元からは、愉快で堪らぬといった笑みが零れていたので、小春は半目をしてねめつけた。

「死んだんだよ、そいつの家族が」

親が死んだ娘はどこかへ越した――小春がそれを近所の妖怪に聞いたのは、娘と別れて一年経った頃だったという。小春が口に酒を流し込んでいると、立ち上がったりつはその小さな横頭を思い切り叩いた。

「いてっ！　何すんだよ、姐ちゃんっ」

「……もどかしい！　鬼なんだから、その娘を探し出して攫《さら》うくらいしなさいよ！」

「攫ってどうすんだよ？　食えるわけでもないし、餌与えなきゃ死んじまうし、手が掛かるだけじゃねえか」

　小春はごろんと横になって酒を飲もうとしたが、上手く行かず横に零れてしまって慌ててはね起きた。

「その娘だってあんたのこと好いていたのに！『来月もまたやるの』と言ったのは、会いたいが為にとっさに作った口実でしょ……何なの、その初々しい初恋騒ぎはっ！」

　顔に両手を当ててきゃあきゃあと盛り上がるりつに対して、小春は冷め切っていた。

（恋？　よく分からねえなあ……）

　何しろ、小春は「恋」というものをしたことがないのだ。ただ、その頃の小春は目の前で人が殺されそうになったとしても、口笛吹いて素通り出来るくらい人間嫌いだった。喜蔵の曾祖父との出会いで一時和らいでいた人間への嫌悪感は、彼と別れてからの数十年間ですっかり元に戻っていた。けれど、その娘のことは放っておけず、思わず手を差し出してしまったのだ。恋は知らぬ——だが、もしかしたらそれが愛おしいという感情なのではないか？　思い出の中にいる少女を思い出して、小春は何となくそう思ったのである。

「三毛《みけ》の龍《りゅう》ともあろう奴がそんな可愛いことしていたなんてね……やっぱり攫っておけば良かったのよ、そうしたらもっと面白いことになっていたのに！」

　猫股時代の呼び名を持ち出された小春は、「そんな寂しいことしねえよ」と面白くなさそうに小声で言った。

「寂しい？　そこで二度と会えぬ方が寂しいじゃない」

「お前は馬鹿だなあ、相手は人間だぞ？　俺達と時の流れが違うんだ。共には生きていけねえじゃねえか」

「え？……ああ、相手が先に死んじまうからってこと？」

身もふたもねえ、とつまらなそうに言う小春に、りつは呆れたような顔をした。

「だって、そうなったら代わりの相手見つけりゃいい話じゃない……あんたやっぱり、鬼になるより人間になった方がいいんじゃない？」

「うるせえな、いいんだよ！　俺は立派な鬼になって、あっちの世を丸々と牛耳ってやるんだから！　人間の小娘一人に構っちゃいられねえの」

見栄を切るように恰好をつけた小春をしばし真顔で見下ろしたりつは、ゆっくり腰を下ろして小春の近くににじり寄っていった。

「……まあ、酒のつまみにはなったし、結構面白かったわ。どれ、お礼に注いであげる」

酒を注ぐ寸でのところで長い爪を立てられたりつは、「ひ」と小さな悲鳴を上げた。

「お前今また盛ろうとしたろ？　彦次達にやったことが俺に通用すると思ってんのか？」

小春が摑んだりつの手の内には、蓋の開いた小瓶が隠し持たれていた。紫色で雲のような液体がふわふわと浮遊している。舌打ちをしたりつは、小春から手を引き戻すと、彦次と平吉に胡乱げな視線を遣った。

「……あんた、こいつら助けに来たんでしょ？　そんなに大事な人間達なの？」

「全ー然大事じゃない！　ただの知人。俺の使えない下僕！」

こうして助けに来ているくせに矛盾だらけだったが、りつは冷めた顔で頷いた。

「だったら、私に頂戴よ」

「酒漬けにするんだっけ？　うげえ、止めとけよ。そんなもん不味いに決まってる！」

想像しただけで生臭い臭いが立ち込めてきた気がして、小春は思い切り鼻に皺を寄せた。

妖怪の中では、「勘の鋭い人間を食すと自分達の力が増す」という話がある。しかし、小春はそんなことこれっぽちも信じていない。人間の世でも妖怪の世でも、迷信の類は尽きぬものである。まるで相手にしない様子の小春を見て、りつは不服そうな顔をしていたが、何か思いついたのだろう。いたずらっぽく笑んだ。

「じゃあ交換条件。あんたがさっき言ってた愛おしい娘、これで探してあげる」

りつが「これ」と指し示したのは、首から提げていた瓢簞である。小春はあからさまに不審げな表情を浮かべたが、りつは気にする様子もなく、瓢簞を首から外して愛おしそうに頰擦りをした。ちゃぷちゃぷと音がするので、中には何かが入っているらしい。

「失くしたもの――妖怪でも人間でも物でもいい。これはね、覗いた者の『失せ者』を探し出せるの。相手が死んでいたり壊れていたりすると映らないけれど、そうじゃなかったら絶対に探し当てることが出来るわ」

「それで娘を探すって？」

りつは満足げに頷くと、小春に向かって瓢簞を差し出した。

「覗いてごらん。好いた相手が見えたら、あんたはその代金にこの坊や達をここに置いていく。私の失せ者探しは結構値が張るのよ。人間二人で見てあげるなんてないんだから」

さあ、とりつは更に小春に近づいてきたが、

「いらん」

小春はあっさりと拒否すると、りつの手を払った。

「強がっちゃって。本当は会いたいんでしょ？　その娘だってあんたに会いたがっているわよ。ね、見せてあげるから」

瓢箪を突き出しつつ寄ってくるのを両手で制しながら、小春はにわかに声を張り上げた。

「――ええい、うっとうしい！　俺はもう帰るぞ！」

小春は立ち上がると彦次と平吉の首根っこを摑んで出て行こうとしたが、やはりござの外には出られぬ。

「……おい、もう勝負はついたろ？　お前もう結構キテるもんな。諦めて結界解けよ」

小春の言うように、りつの顔は大分赤らんでいたし、目も据わっていた。しかし、りつはまるで聞こえていないように言い募る。

「ねえ、娘があんたを待っていたらどうするの？　二度と会えぬとは思わず、ずっとあんたのこと待っているんじゃないの？」

結界！　と小春が叫んでも、りつはお構いなしに続けた。

「じゃあそいつらのことは関係なく、見せてあげる。娘が可哀相《かわいそう》だもの」

「姐ちゃん、話聞いている？」

「私が見るだけにするから一寸見せて。結果がどうだったかあんたには決して言わない」

「もー……しつこいぞ！」

小春は彦次と平吉をどさっと下ろして、苛立たしげに頭を掻いた。

「あら……どうしたの？　怖い顔しちゃって……ああ、怖いの？」

りつがそう言った途端、小春は思い切り眉間に皺を寄せた。

「死んでたら映らないって言ったから？　ふふ、怖いんだ」

小春は射るような視線でりつを見下ろすと、静かに言い放った。

「怖くない。それに、死んでない」

切り捨てるような冷たい言い方が気になったが、（きっと本当は怖がっているんだろう）と高を括っていたりつは、瓢簞を覗き込んだ。

「人間どうなるかなんて分からないのよ。それに、親のどっちかが病だったんでしょ？　移る病だったかもしれないじゃない。私が代わりに見てあげる――」

（……あれ？）

りつの視界には、急に赤い桜と隙間から覗く青空が広がった。一瞬何が起きたのか分からなかったが、首と肩と胸に痛みが走ってやっと気づく。りつの身体は長い爪によって、ござに仰向けに磔《はりつけ》にされていたのだ。慌てて身体に視線を遣ったが、血らしき赤は浮かび上がっていないようである。しかし、安堵したのもつかの間、自分を見下ろしている小春に気づいて、りつは「ひっ」と小さな悲鳴を上げた――。

小春の頭には角が生え、口からは長い牙がはみ出ていて、目は炎のように真っ赤に染まっていた。りつの身体を押さえつけていたのは、小春の手から伸びた鋭い爪である。それだけならば、その辺にいる妖怪と変わらぬ姿で、然程驚きはしなかった。りつが慄いたのは、小春の姿が小刻みに変化していったからだ。人間の少年のような姿に、それに角や牙が生えた姿、それからもう一つは――。

「あ、あんたそれが本性なの……⁉」

人間の少年に見えていたのが嘘のようだった。少年の姿は何倍も膨れ上がるように大きくなり、小春の身は金、黒、茶の斑の毛で覆われていたのである。剝かれた目と、裂けた口から覗いた舌は血まみれのように赤く、尻と頭には何かが引きちぎられたような痕《あと》が生々しく残っていた。耳と尾があれば猫股に見えたが、それがないせいで何の生き物ともいえず、異様さが増していた。ひとたび触れれば簡単に身が裂けてしまいそうな爪や角、何でも引きちぎれるであろう牙が眩しいくらいに白く光っていて、りつは眩暈《めまい》に襲われそうになった。

猫股か、はたまた鬼か――どちらとも言えぬその恐ろしい姿を見たりつは、恐怖で身が竦んでしまい、小春が爪をどかして離れてからもしばらくその場から動けなかった。りつがようやく半身を起こした頃、小春はすっかり元の愛らしい少年に戻っていた。

「……あんた、娘にその本性知られたくないんでしょ？」

「はあ？　何言ってんだ？　俺は俺だ」

小春は己の変化が分かっているのかいないのか、訝しげに首を傾げた。

「まあ、ともかくさっさと結界解けよ――じゃなけりゃ本当に首飛ぶぞ」

小春は笑っていて殺気も出していなかった。けれど、先程の余韻が残っているのか、りつはぶるりと大きく震えてしまい――。

(冗談じゃない、こんな小鬼に……)

小春は鬼としては新米中の新米である。それなのに、りつの何十倍も強い力をすでに得ているのだ。次第に、りつの胸には恐怖よりも怒りが満ちた。りつも妖怪としてそれなりにやってきたという自負がある。誰よりも強いとは言わぬが、下っ端に負けるわけにはいかぬ。小春の小さな背を睨みすえたりつは、ふうっと息を吸い込んで低い声音を出した。

「……可愛い娘じゃない。見目だけならあんたとぴったりね」

再び彦次と平吉の首根っこを摑んでいた小春は、ぱっと振り返った。

「お前……見たのか？」

「皆に見せようかな。それとも、そいつらと引き換えに止めてあげようか？」

小春の焦った顔を見たりつは意地の悪い笑みを浮かべたが、無表情に戻った小春がバキバキと音を鳴らしながら鋭い爪を伸ばし始めると、それにまた身を震わせた。

「……や、殺りたきゃ殺ればいい！　でもね、ひとつ教えてあげる。これは最後に映した者をずっと覚えているの。私が死んだら瓢箪が割れて、ここに焼きついた娘のことが皆に知れるわ。そうしたら、あんたに恨みのある奴がその娘を殺すかもね！」

「別段構わねえけれど」

小春があっさりそう言い切ったので、りつは思わず口をぽっかりと開けた。手元から瓢箪が消えていることにりつが気づいたのは、その直後だった。

「へえ、案外軽いんだ」

小春はくるっと瓢箪を手の上で回した。爪は瓢箪を捕ってすぐ元通りにしたらしい。小春が瓢箪を鞠《まり》のように上下に投げ出すと、りつは慌てて小春に飛びかかった。しかし、小春は口笛を吹きながらするりと避けて、勢いあまって転んだりつをケケケと笑った。

「そんなに大事なんだ？　まあ、商売道具だもんな」

「そうよ……だから返して！　お願いだから！」

素直に頼んだりつに満足そうに頷きながらも、調子に乗った小春は瓢箪を抱えながら余計なことを言い出した。

「そうだよなあ、これがないとお前ただの酒飲み婆だもの」

「酒飲み婆……？」

ぴくりと眉と口を動かしたりつには気づかず、

「田舎臭いし、小便臭いし、酒臭いし……臭い三拍子揃っちゃったなあ」

俯いてしまっても気に留めはしなかった。

「何で垢抜《あかぬ》けねえのかなあとずっと考えていたんだけれど、お前紅塗りたくり過ぎ！　唇の妖怪みてえだぞ？」

何も言い返してこぬりつに、小春はまだまだ調子に乗って言い募る。

「着物も何だか野暮ったいんだよなあ。てか、お前の年で真っ赤な振袖はねえだろ！　どんだけ若いつもりでいるんだ？　せっかく人間の世へ行くなら、こんな山じゃなくて京の方へ行ってみな。お前みたいな垢抜けない奴一人もいないぞ。あ、でも薄過ぎな眉はある意味京っぽい。お公家《くげ》みてえだもの」

くくく、と薄気味悪い笑い声が聞こえてきて、小春は口をつぐんだ。顔を上げると、りつが瓢箪を小春に向けて構えている。その瓢箪は小春がりつから奪ったものにそっくりだったが、巻きついている紐が銀色だった。

「……何してんだ？　ご乱心か？」

小春がりつを不気味なものを見るような目で見て、首を傾げた時だった。

「――お、おおおお⁉」

急に誰かに引っ張られるような感覚が、小春の全身に走った。否――引っ張られるような感覚、ではない。実際引っ張られていたのだ。ゴオオオと嵐のような音はりつの構えた瓢箪の中から発されていて、そこに小春は吸い込まれそうになっていたのである。

「ななななんだそりゃああ！」

おまけに、吸い込まれそうになっているのは小春だけではない。眠っている彦次と平吉はいつの間にか宙に浮いていていたし、その場を飛んでいた蝶などは、すでに吸い込まれてしまっていた。小春は何とか踏ん張っていたが、どう頑張ってもズルズルと前に進んでいく。

悪戦苦闘している小春を見てやっと顔を上げたりつは、歪んだ笑みを浮かべていた。

「本当はここに妖怪はいれたくなかったのよ……純粋人間酒が飲みたかったから。でも、気が変わった。あんた人間っぽいし、美味い酒になるよ」

りつが高笑いしているうちに、彦次と平吉は瓢箪の中にすっかり吸い込まれてしまった。小春は冷や汗を垂らしながら何とか踏み留まっていたが、足が入り、腰が入り、とうとう頭が入るというところまで来てしまうと、何故かへへへと笑い出した。りつは不審に思って眉を寄せたが――。

「いいぜ……お前の大事な商売道具と一緒に美味い酒になってやるよ！」

「――あ」

小春がもう一方の瓢箪を抱えたままだとりつが思い出したのは、小春がすっかり瓢箪の中に吸い込まれてしまった後だった。りつは瓢箪を抱え込んだまま、地に手を突いた。怒りのあまり、重要なことをすっかり忘れてしまっていたのである。

「そんな……一回入れたら取り出せないのに……！」

瓢箪がなければ商売が出来ず、食うにも困る。一体この先どうしたらよいのか――しかし、しこたま酔っていたりつは、しばらくしてから男のように豪快に胡坐を掻くと、ふにゃりとだらしない笑みを浮かべてこう呟いたのだった。

「死ぬわけじゃないいし、いいか……酒飲もう、酒！」

取りあえず、逃避の世へ逃げることにしたらしいりつは、徳利をそのまま口に咥えた。ごくごくごくごくと飲み続け、ぷはあと息を吐いたところで、ふと誰かの気配に気づいた。りつは半目をして前を見た。

「……何見ているの？　結界が張ってあるのに中が見えるって、あんた本当に人間？　よく肥えているわねえ……良い腹しているじゃない。どう、坊やも一緒に酒にならない？　あ、間違えた。酒飲まない？　だった。あら、逃げちゃった。残念だけれど、どの道無理か……もうこれ以上この中に入れないもの」

りつは残念そうに、しかしそれ以上に満足そうに瓢箪を振った。そして、一連の様子を見ていた太った男――高市は、喜蔵達の元へ急いで駆けていったのである。

＊

（ふざけんじゃねえぞ、この！）

ぶくぶくぶくぶく――小春は口から泡を吐いて、何とか上がろうともがいていた。瓢箪の中は酒の海で、水よりどろりとしているので泳ぎにくい。小春は強過ぎる臭気に鼻を曲げながら、酒を掻き分けるように泳いで、一緒に吸い込まれてしまった二人を探した。

（彦次、平吉！）

酒の海に入ってしまったというのに、二人は寝たままだった。力一杯叩いても、反応はなく、ぐったりしている。小春はとりあえず彦次と平吉を両腕に抱えて上へ向かった。どうにか脱出出来る場所はないか探したが、酒の海は半透明でよく見渡せぬ。あちらこちらへと泳いでみたものの、何ら手がかりになるものは見当たらなかった。

吸い込まれた時には（何とかなるだろう）と高を括っていたが、瓢箪の中は思った以上に隙がない。焦り出したせいか、小春の息は段々苦しくなってきていた。実を言うと、目を開けているのも痛くて辛かったのだ。そうかといって、両腕に抱えた大の男二人を放り出すわけにもいかず――。

（ああ、こりゃあ不味いかも……）

両手足がしびれて動かなくなった時、小春の全身からふっと力が抜けた。彦次と平吉は小春の腕から解き放たれ、海月《くらげ》のようにふわふわと海を漂い出した。小春は二人に腕を伸ばそうとしたが、少しも動かすことが出来ぬ。自然と瞼《まぶた》が下りてきて、抗《あらが》うことも出来ずに目を閉じた。

――おい！

誰かのように艶やかで美しいというわけではないが、優しく温かな声音である。しかし、どうして彼の声が聞こえてくるのか――小春はすっかり幻か夢かと思ったから、目を開けなかった。力を消耗していて、それさえ億劫《おっくう》だったのである。

（しかし、何だか心配そうな声だったような……）

結局気になってしまい、薄目を開けると、そこには喜蔵の姿が浮かんでいた。表情は相変わらず恐ろしいままなのに、何となく顔色が悪い。それに、周りに蝶を従えている様がまるで不似合いだった。思わず噴き出しそうになった小春は、慌てて口元を押さえた。

(本物そっくり……あ、違うか)

その幻は、喜蔵だったら絶対にしないようなことをしてきたのだ。小春は伸ばされた喜蔵の手に、手を伸ばしてみた。動かすのもやっとだったが、どうせもう力を使うこともないのだ。長い時間を掛けて、ようやく大きな手と小さな手が重なると――。

(……ん?)

にわかに、酒の海の流れが早くなり始めたのである。驚く間もなく、竜巻のような、凄まじい回転が巻き起こった。これ以上万事休すになるとは思っていなかった小春は、つい喜蔵の手を力を込めて握った。すると、喜蔵も握り返してきた。

(こりゃあ、やっぱり幻だ……こいつがこんなに優しいわけねえもの)

幻ならばもろとも、と思った小春は思い切りその手を引っ張った。そして、喜蔵はまんまと池へ――酒の海へ――落ちたのである。

＊

「わあああああ酒に溺れ苦しんで死……ぬ？……あれ？」

小春ははたと気づいた。辺りの景色は濁った海ではない。老若男女が花を肴《さかな》に宴を楽しんでいる、長閑な情景だった。頭上には、先程まで愛でていた真っ赤な桜が咲き乱れている。足元を見ると、さっき吸いこまれたはずの瓢簞が粉々になって赤ござの上に散らばっていた。酒はござの外まで流れていって、地に染み入っている。近くを通りかかった親子連れが、思わず顔を顰めて鼻を抓んだ。

「うう、確かに酒臭い。まあ、鼻がイカレちまったからよく分からねえけれど。ああ、少しも俺のせいじゃねえのに、何でこんな目に……」

お前のせいだろ、と下から不機嫌な声が響いて小首を傾げた小春は、今初めて気づいたような顔をして下を見た。

「おお、鬼商人だ。お前一体どこから湧いた？」

「……池に馬鹿面が見えたので覗き込んだら、ここへ落ちた」

腰に小春を乗せたまま、むすっとした顔の喜蔵は少し前のことを小春に語った。綾子が池の中に「皆がいます！」と言うので覗いたら、本当に小春達がいたこと。眺めていたら、皆が瓢簞の中に吸い込まれてしまい、酒の海で溺れていたこと。

「……じゃあ、俺達が溺れているのを見て、思わず池に手を突っ込んでみたんだ？」

喜蔵は返事もしなかったが、憮然としているその顔を見れば一目瞭然《いちもくりようぜん》だった。

「へえ……まあ、あんがとな。しかし、お前が人助けするとか……」

小春は呆れたように見下ろしながら、喜蔵の髷をぎゅっと握った。顔に水が滴った喜蔵は、小春を地に落としながら起き上がり、重たくなった着物の裾を絞った。喜蔵はうらめしげに小春をねめつけていたが、小春は満面で笑うばかりである。ざわざわとしながら遠巻きに眺めていた他の花見客は、喜蔵が一瞥すると散り散りになった。

「一体どうなっている？　確か、そいつがお前らを酒漬けにしようとしていたな？」

喜蔵が次に睨みつけた先にいたのは、四つんばいで逃げようとしていたりつだった。酒席に急に降って湧いた小春達に度肝を抜かれてしまい、逃げるのが遅れたらしい。小春は空を舞うように軽々と飛んで、その背中に着地した。

「ぐえ！　な、何すんの！　普通女の背中に乗っかる⁉」

「お前が逃げようとするからだろ。散々振り回しておいて、よく逃げる気になれるな！」

「逃げるわよ、そりゃ……」

恐る恐る振り返ったりつは、喜蔵と目があってしまい、途端に顔を真っ青にすると、小春の下で暴れ出した。

「嫌！　殺される！」

喜蔵の顔がますます凶悪になったのは言うまでもない。

「ああ、あれが怖かったのか？　大丈夫大丈夫。ああ見えてあいつは人間だから。ほれ、さっき話に出た百目鬼が可愛がっている人間」

「それを⁉　じゃあ、本当に人間⁉……あ、あいつやっぱりどうかしてる！」

ぎゃあぎゃあと喚《わめ》く度、喜蔵の顔はどんどん歪められていったが、喜蔵の顔を見ようとしないりつはまるで気づいていなかった。

「だろ？　普通の奴なら見た瞬間ちびっちゃってもしようがない。お前はまだ良い方だ」

うんうんと頷いている小春の元につかつかと歩いてきた喜蔵は、小春の頭をばしっと叩きながら、りつを冷たく見下ろした。

「その田舎臭い派手なだけの女は何だ？」

「こいつは彦次と平吉を誑かしていた、りつっていう飲兵衛妖怪」

「飲兵衛妖怪？　つまりただの役立たずというわけか」

そういうこと〜と小春が機嫌よく返事をした。喜蔵に睨まれて何も言い返せず、りつは唇を噛んだ。

「てか、お前踏んでるけれど、いいのか？　死んでねえかな？」

喜蔵は見事に――恐らくわざと彦次と平吉を足で踏んでいた。小春はりつから飛び降りて二人の様子を窺ったが、完全に伸びきっていて、未だ起き出す気配はない。

「双方から唸り声が聞こえるから大丈夫だろう」

憮然と答えた喜蔵は、二人の上に乗ったまま、半身を起こしたりつに問うた。

「お前の瓢箪とあの池は何故繋がっていたのだ？」

「……知らない。同じ形しているからじゃないの？」

更に凶悪な面になった喜蔵に、りつは慌てて弁解し出したが、

「本当に知らないの！　池と瓢箪が繋がるなんて馬鹿なこと考えたこともないわ。瓢箪が割れるなんて初めてだし……どうしてくれるのよ！」

わんわんと泣き出してしまい、喜蔵は眉を顰めて黙り込んだ。

「割れたのは、容量が許容範囲を超えたからだろ。すでに俺達で一杯だったところに、酒と池の水、それに喜蔵達まで中に入ってきたんだ。収まりきんなくて破裂しちゃうのも仕方ない話だろうな」

そう断言した小春は、ござの上をいそいそと点検して回っていた。

(喜蔵達?)

自分の他に誰がいる? と喜蔵は見回したが、ござの上には伸びている二人の男と小春、それにりつしかいない。後はそこら中に散乱した徳利と、しっとりと濡れそぼって飛びにくそうにしている蝶くらいである。

「おい、一体どういう意味だ? もしや、こうなったのは他の誰かの策略だとでも――」

喜蔵が訊ねかけた時、小春は中身が無事な徳利を抱え込んで戻ってきた。不思議そうな目をした喜蔵とりつの前にそれらを並べると、小春は杯を二人に渡しながらニッと笑んだ。

「酒はあと八つだけだから、すぐ勝負つくぞ。いざ!」

「馬鹿を申すな。さっさと帰るぞ」

「もう負けでいいから、帰ってよ!」

同時に同じような台詞を言った二人は嫌そうに顔を見合わせたが、小春は「やだ!」と言ってその場にひっくり返ってだだをこね始めた。

「もうすぐ俺の勝ちだったんだぞ。勝つまでやめてたまるもんか!」

やだやだやだーと叫ぶと、またしても周りに人だかりが出来たが、これまた喜蔵によって蹴散らされてしまった。

「……お前は本当に百六十にもなるのか？　俺には十にも満たぬ餓鬼にしか見えぬが」

「そう、子ども子ども。大人は子どもの言うこと聞かねえと――そらっ！」

小春は飛び起きると、酒の入った杯を持って、喜蔵の口に無理やり流し込んだ。ごくごくごく――一気に飲まされてしまったというのに、喜蔵は顔色ひとつ変えぬ。

「やっぱりお前強いんだなあ……閻魔さんだものなあ」

小春が腕組みをしながら感心したように言うと、

「――うぐっ」

喜蔵はにわかに変な声を出した。首を傾げた小春とりつに、喜蔵は据わった目をしてこう述べた。

「……不味い」

「な、なんですって⁉　この味音痴！……あ、止めて。怖いからこっち見ないで！」

りつは小春の後ろに回って生まれたての子鹿のように震えていたが、小春は呆気にとられた顔で喜蔵を凝視していた。喜蔵は何の変化もないようだったが、よく見ると顔と首の色と首より下の色が違うし、瞬きが常より多い。小春は頰を掻きながら、ぽつりと問うた。

「なあ……お前ってもしかして酒弱い？」

「弱くない」

打てば響くように返答した喜蔵だったが、言った拍子に彦次と平吉の上から落下して尻餅をついた。痛がる様子もみせなかったが、手元がかすかに震えているようである。吊り上がった目はうっすらと閉じられ気味で、いつも以上に据わっているようにも見えた。

「えええ……お前、そんな面して下戸かよ！……うわあ、似っ合わねえ～！」

下戸じゃない、と喜蔵ははっきりと述べたが、小春ではなくあらぬ方を睨んでいて、まるで焦点があっていない。ふらりと立ち上がると、並べた徳利の前に座り込んだので、小春とりつは首を傾げた。

「何してんだ？」

「さっさと終わらせるぞ」

「飲んだ途端乗りがいいな……やっぱり酔っているだろ⁉」

今度から何かあったら飲ますか、と思案しながら胡坐を掻いた小春は、再び逃げ出そうとしていたりつの長い袂を引っ張って、無理やり手繰り寄せた。

四半刻後――小春は相変わらず酒をがぶ飲みしていたが、喜蔵はまだ一杯も空けていなかった。杯の中を親の敵のように睨む様は恐ろしい以外の何物でもない。りつはといえば、完全に酔いが回ってしまったようで、少し前から目を瞑ったまま酒を口に運んでいた。りつと自分に酒を注ぎ足した小春は、馬鹿にし切ったような顔をして喜蔵を見た。

「そんなに見つめても、酒は減らねえぜ？」

うるさい、と即座に言い返しつつ、喜蔵はまだ酒と壮絶な睨めっこをし続ける気らしい。

「そんくらい飲んじまえよ。それで酔っ払って強気になれば、深雪ちゃんにちゃんと言いたいこと言えるんじゃねえの？」

喜蔵が珍しく「痛いところを突かれた」という表情を素直にしたので、逆に小春が驚いてしまった。

「いつもそんだけ分かりやすけりゃいいのに」

人間素直が一番だぞ？　とにやついている小春に向けて、喜蔵は手払いをした。

「本当にうるさい鬼だ。さっさとあちらへ帰れぃ」

「帰れぃって……なあ、『許してください深雪様！』と土下座して謝っちゃえよ。そうしたら深雪は……多分もう口も利いてくれなくなるぞ」

せせら笑う小春を殴ろうとした喜蔵の拳は、見事宙を切って木を殴ってしまった。痛みに耐えている喜蔵に何ら声を掛けることなく、小春はりつを振り返った。

「あ、お前もう駄目だな？」

「……そんなことない！　まだまだ飲めるもん！」

りつはすっかり横になっていたが、それでも杯をしっかりと手に持っていた。杯を傾け、口を突き出して吸うように飲む様は、先程まで気取っていた女と同一人物――もとい、同一妖怪とは思えぬ。

「嘘つけ～結界が破れかかっているじゃねえか。ほら、もう負けを認めな？」

小春が手を伸ばすと、指の先までは外に出た。しかし、りつは「まだまだ」と言い募ると、小春の横に置いてあった最後の徳利を指差した。

「あと一本残ってるもの……まだまだ……」

「じゃあ、これ飲んだら負け認めるんだな？　よし、じゃあ一気に飲むか」

小春はよっと立ち上がると、満面の笑みで徳利に手を伸ばしたが――。

「……はあ⁉」

しかし、そこで徳利をひっくり返すように持ち上げて飲み始めたのは、下戸のはずの喜蔵だった。

「な、何でお前……」

小春とりつは呆気に取られてしまい、結局喜蔵がすべて飲み干すまで見守るしか出来なかった。投げ出された徳利はからんころんと小春の足元まで転がっていき、それを拾い上げた小春は、大きな目を更に見開いて何度も瞬いた。

「いやあ、人間には火事場の馬鹿力があるというけれど、本当にあるんだな」

「馬鹿力っていうより、単なる自棄《やけ》なんじゃ……」

言いかけたりつは、顔を上げて凍りついてしまった。見る間に紙のように白くなっていったりつに、小春は首を傾げて視線の先を追ったが、そこにはただ喜蔵が仁王立ちしているばかりだった。だが、喜蔵が俯いていた顔を持ち上げた瞬間、小春はりつと同じ顔色になってしまったのである。

「おま……その面は流石に不味いだろ……！」

白い面に青筋をたくさんこさえた顔は、地獄から這い上がってきた死人のようでもあったし、光のない仄暗《ほのぐら》い目は千人斬りの人斬りのようだった。ふらり、ふらりと身体を揺らしながら前進し出した喜蔵は、後退るりつを木まで追い詰めると、低い声音で言い放った。

「――おい、俺の勝ちだな？」

ぶんぶん、と首を縦に振ったりつは素早く端座すると、木の後ろに隠していた徳利を恭しく喜蔵に差し出した。

「あ、やった！」

喜蔵を押しのけてりつから受け取った小春は、大喜びで徳利を抱き上げて頬ずりをした。

喜蔵は眉間と口に皺を寄せたが何も言わず、伸びている二人の元へ向かっていった。ゲシ、ドシ、と鈍い音が響いてしばらく経つと、腹を蹴り飛ばされた彦次と平吉がむくりと起き上がった。

「はれ？　何で俺死んだ？　閻魔さんがいる……！　わあ、どうか女のいる地獄に落としてくれ～」

「ええ、俺いつもいいことしてたのに、地獄に落ちちまったのか!?　そんなあ、岡の親父さんやお袋さんに顔向け出来ねえ～閻魔さま、どうかお慈悲を……！」

起き抜けに喜蔵を閻魔扱いした二人は、揃ってその閻魔にきつく仕置きを受けていたが、小春は徳利に頬ずりするのに夢中で、まったく助けなかった。

「な、何かよく分からないけれど、お前らが助けてくれたんだろ？　ありがとうな」

殴られた頭を押さえながら彦次が礼を述べると、平吉もそれに倣って頭を下げた。

「いやあ、ありがとうご両人！　妙に身体中が痛い！　だが、ありがとうありがとう！」

平吉はまだ様子が変だったが、歩けるには歩けそうだった。喜蔵は一見常と変わらぬ様子だったが、時折身体ががくっとするような仕草も見せたので、割合足取りがしっかりしていた彦次に平吉を任せ、一行はござの外へ足を踏み出した。あれ程出られなかったというのに、今度はすんなり出られて、小春と彦次は思わず顔を見合わせて苦笑した。

ぞろぞろと歩き始めた一行の最後尾にいた小春は、数歩歩いてふと立ち止まった。何かに後ろ髪引かれた気がしたのだ。しかし、そこには誰もいなかった。真後ろには蝶がいたが、ふわふわと飛ぶばかりである。りつはござの上にだらしなく寝転がって、口の端からはみ出すことも厭《いと》わず酒を流し込んでいた。目は開いていないので、半分夢の中にいるのかもしれぬ。呆れながら再び歩き出そうとしたその時、

「……いっけね、返すの忘れてた」

そう呟いて、小春はりつの元へ戻っていった。懐から取り出したのは、失せ者覗きの瓢箪である。それをりつの傍に置いた小春は、そのまま踵を返したが――。

「……他人の見るのは好物だけれど、自分の見るのは嫌いなのよ」

ちらりと振り返ると、りつは瓢箪の底を哀しい顔で覗き込んでいた。

「だから、妖怪にされて嫌なことは妖怪にやるなってことだろ」

同情を寄せるでもなく、あっさり切り捨てた小春は、さっさと歩き出した。りつはその背を睨むようにしていたが、もう一度瓢箪を覗き込みながらこう呟いたのである。

「……あんたは相手が生きているからいいじゃない。ねえ、その娘は今あんたの――」

「知ってる」

小春はりつの言葉を遮ると、皆の元へ走り出した。その後を追いかけていった蝶は二羽――彦次についてきた蝶と、喜蔵と一緒に池に落ちた蝶である。羽ばたきがおぼつかぬのは、羽が酒を吸ってしまったからだろう。

「何の話だ?」

遅れてついてきた小春に、喜蔵は後ろをちらりと見て問うた。りつが不思議そうな顔をしてこちらを見ていたが、小春は振り向かずにこう言った。

「ああ、お前の妹の話」

六、花守り鬼

喜蔵達が花見をしていた桜の大木に戻ると、そこは一寸した騒ぎになっていた。

「どこですか⁉　聞こえていたら返事をしてください……！」

声を張り上げながら太い木の棒で池の中を探っていたのは高市である。彼を見守るように人垣が出来ていたので、小春は野次馬の中の一人に「どうしたんだ？」と話し掛けた。

「ああ、どうやら池に誰かが落ちたようだ。春といえど、池の水は冷えるからなあ」

「誰かが落ちた？　あ、そっか」

小春はぱっと喜蔵を振り向いた。喜蔵が答える前に、「おっこちたー！」と無邪気に叫んだのは酔っ払いの平吉である。

「喜蔵さーん！　どこですかあ……⁉」

高市は池を探りながら、喜蔵の名を必死に呼んでいる。血の気が引いているせいか、珍しく汗一つ流していなかった。

「お前、もっかい池の中に入って、助けられる振りしてやれば？」

喜蔵が軽口を叩いた小春を押しのけて前に歩いていくと、「どけ」と言ったわけでもないのに人波がただちに開けてゆき、喜蔵の前には後ろ向きで背負い籠を担いでいる肥えた男しかいなくなった。

「ここにいます」

「ここって……え？」

喜蔵の不機嫌な声を聞き取った高市は、振り返って「びゃっ」と妙な声を上げて仰《の》け反った。驚いた顔で、何度も喜蔵と池を見比べた高市は、

「き、喜蔵さん！　無事だったんですね⁉　うう、よかった……」

感極まって喜蔵の肩をがしっと摑み、泣きそうな顔で笑った。

「……申し訳ない」

心底心配していてくれた様子の高市に、喜蔵は珍しく素直に謝った。「何だかえらく態度が違うよなあ」と後ろで文句を垂れている彦次と、彦次に上腕を持たれてへらへら笑っている平吉に気づくと、高市は更に表情を明るくした。

「わあ、皆さんも！　あれ、平吉さん何だか凄く楽しそうですね？」

「こいつはただの酔っ払い。ったく、面倒掛けやがって」

彦次が平吉の腕を軽く小突くと、酔っていて加減の分からぬ平吉は力強く彦次の腹を殴り返した。

「……こ、の馬鹿！　もう嫌だ、こいつ」

彦次に放り出されても、平吉は尻餅をついたまま高らかに歌いだす始末である。

「平吉さん大トラですねえ……というか、皆さん何でそんなにずぶ濡れなんですか？

……って、物凄い酒臭っ!!」

高市は平吉を介抱しようと傍へ寄っていったが、皆のあまりの酒臭さに鼻を抓んで遠のいた。眉間に皺を寄せて目に涙を浮かべている様子を見ると、本当に酒が苦手なのだろう。

「そんなに臭うか？　俺はもうな～んにも感じねえ」

彦次はくんくんと肩口を嗅いで顔を顰めたが、嗅覚が鋭過ぎる小春も酒どころか何の臭いも感じられぬ程、鼻が参ってしまったらしい。

「臭うなんてもんじゃないですよ！　うわ、近寄るとますます凄い！　酒樽ひっくり返して浴びちゃったんですか？　一体どこで何をしてきたんだか……」

高市は溜息を吐いて平吉を池の方へ引っ張っていくと、平吉の着物を剝がして池の水で濯《すす》ぎ始めた。平吉は酒で身体が火照っているせいか、寒いとも言わず突っ立っている。

「いや、酒の海に溺れてな……」

高市に倣おうとしたものの寒さに負けた彦次は、着物を身に纏ったまま、それを雑巾のようにぎゅっと絞った。

「俺は溺れてなどいない」

そう言いながら池で顔を洗う喜蔵の横で、小春は知らぬ顔をしていた。水嫌いの元猫は、水に入るより酒まみれの方がいく分ましだと思ったようである。

「俺は巻き込まれただけだ。隙だらけの小鬼が見事に騙されたせいでな」

喜蔵に嫌味を言われた小春は頰を膨らませて、彦次を指差す。

「俺のせいじゃねえよ。こいつのせいだもの」

「いや、断じて俺のせいじゃねえ！　俺は平吉助ける為に仕方なくああしただけだぜ⁉」

完全に平吉の割を食ったと思っている彦次は慌てて反論したが、「女に鼻の下伸ばして、ころっと騙されていたじゃねえか」と小春に冷たい目で見られ、ぐうの音も出なくなった。

「まあ、つまり誰か一人のせいじゃなく、皆の責ということだな」

高市に着物を着せてもらいながらしたり顔をする褌《ふんどし》一丁の平吉は、三人から同時に頭を叩かれて、また大人しくなった。苦笑した高市が顔を濡らしたままの喜蔵に手ぬぐいを差し出した時、小春が唐突にこう問うた。

「なあ、高市。喜蔵が落ちてどのくらい経った？」

「え？　ついさっきですよ。ほんの二分くらいかな？」

喜蔵が顔を拭く手を止めて視線を遣ると、小春は腕組みをして考え込んでいた。確かに妙だと喜蔵も思った。喜蔵が池に落ちたのは、少なくとも四半刻以上前である。

「時の流れが違う、か？」

喜蔵の言に、小春は華奢な顎を引いた。すっかり水気を絞りきった一同は、歩いても水滴が落ちぬくらいになってからござに戻った。席上に変わった様子はなく、重箱の中にはまだ半分以上中身が詰まっていたし、酒はほとんどない。

「あれ、そういや深雪ちゃんと綾子さんは？」

彦次が座って辺りを見回すと、高市は途端に顔色を曇らせた。

「すみません。綾子さんは池に落ちた喜蔵さんを助けると言って、池に入っていきそうになったので、何とか止めたんですけれど……」

結局いてもたってもいられず、番屋に助けを求めに行ってしまったという。

「いや、そりゃ高市っちゃんのせいじゃねえよ。番屋は麓のすぐそばにあったもんな？綾子さん、きっとすぐ帰ってくるよ。で、深雪ちゃんは？」

彦次の言葉に高市はますます申し訳なさそうな表情を浮かべて、喜蔵を見遣った。

「それが……出て行ったきり、まだ戻って来ていないんです」

聞いた途端、草鞋を手に持って駆け出したのは小春だった。

「お、おい！　どこ行く⁉」

彦次が慌てて呼びかけたものの、小春は立ち止まらず、振り返りもせず、一言叫んだ。

「俺は当てがある！　お前らはそこを動くなよ！」

喜蔵が追いかけようと身を起こすと、彦次はその肩を慌てて摑んだ。

「俺達はここにいようぜ。深雪ちゃんか綾子さん戻ってくるかもしれないし、小春も言っていたじゃねえか。俺達は離れない方がいいって。ここでお前も行っちまったら、堂々巡りになっちまわねえか？」

小春や彦次の言う通り、喜蔵が今探しに行ったところで事態が進展するとも思えぬ。それどころか、皆がばらける程つけこまれる隙が増え、事態は悪くなる一方だろう——今日一日を思えば、そう考えた方が自然である。しかし、喜蔵の感情はうんとは言わなかった。いつもの深雪だったらまだしも、今日の深雪は危うい。何かに巻き込まれても尚飄々《ひょうひょう》としていられるだろうか？　肩を摑まれたまま動きを止めた喜蔵に、高市はおずおずと言った。

「あの、俺もそう思います。今日変です……何が変なのかは分からないけれど、ここへ来てから何か変でしょう？　まるで、誰かが俺達をからかって遊んでいるような……どこかで俺達の慌てる様子を覗いているんじゃないでしょうか？　相手も目的も不明ですが、先方の思惑通り動いたらどつぼに嵌《はま》っちゃう気がするんです」

しばらく考え込んでいた喜蔵が口を開こうとした時、「ぐーおおおお」と小春の専売特許とでもいうべき大きな鼾が聞こえてきて、一気に場の緊張感が失われた。彦次が鼾の主である平吉の四角い頭を殴っても、鼾は止まなかった。

「あ、でも小春ちゃん一人じゃ心配ですよね？　何でだろう、彼が子どもだってこと忘れちゃっていました……じゃあ、俺がぱっと見回ってきますね」

横に置いていた背負い籠を持って立ち上がった高市を、喜蔵は片手で押し留めた。

「……見に行かなくていいんですか？」

喜蔵が頷くと、高市はそろりと座り込んだ。彦次は安堵したように頷いたが、喜蔵はやはり内心では小春を追いかけたかった。小春に関しては心配していないものの、深雪のことはどうしても気がかりだったのである。

（あやつを信じて待つなどしたくないし、元々信じているわけでもないが……）

　そうする以外手立てがないのだ。今日は待ってばかりだ、と喜蔵は息を吐く。高市は小春を子どもと言いつつ、結局反対はしなかった。どこかで小春がただの子どもではないと気づいているのかもしれぬ。大口を開けて寝る平吉の顔の周りに、蝶が寄ってきては遠のき、また近寄った。

「よく寝ていますねえ……でも、蝶も凄い。こんなに酒臭いのによく近づくなあ」

「さっきからここにずっといるが、もしかしたら酒狙っているのかもな？　な〜んて」

　物思いにふけっていた喜蔵には高市と彦次の声が、どこか遠くに聞こえていた。


　一方の小春は、走りながら腹立たしさが徐々に膨れ上がってくるのを感じていた。来た道を戻る速さは疾風《はやて》のようで、人々の間を駆けていく小春のことを真実風だと思った者もいた程だ。小春が向かっていたのは、池の反対側に敷かれていた赤ござの席である。

（脅しは単なる意地だと思っていたが……）

　りつが己の失せ者探しをしてみせた後の哀しい表情は、嘘とは思えなかった。彦次に話したことは、満更作り話ではなかったのかもしれぬと小春は思ったのだ。だから瓢箪を返してやったのだが――甘かったのかもしれぬ。最も怪しいのは多聞だが、「深雪には何もしていない」という言を信じるなら、あとはりつしか思い浮かばなかった。

　先程の半分の時間でりつのござの前に着いた小春は、

「おい、姐ちゃんお前――」

と怒鳴り掛けて、口を噤んだ。りつは瓢箪を抱え込んで横になっていた。しどけなく――というよりあまりに無防備である。狸寝入りかと思って足で背中を押したら、ごろんと簡単にうつ伏せになってしまって、小春は一瞬ぎょっとした。

（まさか死んでいるんじゃねえだろうな……？）

少しの間に何があったのか知らぬが、時間は当てにならぬ。ここで過ごした時は、あちらではほんの数分のことだった。小春達がいなくなってからりつの身に何か起きてもおかしくはない。小春は恐る恐る、りつを仰向けに引っくり返した。外傷はなく、息もしている。ただ、ひどく顔が赤くて酒臭い。

「……酔っ払って寝ているだけか？　それともやっぱり狸か、おい？」

頰を叩くと微かに目元を震わせるものの、起きはしない。りつの手元にあの紫の小瓶が握り締められていることに気づいた小春は、それを取って振った。中の液体が強風にあった入道雲のように忙しく動く様は、やはりこの世のものとは思えぬ。そして、何をしても起きぬ様子は、この眠り薬を飲まされた彦次と平吉によく似ていた。だが、りつが二人の酒に隠し入れたように、自分で飲むとは考えにくい。すると、誰かに飲まされたことになるが――しゃがみ込んで考え始めた小春は、ものの数十秒で立ち上がると、その場を後にした。頭にうっすら浮かんだのは、りつのせいで酒浸しになった者である。

（あいつらがりつに薬を盛ったとしても、深雪をどうにかしたわけじゃねえだろう）

相手にそこまでの力があるとは思えなかった。とにかく今は深雪を見つけることが先決だ。まずは動いてみるに限る――じっとしているのが苦手な小春は、今度は何の当てもなく歩き出したのである。

「お～い、深雪～深雪ちゃ～ん」

大声で叫びながら歩いている姿は迷子そのものだったが、小春に声を掛ける者は一人もいなかった。皆ちらりと見てはくるものの、すぐに視線を逸らして宴に戻るのだ。小春の方も誰かに訊ねてみようとは思わなかった。

（二口女《ふたくちおんな》に山姥《やまうば》におとろしに泥田坊《どろたぼう》に見越《みこし》……春なのに雪女《ゆきおんな》までいやがる）

小春の目には、宴に興じる者達がそう見えていた。もっとも、そこにいるのは、変化途中の、人間とも妖怪ともどちらともいえぬ姿をしている者が大半だった。喜蔵はあちらへ行ってしまって難儀していたが、今いる世だってなかなか厄介である。喜蔵は皆と会えてこちらへ戻ってきたと思ったようだが、本当は今もあちらともこちらともいえぬあわいの世にいたのだ。小春は咲き誇る桜を見上げて、息を吐いた。これぱかりがあちらでもこちらでも変わらぬ姿でそこに佇んでいる。妖怪ではないが、植物もこの世とあの世の大地に宿った力を吸って生きているのだ。その中でも、桜は特別なものとして捉えられている。人々を圧倒させるほど見事に咲き誇るくせに、「この世には何の未練もない」という風にたちまち散ってしまう。その潔い死に際に憧憬《どうけい》を描くのは、人間も妖怪も同じだった。

くるくると回転しながら落ちてきた桜は、小春の前を行く狐の夫婦者に踏まれた。せっかく綺麗に形を保って落ちてきたのに、一瞬で見るも無残な姿に変わってしまう。小春はなんとはなしにそれをよけながら、歩みを速めた。

「深雪ちゃ〜ん！」

小春は再び声を張り上げて歩き回ったが、どこにも深雪の姿は見当たらなかった。匂いを探りながら歩いてはいるものの、酒の海に浸《つ》かってしまったせいで鼻が上手く利かぬ。少し前に通ったならともかく、何刻も前に通っただけだったら感知出来ぬだろう。鼻が駄目なら目と耳だ――しかし、声を上げ、耳を澄ませても、まるで駄目だった。

（……一度戻ってみるか？）

小春がにわかに踵を返すと、顔に何かが当たって思わず目を閉じた。片目を開きながら見てみると、目の前に慌てたように飛ぶ蝶がいた。小春はその蝶を見据えながら、己の顔に触れた。湿った感触がするのは、さっき濡れてしまったせいだろう。

「お前は喜蔵と一緒に飲み込まれた奴か？　それとも俺らと一緒に飲み込まれた奴？」

蝶からは当然のごとく応えがなかった。小春と同じ臭い――妖気はうっすらあるものの、それは今ここで花見をしている者達皆に言えることである。小春と蝶はしばらく睨むように顔を突き合わせていたが、先に動き出したのは蝶の方だった。小春から逃れるため上空へ向かおうとしたようだったが、非凡な跳躍力を持つ小春の前では無意味である。小春の手に囚《とら》われた蝶は、羽ばたきを繰り返して逃れようとした。

「暴れんな。羽がもげるの嫌だろ？　それとも、もいで欲しいか？」

殺気を浴びせた途端大人しくなった蝶に、小春は顔を寄せてささやいた。

「深雪の元へ連れて行け。お前の仲間がいるんだろう？」

小春は蝶の導きにより、人込みから離れ、野の方へ歩いて行った。同じ待父山といえど、桜がなければ人もいない。蝶は嫌がらせなのか、屈《かが》まなければ通れぬ薄暗い茂みばかり通っていく。小春は用心しつつ、鬱蒼《うっそう》としたそこを歩いていった。そして、道が開けた途端に眩しい陽が姿を現すと、目の前の情景に思わず声を上げてしまったのである。

「ぐっしゃぐしゃじゃねえか……！」

そこには掘っ立て小屋らしきものが倒壊して、粉々になった瓦礫《がれき》の山が出来ていた。蝶は山の頂まで飛んでいくと、そこで旋回した。あまりに無残な情景に呆けていた小春は、ふと我に返った。探している人間の臭いがしたのだ。慌てて蝶が舞う方へ近づいていくと、瓦礫の隙間から誰かの白い顔が覗いているのが見えて——小春は駆け寄ってすぐさま木片をどかし始めた。木片や布や岩、土台や柱や幕などがしっちゃかめっちゃかになっていて、原型を残している物は皆無だった。小春の逸《はや》る気持ちとは反対に、瓦礫の山はどかしてもどかしてもなかなか減らぬ。

「深雪ちゃん！　大丈夫か⁉　無事だったら返事しろ！」

小春はそう怒鳴りながら瓦礫を掘ったが、一向に返事はない。山の内実が次第に露になっていくにつれ、小春は青ざめていった。確かにそこに深雪らしき者はいるものの、生きている気配がまるでないのである。深雪の匂いもするが、それも残り香のようにごく薄いものだった。生きていたら、誰でももっと濃い匂いがするはずで――。

（……そんなわけねえだろ……それに、あいつは「生きている」って言った）

この時ばかりは、りつの言葉を信じたかった。激しくなる動悸《どうき》をやり過ごしながら、小春は瓦礫を取り除くことに集中した。最後に大きな岩をどけると、そこには確かに見知った少女が倒れていた。

「深雪――」

倒れていた少女は間違いなく深雪だった――否、深雪の形をしていた人形だったのである。滑らかな肌や髪の艶やかさは間近で見ても本物と遜色《そんしょく》なかったが、深雪よりも一回りほど小さい。小春は身体から力が抜けて、どっと後ろに倒れてしまった。

「生人形か……？　何でこんなもんが……って、わあ！」

小春が突いた手の下から、白い手がにゅっと飛び出していたのである。瓦礫を退《ど》けて見てみると、そこには女の人形が埋まっていた。顔つきがどこかしら深雪と似ていたので、小春は眉を顰めた。更にその下から男の人形も出てきたものの、こちらは見覚えがない。

「気味わりい……」

男人形の近くにあった可愛い赤子の人形は、頭半分が破けて綿が飛び出していた。ほじくり返せば、まだ出てくるかもしれぬ。しかし、小春にはまったく無用の代物である。起き上がって歩き出した小春は、数十歩歩いたところで何となく振り返ると、その場で凍りついた。生人形が、立ち上がったのである。

「な、ななな……なんだあ⁉」

人形達は虚ろな目で小春を見下ろすと、たどたどしい動きで右手を持ち上げて一斉に西の方向を指差した。小春は瞬きを繰り返した後、訝しむような顔をしてこう問うた。

「……そっちへ行けってことか？」

人形達は恐らく頷きを寄越したかったのだろう、がくっと前に折れた。小春が迷って立ち尽くしていたのは、ほんの数秒だった。神妙な顔をして頷くと、指し示された方へ走っていったのである。そして、茂みの中に再び身を投じようとするその時、「丸見えだぞー！」と叫んだのだった。小春の姿がすっかり見えなくなってから、人形はその身を折り曲げた。

「……何が見えたんだ？」

人形を操っていた男——勘介は首を傾げて、同じく人形を動かしていた四郎《しろう》に問うた。

「それは……お前がその、少々大きいからかな……？」

やはりか、と呟いた勘介は、人形を放すと己の腹の肉を哀しげに抓んだ。

「気にするな。医者の不養生というし」

四郎の慰めに笑ったのは、彼らの後ろにいた多聞とできぼしである。

「もう医者じゃないだろうに」

「ふとっちょ勘介～」

できぼしに指を差されて笑われた勘介は、すっかり痩せることを決意したのだった。

「さあ、お前も早くあの小鬼を追いかけないと。あちらにお前の仲間がいるよ」

多聞はそう言うと、できぼしの頭に止まっていた蝶に白い手を翳した。


(まったく、まどろっこしいことせず素直に教えりゃあいいのに)

小春が心のうちで文句を言いながらひたすら西の方へ走っていくと、再び桜が咲き乱れる中心地へ出た。しかし、先程とはどうも様子が違った。あれ程大勢いた花見客が、今はちらほらとしかいないのだ。人込みがないだけで違う場所のように思えたが、もしかすると真実違うのかもしれぬ。

まっすぐまっすぐ西へ——突き当たりにはあのひょうたん池がある。間際まで行くと、小春は目を瞬かせた。薄靄《もや》が立ち込めたそこに、見覚えのない橋があったのだ。怪しい——そう思いつつ何の頓着《とんちゃく》もなく橋を渡り始めた小春は、真ん中の小さな踊り場の近くまで行って、目を見開いた。しゃがみ込んでいる人影がいたのだ。小春がわざと足音を響かせながら近づいていくと、その人影はやっと視線を上げた。

「小春ちゃん……どうしたの？　ずぶ濡れじゃない」

手を合わせていた深雪はどこもかしこも無事な様子で、先程見た人形とは違い、生き生きとしていた。小春はほっとしたのもつかの間——。

「お前、何しているんだよ！」

目と眉を吊り上げてそう怒鳴ると、何故怒られたのか分からぬ深雪は、困惑したような表情をしてこう呟いた。

「お弔《とむら》いをしていたの」

「……誰の？」

返ってきた答えが思わぬものだったので、小春は語調を和らげて問い返した。深雪は哀しげに池の方を見つめた。

「お姉ちゃん……お母さんのお腹の中から出る前に死んでしまったの」

小春は間が抜けたような表情をして、ぽりぽりと頭を掻いた。

「しかし、何で今弔いなんてしてんだ？　命日なのか？」

「ああ、もしかしてそうだったのかも……だから来てくれたのかしら？」

小首を傾げた深雪に、小春も同じく首を傾けたが、池面に流れていく物が目に入り、驚いた顔で深雪を見た。

「何で簪流してんだ？」

池面にはまるで蝶のように定まらぬ動きをして浮かぶ木板があった。その上に置いてあったのが簪で、それは確かに深雪がいつも挿しているものだった。目のいい小春には、常人には見えぬ山茶花の花弁のひびが見えていたのである。

「これがお弔いなの。あの簪はお姉ちゃんの物だから」

深雪はそう言いながら、片時も目を離さず簪の行方を見守っていた。小春もそれに従ったものの、ゆっくりと口を開いた。

「……でも、姉ちゃんは死んでいるんだろ？　だったらお前もらっとけば？」

「いいの。私には他にたくさん得たものがあるし、これからだってあるわ。でも、お姉ちゃんには何もないんだもの……私に出来ることはこれしかないのだし」

深雪は祈るように深く目を閉じた。それをしばし眺めていた小春は、首筋を撫でながらつまらなそうに息を吐いた。

「死んだらそれまでだ――と俺は思うけれど。だから、お前は何もしなくていいんじゃねえか？　気になるなら、想ってやるだけでいいんだよ」

虚をつかれたような顔をした深雪に、小春は首を傾げた。小春の言葉が、先程違う者が口にしていた台詞とよく似ていたのだ。深雪はそのまま黙り込んでいたが、小春が「あ」と声を上げたので、その視線の行方を追った。いつの間にか池の真ん中まで流れていっていた木板が、ゆっくりと沈んでいくところだった。小春は深雪と簪を見比べて、「いいのか？」と少し焦ったように問うたが、深雪が眉尻を下げたのは一瞬のことである。

「――これでいいの。皆のところへ帰りましょう」

小春に振り返った深雪は笑顔だった。その表情を見た小春は、（おや？）と思った。花見中ずっと浮かべていた険が引いていたのだ。何が原因で苛立っていたのかもよく分からなかったが、それが癒《い》える時も同じように分からなかった。他人の感情がすべて分かるわけではないが、何となくは知れてしまうものである。だが、深雪はそれがあまりない。

（心をすっかり隠しているからか？　いや、違うか……）

深雪は特段心を隠しているわけではない。素直に笑い、怒る。しかし、それでもどこか摑みきれぬところがある。

（そう、変な娘なんだよ――昔から）

兄と似ているが、兄よりも厄介なのかもしれぬ――そんな風に考えていた時、小春の視界の端に簪がすっかり池の中へ沈んでいったのが見えた。


「……へっくしゅん」

噂を察したわけではなく、寒さでくしゃみをした喜蔵は、池の前で皆と焚《た》き火に当たっていた。寒さに震えていた喜蔵達を見かねた野次馬達が、どこからともなく薪を集めて焚いてくれたのである。身体は冷え切っていたが、陽気自体は暖かい。日差しも強いくらいなので、着物は思ったよりも早く乾きそうだった。

「焼き芋《いも》でもやりたいなあ」

男衆の中で唯一無事だった高市が暢気にそう呟いた時、

「……喜蔵さん！」

正反対の切羽詰まったような声が響いた。

「あ、綾子さん！　無事戻ってこられましたか！」

火に薪をくべていた高市は、薪を持ったままの手を綾子に振った。「綾ちゃあん！」と叫んで駆け出しそうになった酔っ払いの足を引っ掛けながら、彦次はにこやかに笑った。

酔っ払いこと平吉が起きたのはついさっき——火に当たらせるため、無理やり殴り起こされたのである。綾子はおずおずと喜蔵の傍へ来ると、心配そうに眉を顰めた。

「喜蔵さん……大丈夫ですか？」

「ええ……どうもすみませんでした」

喜蔵が素直に謝ると、綾子はあたふたとしだした。

「いいえ、すみません！　私、町に下りて番屋に行ったのですが、誰もいなくって……役立たずですみません。でも、ご無事で何よりです！　本当に……」

無事で良かった、と呟いた綾子に、喜蔵ははっとしたが、あの話を知らぬ他の者は何でもない顔をしている。焦ってしまった自分を、喜蔵は少し恥ずかしく思った。

「いいなあ、喜蔵。俺も綾子さんに心配されたいわ」

彦次が焚き火に手をかざしながら溜息を吐くと、高市は更に深い息を零した。

「彦次さんは心配してくれる人が大勢いるからいいじゃないですか！　俺なんて……」

「何だ、高市っちゃん。好いている女もいないのか？　じゃあ、今日の帰り平吉のとこ寄っていくか？　いてっ」

彦次の頭を殴ったのは、口をへの字にした平吉だった。

「お前、綾子さんがいるのにそういう品のないこと言うなっつったろ！」

「急に正気に戻るなよ、でこっ吉！」

平吉は彦次をもう一発殴ると、火加減を見ている高市に耳打ちした。

「まあ、でも高市っちゃんいつでも来な。うちはいい妓ばかりだから楽しいぞ」

真っ赤になった高市は首を横に振りつつも、少々にやけていた。

「ちゃっかり紹介してんじゃねえか。そんでもって高市っちゃんも乗り気だな⁉」

「そ、そんなことないですよお」

焦る高市と、高市を苛めて楽しげな彦次、にやつきながら二人を見守る平吉――騒がしい三人を呆れて眺めていた喜蔵は、ふと視線を感じて横を見た。視線の主は綾子だった。目が合うといつもすぐに逸らすはずなのに、喜蔵の方を注視している。よく見ると、綾子の視線は喜蔵よりも奥に向かっていた。

「蝶達が……こっちに向かってきています」

綾子の声を聞きつけた彦次達も、そちらを向く。確かに、二羽の蝶がこちらに向かって飛んできていた。迷うことなく、まっすぐ――。

「本当だ……あれ？　あれって」

高市が声を上げた時、木漏れ日に輝く金が見えた。日が翳ると茶と黒の斑が見えて、喜蔵達は同時に「あ」と声を上げた。

「小春！　深雪ちゃん！」

彦次の叫び声に、斑頭の小春は手を上げて応えた。隣を歩く深雪も少し遅れて手を振ったので、彦次達は焚き火を放り出して小春達の元へ駆けつけた。

「深雪ちゃん、どこまで行ってたんだ？　心配したよ」

困ったように頬を掻いた彦次に、深雪はぺこりと頭を下げながら笑った。

「できぼしちゃんと追いかけっこしていたら遅くなっちゃって」

途端に顔を曇らせた彦次に、深雪は両手を胸の前で小さく振った。

「ただ遊んでいただけですから。でも、つまんないって言われちゃいました。遊び相手には物足りなかったみたい」

「多分、彦次みたいな馬鹿馬鹿しいのを求めていたんだよ。子守りに疲れたからかな？深雪さん、目が赤いよ。大丈夫かい？」

平吉が何気なく指摘すると、深雪は照れながら目元をぬぐった。

「そんなに赤いですか？　実はさっき、目に塵《ごみ》が入っちゃって洗ったんです。でも、あたしよりも皆さんですよ。そんなにびしょ濡れになっちゃって……一体どうしたんです？」

これには深い事情が、と唸った彦次の後を継いで、小春は皆から少し離れたところで仁王立ちしている喜蔵を指差した。

「あいつが酒の海に落ちたんだよ」

「ええ？　お兄ちゃん、大丈夫⁉　あ、本当。何だかお酒の臭いがする」

喜蔵に近づいて鼻を利かせた深雪は、可愛らしく顔を顰めた。

「あら、でも思ったより乾いているみたい。帰ったら洗わなくちゃね」

そして、喜蔵の着物に触れると、再び笑顔になって顔を上げたが――。

「何を笑っている？」

冷たい物言い同様、冷たい眼差《まなざ》しがそこにあって、深雪は笑顔を引きつらせて固まった。

「皆に心配掛けておいてへらへらするな」

聞き違いではなく、もう一度繰り返された冷ややかな声音は、皆を一瞬黙らせた。

「……いや、俺ができぼし追いかけていったせいで深雪ちゃんも行っちゃったんだろ？」

いの一番に間に入ろうとしたのは彦次で、それにすぐさま乗っかったのは平吉である。

「この馬鹿がすべて悪い！　だから喜蔵さん、そんな怖い顔するもんじゃないって」

喜蔵は二人に一瞥もくれず、深雪を注視したままだった。うろたえている高市とは対照的に、小春は腕組みをして兄妹の様子をじっと見守っている。

「どうせお前のことだ。一人で何でも出来ると思ったのだろう？」

ただの子どものくせに、と吐き捨てるように言われた深雪は、今にも壊れそうな程顔を強張《こわば》らせた。

「……子どもじゃないわ」

深雪は聞き取れるか聞き取れぬかくらいの声で言い返したが、喜蔵はすぐに「お前などただの子どもだ」とぴしゃりと言い捨てた。

「子どもじゃないわ……あたしはもう十六だもの。大抵のことなら一人で出来るし……」

「勘違いも甚《はなは》だしい。一人で帰ることも出来ぬくせに」

深雪は眉間に皺を寄せながら、喜蔵からふっと視線を外した。

「……あたしは一人でも帰ってこれたもの」

「聞いたか？　せっかく迎えに行ったのに残念だったな」

小春にちらりと目線を遣った喜蔵は、わざとらしく哀れみを含んだ声音を出した。

「うるせえな、俺が勝手に探しにいっただけだからいいんだよ」

唇を尖らせた小春に、深雪は不意打ちを食らった表情をして眉尻を下げた。

「そうだったの……小春ちゃん、ごめんね」

「あー。いい、いい」

小春がひらひらと手を振って軽く流すと、彦次と高市も同調してきた。

「……小春もこう言っているし、もういいんじゃねえか？」

「そ、そうですよ！　こうして無事帰ってこられたんですから」

しかし、喜蔵はうんと言わぬ。深雪をねめつけて見下ろしたまま動かなかったのだ。そして、深雪の方もまた、喜蔵を見据えたまま微動だにしない。だが、兄妹の通い合った視線は正反対だった。深雪は燃える炎のような目をしていたが、一方の喜蔵は氷のように冷たい目をしている。二人は互いに引くことなく睨み合っていたが、先に目を逸らしたのは深雪だった。これ以上、喜蔵の厳しい視線を真正面から受け止めることが出来なかったのだ。しかし、深雪が目を逸らした後も、喜蔵はまだ深雪を見つめていた。そこには何の感情も籠っていないように見えて、深雪はますます息苦しくなってしまい――。

「どうして……」

（……さっきのあれは、ただの幻だったの？）

口にされなくても想われているのならば——先程の人形芝居が真実だと信じて、不安もわだかまりも心の底に封じ込めたはずだった。しかし、喜蔵に冷ややかな視線を浴びせられ続けて、とうとう堰を切ったように想いが溢れ出てしまったのである。

「どうして……どうしてそんなに冷たい目をするの？　あたしここへ帰ってこない方がよかった？　だったら、帰る。お兄ちゃんがそんなにあたしのこと嫌なら、あの家からも出て行くわ。そうしたらもう一緒に住まなくてすむし、顔も合わせなくてすむ。それで、もう二度と会わないわ。お兄ちゃんはその方が、あたしがいない方が幸せなんでしょ——」

ぱしっといい音が響いた後、深雪はゆっくりと左頬を押さえた。

「お、おい！」

彦次は慌てて喜蔵の右手を摑み、平吉はばつが悪そうにそっぽを向いたが、小春と綾子は少し目を見開いた以外、特段の変化はなかった。高市は深雪をかばうように一歩前に出たものの、喜蔵に睨まれてすぐ彦次の後ろに隠れてしまった。深雪はしばらく放心していたが、頬をするりと撫でると、不思議そうに首を傾げた。

「お兄ちゃん、どうして怒っているの？」

喜蔵は今日一等眉を顰めて、首を横に振った。

「怒っているわけではない……ただ、心配した」

その言葉を聞いた深雪は、ぼろぼろと大粒の涙を零し始めた。

「ええ……おいおいおい、な、泣いちゃったじゃねえか！」

　彦次は喜蔵の腕を摑んで上下に振って慌てふためいたが、彦次の横にいた高市や平吉は面くらうばかりだった。綾子は最初だけ眉根を寄せたものの、少し経ってからは落ち着いた目で兄妹を見つめていた。そんな中、突如「あ！」という声が上がったので、皆一斉にそちらを見たのだが、

「今池に海坊主《うみぼうず》がいた！　うわ、こりゃ大変！　捕まえにゃあ……ほら、皆行くぞ！」

　小春は大声でそう言うと、皆の背中を強引に押して池の方へ向かっていった。

「……下手すぎやしないか？」

　彦次の呟きに、高市も小声で返す。

「うん……今のはわざとらし過ぎましたよねえ」

「うるせえ！　本当に海坊主いたんだよ！」

　小春達の騒がしい声が遠くなった辺りで、喜蔵はぼそりと言った。

「打って悪かった」

　その言葉を聞いた深雪は、余計に涙が止まらなくなった。何度も横に首を振って、「ごめんなさい」と謝り続けたが、その「ごめんなさい」の中には多くの意味があったのだ。

（簪のこと疑ってごめんなさい。お姉ちゃんのこと知らなくてごめんなさい。心配させてごめんなさい。ずっと想ってくれていたのに、独りだなんて思っていてごめんなさい）

　人形が見せた芝居で喜蔵の想いには触れていた。その時も涙が溢れたが、それをそのまま真実だと思い込むことはやはり出来なかったのだ。喜蔵のことは一から百まですべて信

じている。けれど、自分と同じように想ってくれているとは初めから思えていなかった。それは深雪自身の性格のせいでもあったし、そんな風に思える材料も少なくて、共にいてもどこか独りきりのままである気がしていたのだ。想い合っているという確信が欲しい——でも、確かめるのは怖かった。もしも、自分と同じではなかったら、この先どうやって生きていったらよいのだろうか？

（だったら、知らない方がいい。あたしが勝手に想っていればいいのよ）

たとえ一方通行でも、共にいられるのだからそれでいい——そうやって、ごまかしながら生きていこうとしていた。しかし、それではやはり駄目だったのだ。

「ごめんなさい」

深雪はずっと顔を伏せたままだった。地に染みが出来ていたが、喜蔵の濡れた身体から落ちた水滴なのか、深雪の涙なのかよく分からぬ。喜蔵はいつも通り仏頂面だったが、内心激しく動揺していた。誰かを泣かすことなど初めてだ。喜蔵はそもそも誰かと深く接することすらなかったので、こういう時にどうしたらいいのか皆目見当がつかなかったのである。しかし、困惑している間にも深雪の涙は流れ続けた。ごめんなさいも止まらぬ。喜蔵は喜蔵で一杯一杯になってしまって、恐らくこれまでで一等困惑していた。喜蔵は、自身でさえほとんど泣いた覚えがない。記憶を辿り辿りしていって、幼い頃——恐らく五つの時に母を恋しがって泣いた時のことを思い出して、喜蔵はその時祖父にされたことと同じことを深雪にすることにした。

喜蔵の手が伸びてきて頭に着地すると、深雪はゆっくりと顔を上げた。

「……簪はどうした？」

いつもそこにあるはずの花の姿が見当たらぬことに、喜蔵はようやく気づく。

「お姉ちゃんにあげたの」

深雪の答えを聞いた喜蔵は一瞬固まった。何故姉のことを知っているのだろう？　簪をあげたというが、一体どうやって——疑問は山程あったが、喜蔵は「そうか」とだけしか答えなかった。

「どうして、と訊かないの？」

喜蔵は少し迷うようにしてから、こう言った。

「お前がいいと思ってしたのならば、それでいい」

喜蔵の不器用さはここに来ても変わらぬ。あやす手つきには戸惑いが多分に含まれていて弱々しく、そうしている当人の顔は極悪なので、思わず笑いそうになった深雪は代わりにこう続けた。

「あたし、お兄ちゃんと会えて嬉しい。一緒に暮らせて嬉しい。叱ってもらえて嬉しかった……お兄ちゃんはあたしと会えて少しでも嬉しかった？」

（……そんなこと訊かずとも——いや、違う）

深雪の目はこれまで見たことがないほど真剣で、切実だった。張り詰めた気配が伝わってきて、喜蔵は言おうとした言葉を止めた。

――言わなきゃ分からないですよ。

本当にそうなのだろう。顔を見れば思っていることが伝わるなど稀で、大抵は言わねば何も伝わらぬのである。喜蔵が深雪の心が分からなかったように、深雪にも喜蔵の心が分からなかった。兄妹だから、共にいるからといっても、何でも伝わっているわけではない。距離が近くて甘えのある分、余計に伝えなければならぬのだ。

「俺はずっと妹に会いたかった。お前が無事で嬉しい」

喜蔵は己で噛み締めるように、ゆっくりと心のうちを述べた。喜蔵にとって深雪は何より大事なものだった。離れて生活していた時も、共に暮らすようになった今も、喜蔵はずっと深雪を想っていた――たった一人の家族なのだ。

「……ありがとう、お兄ちゃん」

深雪はにこりと笑った。喜蔵は久方振りに深雪の笑顔を見たような気がした。

（たったこれだけのことで……）

だが、たったこれだけのことがずっと言えなかったのだ。喜蔵は己に呆れながら、ふと苦笑を零した。

その時、「ごほん」といかにもわざとらしい咳払いが聞こえた。

「いやあ、あれは確かに海坊主だったなあ、海坊主でしか有り得ねえわ。な、高市？」

「ええ、あれは正しくあれでした。池に海坊主がいるなんて驚きですねえ、彦次さん」

「な？　まさか坊主がつるっと滑ってああなるとは……お前もそう思うだろ、平吉よ」

「うんうん、あれがああなってそうなるとはなあ……お釈迦《しゃか》さんでも思わなんだろう」

小春を先頭に、皆が池からこちらへ戻ってきていた。打ち合わせする時間はあっただろうに、先程よりもひどくなっている。喜蔵が呆れた顔をすると、そう感じたのは深雪もだったようで、目が合うと困ったように笑った。気が利いているのかよく分からぬ小春達から少々遅れて戻ってきた綾子は、濡らして絞った手ぬぐいを深雪に差し出した。

「深雪さん、良かったらこれで冷やして下さい。そのままじゃ腫れてしまうので」

「ありがとうございます、綾子さん」

深雪の涙はいつの間にやら引いていて、笑みがこぼれていた。綾子から受け取った手ぬぐいを目に当てていたので口元しか見えなかったが、声音から真実楽しげな様子が伝わってきて、喜蔵はようやく息を吐いた。

「今日は何だか夢の中みたいな一日でしたね」

一同が揃ってござに座り込んだ時、高市は背負い籠を下ろしながらそう言った。

「ああ、確かにそんな気がしちまうなあ。妙に慌しかったし」

平吉は腕組みをしつつ、一日を振り返って遠い目をした。

「だから何度も言わせるなって！　そりゃあ、お前のせいだろ！」

「……はあ、俺何かしたっけ？　まあまあ、酒飲んで嫌なことなんて水に流しちまいな。ほら、俺が買ってきた酒をやるから」

彦次に怒鳴られた平吉は、本当に心当たりのなさそうな顔をしてうーんと唸ると、勝手に開けたりつの酒を彦次の杯に注いだ。

「おいおい、そりゃあ俺が勝負に勝ってもらった酒だぞ」

小春が文句を言うと、「お前ではない俺だ」と喜蔵はすぐさま訂正した。

「何言ってんだ、お前なんてちょろっとしか飲んでねえじゃねえか」

「飲むわけねえよなあ。匂いが嫌だって言って、口をつけようともしねえもの」

にやつきながら言った彦次の顔面を張った喜蔵は、小春以外の皆が「え⁉」と驚愕《きょうがく》の表情をしたのを見て、苦い表情をした。

「喜蔵さんも酒嫌いなんですか⁉　ええ……それは存外ですね！」

「お兄ちゃん、昔から苦手なの？」

高市と深雪の邪気のない視線に、喜蔵は仕方なく「昔からだ」と白状した。

「喜蔵さん。匂いは飲んでいるうちに慣れてくるから、今日はしこたま飲もう！」

「お前はもう飲むな！」

男衆の声が揃って、噴き出したのは綾子だった。視線が集まり、いつもだったら顔を真っ赤にする綾子は笑いが止まらぬ様子で、口元に手をやって肩を震わせていた。

「ご、ごめんなさい。何だか皆さん子どもみたいで可愛いなって」

「ほら、高市っちゃんのせいで笑われたじゃねえか」

平吉に殴られた高市は、「わあ、何で俺なんです⁉」と嘆いた。綾子はしばらく笑い続けて、そんな綾子を見て深雪もにこにこと笑っている。二人の鮮やかな笑顔に、皆何とはなしに浮き足立ってそわそわするような心地になっていた。

「……うん、花見っつーのはやっぱりこうじゃねえと」

彦次がへへへと照れたように笑った時だった。

『――気をつけた方がよいぞ。この女はまた男を誑かそうとしている』

どこからか女の声が響いて、皆は同時に息を飲んだ。顔を強張らせたのは喜蔵だけで、彦次達は周りを見回している。

「今、何か聞こえた……よな？」

消えたのではなかったのか？――遠巻きに花見客はいるものの、ござの上には自分達しかいない。ざわつく喜蔵達をあざ笑うかのように飛縁魔の声は楽しげに言葉を紡ぐ。

『ひいふうみいよ……次は一人減っている――その綾子という女に取り殺されてな』

「と、とと取り殺される？」

声を上げた彦次を押しのけて立ち上がった平吉は、「この辺に隠れているんじゃねえか？」と木の裏側を覗き、そこに誰もいないのを確認すると頭を上に傾けた。

「こんな高くて太い木に登る女の人なんて聞いたことないです……」

平吉の隣に立った高市が、問われる前に怯えた声で応えたが、その時何故か小春が木に登り出した。何をしているのだ、と喜蔵が嫌そうな声を出しかけた時、

「あの、皆さんどうかされました？」

綾子が不思議そうにそう言ったので、皆は一瞬固まった。

「え、いや何か近くから変な声が聞こえてきて……綾子さん聞こえませんでしたか？」

「いえ、何も……どんな声ですか？」

綾子は訳が分からぬといった様子で、今頃周囲に目をやりだした。

「普通の女の声なんですがね、言っていることが妙なんですよ。ちゃんちゃらおかしくて。だってね、綾子さんが――うぐっ！……な、何すんだ、喜蔵さん！」

腹を押さえて抗議してくる平吉に、殴った張本人である喜蔵は知らぬ顔をした。

『再び女をかばうか。お前はその女にならば殺されても構わぬようだが、他の奴らはどうだ？　取り殺されたくはあるまい』

「げげ、また聞こえてきた……」

ぽかんとしているのは綾子だけで、皆の間には得も言われぬ緊張感が張りつめていた。

『その女はこれまで九十九の男を殺してきた。百人目は誰になるかな？　そこの顔の恐ろしい男か？　それとも役者のような色男か？　気の良い男か、酒飲みの男か？』

押し殺したような笑い声が響くたびに、皆の中に言い知れぬ恐怖が湧いてきていた。声しか聞こえぬというのに、じっと見られているような心地さえして、

「……何というか、文句が怖《こえ》えな」

「あ、悪趣味ですよね。呪い殺されるとか……」

平吉が呟くと、高市はちらりと綾子を見て気の毒そうな顔をした。しかし、ちょうど綾子と目が合ってしまい、高市は慌てて目を逸らしたのである。彦次も平吉もそっと顔をそ

むけたので、何も聞こえていなかった綾子も流石に変に思ったらしい。

「あの……それって――」

綾子が蒼白な顔で何か言い掛けた時、「皆さん、酔っ払っているんですよ」と言い出したのは深雪だった。いつも通りの明るい声音に、皆はっとして深雪を振り向いた。深雪は一人ひとりとしっかり目を合わせると、にっこりと笑んだ。

「変な声って何ですか？　あたしには何も聞こえませんよ。ねえ、お兄ちゃん？」

深雪のまっすぐな目線を受け止めた喜蔵は、無表情のままじっくりと頷いた。

「俺にも何も聞こえぬ」

「……へえ⁉」

同時に声を上げた彦次と平吉は顔を見合わせて、情けない顔をした。

「ええ、どんだけ酔ってんだ、俺⁉　酒って怖い……」

彦次が頭を抱えると、いく分凄みを増した声が響き渡った。

『その男とその妹。知らぬ振りをしてこの女を庇《かば》おうとしているな？　娘、いいのか？　兄はその女のせいで死ぬぞ』

「死……⁉」

動揺する彦次や高市を尻目に、深雪は笑顔のまま重箱のふたを開け、残っていたおかずを皿にせっせと分け出した。

「さ、早くお花見の続きしましょう。まだお弁当残っていますよ？　はい、平吉さん」

深雪から皿を受け取った平吉は、不思議な形をしたいなり寿司を見て眉間の皺を緩めた。

『兄が死んだらお前はどうする？』

「あ、ありがとうございます……ごま団子ですか？」

「嫌だわ、高市さん。里芋の煮っころがしです」

高市に満面の笑みで答えながら、深雪は彦次や綾子にも取り分けた皿を渡した。

『兄が死んだら、お前は一人。そのくらい分かっているだろう？　お前は――』

深雪は本当に聞こえていないのか、声に被さるように言葉を発した。

「でも、今日は本当に良いお天気で良かったですね。この頃雨が続いていたから心配だったけれど、これなら今日は降りませんね。はい、お兄ちゃん」

深雪にもしっかり聞こえていたと分かったのは、皿を渡された手先にちょこんと触れた喜蔵だけだった。深雪の手は、少し震えていたのだ。

『人殺し』

「……あとは小春ちゃんの分……あれ、小春ちゃん？」

深雪が顔を上げて周りを見ようとした瞬間、声はこう言った。

『兄が死んだら、お前もその女と同罪――人殺しだ』

深雪の顔が真っ白になった。そこで、喜蔵はすくりと立ち上がったが――。

「……見ぃつけたっ！」

突然大声が響いたと思ったら、木から小春が落ちてきた――どしんっとはいかず、とんっという軽やかな着地の音だったのは、小春が自ら降りてきたからである。呆気にとられる喜蔵達を尻目に、当の小春は「ひっひっひっ」と奇妙な笑い声を上げて、右手に摑んだ蝶を見ていた。それは、綾子の簪に止まっていたものだった。

「あ～んまり弱っちょろい気なもんだから、ようやくどれだか分かったぜ」

小春が蝶の側面をちょいっと触ると、蝶は嫌そうに身じろぎをした。

『……離せ。気安く触れるな。同胞といえど、お前も殺すぞ！』

「あ……喋った⁉」

高市が声を上げると、彦次も平吉も正しく同じことを言おうとしていたように口を開いていた。喜蔵も深雪も皆と同様で、思わず顔を見合わせた。

「触れるなと言うけれど、お前が勝手にこいつの身体借りているだけだろ？　ほらほら、鬼火つけて燃やしちまうぞ？　さっさとこっから出て行け」

小春に手を翳された蝶は、恐怖のためか震え出した。死に際のようで少し不気味だったが、短い時に激しく震えると、にわかにその動きを止めた。そして、蝶からふわっと何かが抜けたのである。

「う……あ……ゆ、ゆう」

彦次が慄きながら指差した先にいたのは、透き通った女だった。誰かしら悲鳴を上げてもいいところなのに、皆言葉一つ出てこなかった。幽霊――なのか分からぬその女は、確かに美しかった。あまりに整い過ぎていて、ぞっとしてしまうくらいである。怒りに燃えているような気を身に纏っているくせに、目は悲しげで喜蔵は思わず綾子を見た。

（似ている……）

綾子は皆の見ている方を見てはいるものの、皆と違ってそれから視線はずれていた。見えてはいないし声も聞こえてはいないようだが、異変を感じ取って不安に満ちた表情をしている。隣にいた深雪はそんな綾子を痛ましげに見つめて、綾子の手を握った。

「深雪さん……？」

問うてきた綾子に、「大丈夫」と深雪は笑った。すると、飛縁魔は髪を逆立ててにわかに炎を纏い出した。

『私はいく度となく焼かれている。炎など効くものか』

飛縁魔はそう言うと、綾子めがけて駆けてきた。喜蔵は止めようと手を伸ばしたが、伸ばした時にはすでに遅く――。

「あ、入っ……⁉」

綾子にぶつかったそれは、綾子の中に吸い込まれるように消えてしまったのである。

「どうされたんですか、皆さん……？」

深雪に両の手で握り締められた自身の右手を見つめながら、綾子はぽつりと言う。その直後小春が唐突にばしんっと手を打ったので、皆は揃って肩を震わせた。

「さあさあ、これより余興を始める！」

小春は腰に手を当ててそう叫ぶと、その場に胡坐を掻いた。「急だなあ」と苦笑した高市は、腰を下ろして身体を小春の方へ向けた。他の皆も何となくそれに倣い、視線が集まってきたことを確認した小春は、ひとつ咳払いをして話し出した。

「ある山に人嫌いの爺さんが一人で住んでいた。その爺さんはえらく長生きでな、どのくらい生きているかというと……そうだな、喜蔵十人分くらいは優に生きているんだ。見た目は皺くちゃだけれど、体力は彦次と変わらないくらい」

すごいお爺さんね、という深雪の言葉に頷きながら小春は続けた。

「人嫌いの爺さんは山から町に下りるのが億劫で、その昔揃えた道具一式を長らく愛用したんだ。昔は二束三文だったのに、今では結構な値がついている物もあるんだが、本人はそれほど興味がないもんで平気で日用品として使っていたわけ」

「ふうん、勿体ねえな」

平吉の正直な感想に、高市は深く頷いた。

「いつからか、噂を聞きつけた骨董屋や収集家がわんさか家に来るようになったんだ。『あなたの持っている古道具を売って下さい』ってな。爺さんは誰の申し出も断って、決して取引なんてしなかった。けれど、最近訪れてきた若者のことは気に入っちまった。だから、『新しい道具と交換したい。お前が選んで持ってこい』という約束をした」

皆はちらりと高市に視線をやった。本人は戸惑った目で、小春に問うような視線を向けたが、小春は何も言わず話を続けた。

「若者は爺さんのために奔走した。その甲斐あって、無事爺さんと若者の商談は成立。互いに満足し合って、めでたしめでたし――となるはずだったけれど、爺さんはひとつ約束を破った。若者に礼がしたくて、一つ余計に物をやったんだ」

小春の視線を受けた高市は慌てて背負い籠の中から野点籠を取り出したが、中身を確認し始めて動きを止めた。皆が首を傾げたのは、高市が見る間に青くなったからである。

「な、ない！　おかしいな……消えるなんて、そんな」

「消えてねえよ――ほれ」

小春は宙を指差した。小春の頭上には、小春の手のうちに捕えられた蝶を心配するかのように、数羽の蝶が飛んでいる。高市は怪訝な顔をして蝶と手元を見比べて、それを何度か繰り返した後、思わず野点籠をござの上に落としそうになってしまった。

「爺さんが若者の籠の中に礼を入れたまでは良かった――でも、この古道具が問題だったんだ。それは長年爺さんと共にいて、その前にも持ち主がいて、作られてから百年以上経ていたせいで魂を持っていた。普通は野点籠自体が魂を持って付喪神になるわけだけれど、今回は勝手が違ったんだ。何だか分かるな？」

皆が困惑した表情をする中で、ただ一人、高市ははっきりと頷いて空を指差した。

「蝶――茶碗や棗や茶筅に描かれていた蝶に魂が宿っていたんですね？」

高市が差した青空には、四羽の蝶が舞っていた。喜蔵は高市の手元の野点籠の中を覗いて、眉をひょいっと持ち上げた。籠の中のそれぞれの道具には鮮やかな蝶が描かれていたはずだが、今の道具は無柄で、茶杓の先についていた蝶の切止もなくなっていた。小春によると蝶達が付喪神になったのは、恐らく最近のことだという。

「妖気がほとんどしないもの……ほんの数ヶ月前じゃねえかな？　だから、張り切って色々化かしたんだろ。どれもこれも中途半端だったけれど」

「何をしたんだよ？」

平吉の問いに答えたのは、またしても高市だった。

「あの……もしかして、俺が百山さんのところへ訪ねていった時ですか？　ほら、隠し戸が開いていて、蛍より大きな明かりが家の中を彷徨《さまよ》っていて……それで、どんどん古道具が上から落ちてきた例の件です」

察しの良い高市に満足そうに頷いた小春は、喜蔵を見てにやりとした。

「古道具を落としたのも、団子をくれ、と言ったのも蝶だし、お前が池に落ちたのもこいつらのせいなんだぞ。俺達についていた蝶が瓢簞に吸い込まれただろ？　あの時、そいつはお前の傍にいた蝶に助けを求めたんだ。蝶の力では引き上げることが出来ぬから、お前が利用されたわけ。まあ、おかげで俺達が助かったわけだから良かったけれど」

恐ろしい顔をした喜蔵から視線を逸らした小春は、今度はちらりと綾子を見た。

「逆に蝶は利用されて、とある女に身体を借りられて語り手にされたりもした」

綾子以外の皆ははっとした顔をしたが、誰もそれ以上問うたりはしなかった。蚊帳《かや》の外の綾子は困ったように眉尻を下げたが、やはり何も言ってはこぬ。

「ああ、あとは、酒の海に溺れさせられた仕返しに、瓢簞の持ち主の女に眠り薬飲ませたんだよな？」

　小春は手元で暴れる蝶に向けて言ったが、飛縁魔が抜け出して話せなくなったのか、何の答えもなかった。

「高市っちゃん、今までその蝶達に化かされたりしなかったのか？」

　彦次の問いに、高市はいく分青ざめながら首を横に振った。

「何も……気づいていないだけかもしれませんが、何も変わったことはありませんでしたよ。でも、どうして今日に限って外へ飛び出していってしまったんでしょうか？」

「桜に惹かれて外に出ていっちまったんだろう。何しろ、蝶だ。人間と同じで桜が好きだろ？　まあ、桜人はとかく桜に騙されるものだからな」

　小春が飛縁魔とまったく同じ台詞を言ったので喜蔵は驚いたが、小春は立ち上がって空に顔を向けていたので気づいていなかった。

「一日桜の下を飛び回って、もう満喫しただろ？　さっさと戻ってこい」

　蝶達は舞うのを止めて、まるで相談し合うように身を寄せ合った。

「ほれ、戻ってこなければ本当に燃やすぞ！」

　そう怒鳴ると、小春は本当に左手の上に鬼火を浮かべた。空に右往左往していた蝶達は、慌てたように次々と小春の手元に集ってきたが、

「――わああ⁉」

　当然のごとく、高市と平吉は悲鳴を上げた。喜蔵と彦次は揃って小春の頭を小突こうと

したが、ひらりとかわされて互いの拳が衝突してしまった。

「いてて……馬鹿小春！　な、何してんだ。正体は内緒にしてんじゃねえのか⁉」

彦次に台詞を取られた喜蔵は、「阿呆め」とだけ小春に浴びせた。小春はゆっくり炎を消すと、高市から受け取った野点籠に蝶達を導いた。脅しが効いているらしく、蝶達は大人しく言うことを聞き、それぞれの居場所に戻っていく——茶碗にも棗にも茶筅にも美しい蝶の絵が再び現れたのである。

「これで、お前らは元通り飛べぬ蝶だ。そっから飛び出してくるようなことがあったら、次こそ本当に燃やすからな」

蝶に釘を刺している小春の目の前で、綾子は一人首を傾げていた。

「何かしら？　今炎みたいなものが見えた気が……いえ、きっと気のせいですね」

「気が、じゃなくってはっきり見えましたよ……青い炎が！　ねえ⁉」

苦笑する綾子に泡を飛ばす勢いで話し出した高市は、

「炎？　あたしには見えませんでした」

深雪に真顔で言われて、ぐっと怯《ひる》んだ。そして、またしてもそこで酔った酔っていないの応酬が繰り広げられたが、高市と同様に驚いていた平吉がすっかり酒のせいにしたので、高市も渋々深雪の意見を受け入れることにしたらしい。

「それで、どうするのだ？」

喜蔵に蝶の処断を訊かれた小春はしばらく考え込んだ後、高市に野点籠を返した。

「これは高市のもんだから、お前に任す」

恭しく受け取った高市は、生き物に触れるがごとく恐る恐る野点籠に触れた。蝶の絵をそっと指の腹で触ると、その硬質な感触に驚いた顔をした。

「あの、この蝶達はもうさっきのようにはなれないんですか？」

高市の問いに、小春は目を丸くしながら答えた。

「いや、なろうと思えばいつだって。まあ、俺が許さぬ限り無理だけれど」

しばらくの間、高市は真面目な顔をして考え込んでいたが、野点籠を膝に置くと、意を決したようにこう話し出した。

「……実は今度百山さんにお会いした時、お返ししようと思っていたんです。せっかくのご好意ですが、喜蔵さんの目利きを聞いてますます価値を確信しまして……ただ、返したら百山さん悲しむだろうなって。悲しませたくはないなあとも思っていたんです。もし、この蝶の絵がすっかり消えてしまったら、これの価値はどうなりますか？」

「半値以下――それどころか、四分の一程になるでしょう」

振られた喜蔵がそう答えると、高市はほっとしたように頷いた。何を言おうとしているのか分かったらしい平吉が「あーあ」と呆れたような声を上げると、高市は胡乱な表情をした小春にはっきりとこう言ったのである。

「この子達がここにいなかったら、これはあまり価値のない物になります。そうしたら俺も持っていられる。だから、この蝶達を自由にすることを許して下さい」

高市は小春に野点籠を差し出すと、腰を折り曲げるように頭を下げた。

「あのなあ……こいつらが蝶になってそこら中飛んだら、また騒ぎが起きる。お前が四六時中こいつらを見張っているならいいけれど？」

思い切り嫌そうな顔をした小春がそう言うと、「そりゃあ無理だろ」と酒を煽りながら平吉は言った。まだまだ飲む気配で、平吉を挟んだ喜蔵と彦次は嫌な顔をした。

「それは……ずっと見張っているのは流石に無理です。でも、可哀相だなあ……この子達が伸び伸び出来て、誰にも迷惑が掛からない場所なんてこの世にはないですよねえ」

高市は止め処なく垂れてくる汗を手ぬぐいで拭きながら悩んでいたので、喜蔵は思いついた一つの案を教えてやることにした。

「……この世にはない。だが、あの世にはあるだろうな」

「おっまえ……！」

小春はずるりと転びそうになって、恨めしげに喜蔵を睨んだ。喜蔵はどこ吹く風でまったく知らぬ顔を決めている。

「小春ちゃん、あたしからもお願いします。その中の誰かがあたしを助けてくれたの」

芝居小屋が倒壊しかけた時、蝶は自ら光り輝いて深雪を出口まで導いてくれたのである。頭を下げた深雪には何も言い返せず、小春は握った拳に力を込めて唸った。

「あの――あの世ってどこのことか分からないんですけれど、そこで蝶が暮らしていけるなら、教えてくれませんか？　俺が連れていきます」

高市はあの世がまさか本当に人外の世だとは思っていない。小春はますますぐっと詰まって、今度は彦次を睨んだ。

「道教えてやるから、お前がこいつらを連れていけ！」

「はあ、俺⁉　む、無理だろ！　ものの二秒で喰われる自信があるぞ！」

小春は大きく息を吐くと、その場にどすんと座り込み、茶道具をひと撫でした。

「俺の言いつけを絶対に破るな。本当に燃やすからな」

ひらりと舞い出た蝶は、人間が頷くように一度上下に揺れて、小春の頭の上に止まった。陽を受けて輝く斑模様の髪はただでさえ派手なのに、そこに虹色の蝶が五羽も並んでいるのだ。仏頂面の小春とは反対に、皆思わずくすくすと笑ってしまった。

「……ほらな、分かってたんだ。どの道俺が割を食うんだって」

小春は両の手でぐしゃぐしゃと頬を撫で、「俺が連れていく」とぶっきら棒に答えた。

「ありがとう、小春ちゃん」

満面の笑みを浮かべた深雪に小春は軽く頷いたが、「俺からもありがとう」と両手でぎゅっと手を握ってきた高市には、拳をお見舞いした。小春に頭を叩かれた高市は、「ひどいなあ」と言いつつ嬉しそうに笑う。

「高市っちゃんは人が好いなあ、損したっていうのにさ」

平吉の言葉に、高市は静かに首を振る。

「損はしていないですよ。それに、嬉しいじゃないですか。蝶達も自由で、百山さんもまだまだ長生きしてもらえそうですし……こんなに嬉しいことはないですよ」

高市の素直な言に、ずっと黙っていた綾子は口を開いた。

「何だか、私も嬉しいです。私が嬉しいくらいだから、百山さんはもっと嬉しいでしょうね……またお会いするのが楽しみですね」

はい！　と高市が元気良く返事をすると、小春も頷きながら田楽を頬張った。

「そうそう、皺くちゃに見えて結構若いから嫁紹介してやんのもいいかもよ。えっと、どんな女がいいんだっけ？　確か、若くて酒飲みで、美人で気が強い……」

小春はそこまで言って、押し黙った。

「一人ちょうどいい奴が思い浮かんじゃった」

「俺も恐らく同じ者を思いついた」

喜蔵が呟くと、彦次も驚いたように応じた。

「お前らも？……夢うつつだったけれど、あれってやっぱり本人が言ったんだよな？」

確かに「ぴったり」ではあるが――あれでいいのだろうか？　三人の中に同じ思いが巡っていると、高市は「その方は一体どういう方なんです？」と食いついてきた。小春達がりつのことをありのまま説明すると頭を抱え込んだが、やがて顔を上げた高市はきっぱりと言った。

「紹介してください……何事も、やってみなけりゃ分からない！　ですし」

「お前は存外つわものだなあ……まあ、とりあえず話してはみるけれど」

ありがとうございます！　と高市が頭を下げたが、

「安請け合いをするが、大丈夫なのか？」

喜蔵の小声の問いに、小春はへんっと鼻を鳴らした。

「大丈夫かどうかは本人達次第だろ。りつはさっき深酒がたたって寝てたから、後で叩き起こして用件だけ伝えとく……ああ、俺ってなんていい奴なんだろう！」

「自分で言っていたら世話がない」と言いつつ、喜蔵は内心小春の言葉に頷き、そして呆れていた。人が好い、と鬼に対して思うのはもう何度目か忘れてしまう程だった。妖怪らしくないと思うのは常だったが、そうかと思えば時折妖怪らしい面も見せる。例えばそのりつに対峙《たいじ》した時である。敢えて口にはしなかったが、小春がりつにしたことを喜蔵は池の幻を通してしっかりと見ていた。それに、小春の本性も――。

思い出した喜蔵は、ぞくりと身体が震えた。変化した小春の姿は、紛れもなく「化け物」だった。あれが小春であると知っていても、おぞましさは消えぬ。ただ見ていただけで身が竦んだというのに、実際にあの場にいたらどうなっていたのだろうか？　喜蔵はちらりと小春を見下ろした。

「綾子、ちゃんと食ってるか？　ほら、これやるよ」

ちょうど小春は元気のない綾子におかずを譲っているところで、

「じゃあ、俺のも……いてっ」

「お前のなんて食わねえよ！　色魔が移るだろ？」

同じくおかずを綾子にあげようとした彦次の頭を叩いた。

「じゃあ、俺の？」

そう訊いてきた平吉には、「お前は酒乱が移るから駄目！」と突っぱね、高市に至っては箸を持ち上げた瞬間に手刀して、無言で遮った。

「何だよ、人を変なもんみたいに！」

三人に文句を言われても知らぬ顔をして、今度は深雪にニッと笑いかけた。

「深雪ちゃん料理の腕上げたんじゃねえか？　牛蒡は前より嚙めるようになっているし、たけのこには一応味がついているし、ひじきは何とはなしにひじきっぽい」

「ありがとう。でもね、ひじきは作っていないわ。伽羅煮《きゃらに》のことかしら？」

「あ……伽羅煮ね、はいはい」

「ぷっ、間違えてやんの」

彦次に笑われながら指を差された小春は、顔を赤くしてすくりと立ち上がった。

「う、うるせー！　お前が昔書いていた錦絵ここへ持ってきてこの場にばらまくぞ!?」

「な、止めろ！　あ、あれは駄目だって、あれは！」

いつも笑いと喧騒の中心にいる小春は、無邪気で、他人に元気を分け与えるような明るい少年だ。一体、どちらが本性なのか——喜蔵の脳裏に一瞬浮かび掛けた疑問は、すぐに消えた。すぐに答えが出たからだ。

（どちらもこやつなのだろう）

誰だって一面だけ持っているわけではない。良い面ばかりある人間などいないし、妖怪には悪い面しかないとも限らぬのである。人間も妖怪も多面的に出来ているから一筋縄ではいかぬ。人と関わる上ではそれが面倒でもあるし、楽しくもある。（俺は面倒なだけだが）と一人胸のうちで呟いた喜蔵は、

「……あれほど恥ずかしい物は、この世に二つとあるまい」

いつも通り彦次をこき下ろして、珍しく輪に入っていった。

それから、皆は二刻も宴に興じた。彦次と平吉は喧嘩していたかと思えば仲良く酒を飲み交わし、時に大声で歌い、高市はそんな二人にからかわれ、「もう勘弁してください」と逃げ惑っていた。初めは少しだけ暗さを引きずっていた綾子も、皆の明るさに励まされて明るい笑みを零すようになり、それを見ていた喜蔵もほっと息を吐いたのである。小春がまた地獄踊りを踊り出すと、「いいぞー」という声と、「引っ込め馬鹿鬼」という声が響いたが、平吉が立ち上がると、彦次もそれに倣い、恥ずかしそうにしながら高市も踊りの中に身を投じた。断固として嫌がっていた喜蔵も無理やり引っぱり込まれてしまい、結局踊る羽目になって、それを見ていた深雪と綾子は顔を見合わせて笑い合った。食べて飲んで、歌って踊って、やいやいと口喧嘩して、楽しい時が過ぎていった。

「深雪ちゃん、楽しそうだな」

深雪が席を見渡して忍び笑いをしたのに目ざとく気づいた小春が言うと、深雪は本当に

楽しそうな深い笑みを浮かべた。

「うん、楽しい……皆とこんな風に過ごせて、凄く楽しいの。もしかしたら、今までで一等幸せかもしれない」

「こんなんが一等幸せ？　深雪ちゃんはつくづく欲がねえな。俺は鯛の刺身百人前食べられなきゃ幸せって思えないけれど」

その幸せもどうなのか、というところだが、深雪はそこではないところに首を傾げた。

「そうかしら？　あたし、幸せで怖いくらい……これ以上はもうないかもって不安になるくらいよ？」

最後のそれは冗談っぽく言ったが、小春は一瞬真顔になった。

「……ばっかだなあ、この先生きてりゃ幸せなんてもっとあるんだぜ？」

よし、と手を打った小春は立ち上がると、いきなり大声を上げて宣言した。

「じゃあ、俺が早速幸せをやろう！」

振り返った喜蔵達は無視して、小春は隣の席に走って行き、すぐに戻ってきた。持っていたのは水の入った土瓶で、焚き火を使い、早速湯を沸かし始めたのである。喜蔵に思い切り警戒の目で見られたが、湯が沸くと小春は高市に振り返ってこう言った。

「野点籠貸して」

小春は茶杓で抹茶を何度もすくうと、そこに沸いた湯を少なめに注ぎ入れて、茶筅を動かしだした。茶がだまになっているのは間違いではない。そこへもう一度湯を足し、茶を少しずつ練っていく――「濃茶」というものを小春はやっていたのである。

「おお、お前なかなかいい手つきだな」

彦次が小春の優雅な振る舞いに感心していると、平吉も唸るように言った。

「ああ、上手え。うちの妓くらいに上手え。つまり、物凄く上手えってことだぞ」

「本当に上手ねえ」

綾子が感心したように言った時、小春はちょうど茶をいい塩梅に練り終えたところで、茶筅を茶碗の縁をなぞるように引き抜くと、えへんと胸を張った。

「ほら、皆の衆これを飲め！」

小春は練った濃緑色の濃茶を、綾子の元へ置いた。濃茶は吸い茶が基本で、まず綾子が、その後を深雪が、その後を高市が――という風に飲みまわしていって、最後に飲んだのは喜蔵だった。本当は三番目に回ってきたのに、固辞したのだ。喜蔵以外の皆が「美味しい」と言ったので、ようやく安心して口をつけ、飲み干した。

「お前は本当に嫌な奴だ」

ぶつぶつ言いながら片付けをしている小春に、彦次は感心するように言った。

「いやあ、驚いたぞ。小春にこんな特技があったとはなあ」

「ふっふっふ。伊達《だて》に百六十年以上も生きていねえよ」

「あはは、百六十年って……」

高市は笑い飛ばそうとして、途中で考え込んだ顔をし出した。綾子は冗談だと思ったのか、そうでないのか微笑んでいるだけである。平吉に至っては「俺なんてもう二歳と一歳！」と訳の分からぬことを叫んでいた。やはりまだ酔っているらしい。

「茶を教えてもらったのは、白沢《はくたく》という坊さんでな。まあ、坊さんといっても狐だけれど。鬼になりたての頃知遇を得て、何度か世話になったんだ。そいつが無類の茶好きで、よく人間に化けて公家さんの茶会に交じってたんだ」

小春の話に、皆曖昧な表情を浮かべていた。笑いもせず、問うこともせず、その場に一瞬の沈黙が下りた。

「……おい、お前いいのか？　さっきからばらして」

こそっと耳打ちしてきた彦次に、小春は頷きながら、ごろんと横になった。

「いいんだよ。夢は覚めたら忘れるもんだ」

「はあ？　何言ってんだ？　お前の言うことは時折よく分からねえな」

首を傾げた彦次が小春に倣うように寝ころがると、平吉も「よっこらせ」と言いながら仰向けになり、ふああと欠伸《あくび》をした。

「天気がいいから気持ちいいなあ……」

呟きながら、平吉はもう鼾を掻き始めていた。

「お前寝出すの早過ぎだろ⁉　とはいえ、俺もちょっくら昼寝させてくれ……」

すっかり目を閉じてしまった彦次に、「だらしないなあ」と笑った高市も目が半分閉じかかっていた。おまけに、同じく半分開けっぱなしになっている口の横からは、つうっと涎が垂れている。

「高市さんも眠そうですねえ」

「そういう綾子さんも」

綾子は綺麗に端座していたものの、こくり、こくりと何度か前後に揺れていた。

「嫌だなあ、花見に来たっていうのに皆揃って寝るなんて……」

そう言いつつ、高市は十秒もしないうちに大きな腹を上に向けて寝出してしまった。綾子は寝まいと踏ん張っていたが、その後どさっと横に倒れるとすでに夢の中にいた。顔を見合わせた喜蔵と深雪にも、もちろん異変は起きている。

「お兄ちゃんも眠そうよ」

「お前もだろう？」

頑固な――もとい、我慢強い兄妹は眠るまいときちんと座り込んでいたが、

「お前らも少し昼寝すれば？　ほら、俺は起きててやるから」

いつの間にか起き上がっていた小春が、喜蔵の背中をぐいぐいと押した。

「余計なことをするな、俺は……」

しかし、後を続けぬくらい喜蔵は睡魔に襲われていて、小春に促されるがまま後ろに倒れこんだ。深雪は驚いたものの、反応出来ずその様子をぼうっと眺めていた。

「お前も寝とけ」

小春はそう言って深雪を軽くゆすったが、深雪は前に突いた手でござを握り締めて、決

して横になろうとはしない。小春は懲りずにもう一度深雪をゆすった。

「おい、眠いんだろ？　大丈夫だよ。少ししたら目が覚める――」

深雪にぐっと手首を摑まれた小春は、驚いた目をして深雪を見た。小春の目を見つめてくる深雪は、不安に満ちた表情を浮かべていた。これからどうなるのか、察してしまったのだろう。

「はあ、お前はどうしてそう聡いかねえ……」

小春は苦笑しながら、空いた手で深雪の頭を撫でた。すると、そのうち深雪は安心したかのように眠りに落ちた。すくっと立ち上がった小春は、横目で喜蔵を見て思い切り嫌そうな顔をした。

「お前までそんな顔しねえでくれる？　深雪と違って、全然可愛くねえから」

喜蔵は一言文句を言ってやろうと思ったが、眠るまいと己の太腿をつねっていた手を外されて、それも出来なかった。小春は頭に蝶を乗せたまま首を傾げ、屈み込んでぺしっと喜蔵の頭を叩いた。

「ちゃんと守ってやれよ、馬鹿店主」

（お前に言われなくとも――）

喜蔵は小春の手に握り締められた紫の小瓶を見て、何が起きているのかすべて悟った。

それは、以前件という妖怪に渡されたことのある、眠り薬の入った小瓶だったからだ。

＊

喜蔵が目を開いた時、小春の姿は目の前から消えていた。蝶も一羽も飛んでいない。

（夢……）

皆はすやすやと眠りについている。一人だけ喜蔵より先に起きたらしい深雪は、ぼんやりとした顔で空の皿を見つめていた。喜蔵、深雪、彦次に綾子、平吉に高市――一つ余計にある皿は、使った跡がなくまっさらだった。

「ひどい顔」

深雪は喜蔵を見て苦笑したが、その深雪こそ顔をくしゃくしゃにして今にも泣き出しそうだった。

（俺はこんな表情していない）

喜蔵は口をへの字にすると、ひとまず彦次を叩き起こした。

「う？……いてえ、な、何だよ⁉　あれ、何で閻魔が家にいる？」

同じぼけをした彦次はまたしても腹を蹴られていた。

「ああ、俺達花見しに来たんだっけ？　それで何で寝ちゃったんだろ……」

彦次に続いて綾子達も目を覚ましたが、誰一人として状況がのみこめていないようだった。他の席の者に訊ねようにも、花見客はもういない。何しろ、もうそろそろ陽が落ちるという頃である。夕日に照らされた桜も見応えがあるが、やはり物寂しかった。喜蔵も深雪も彦次も綾子も平吉も高市も、まだ夢の中にいるようなおぼろげな感覚に身を置いているような気がして、しばらく茫然《ぼうぜん》と辺りを眺めていた。

「……きっと深酒が祟ったんだな。こんな夕刻になるまで飲んでりゃあ、そりゃあ誰だってそうなる」

平吉の言に、高市以外の皆は頷いた。高市はここでもしっかり「自分は飲んでいない」と思っていたが、身体に染み付いた酒の臭いに、少々自信がなくなったようだ。

「そ、そうですね！　とりあえず、片付けましょうか？」

高市の言に従って、皆は急いで片付けを始めた。日没まで、もうすぐである。

ぞろぞろと歩き出した一行は、口数が少なく、未だにぼんやりしていた。小春のいうように、誰も「夢」のことを口に出す者はいない。喜蔵はうっすらと記憶があるものの、それが本当に現にあったことなのか、ただの夢だったのか、はっきりと分からなかったのである。

「小春は狡《ずる》いよなあ」

彦次が唐突にそう言い出したので、喜蔵と深雪は顔を見合わせた。不思議そうな表情をした兄妹を見て、彦次は首を傾げた。

「ああ、小春がさ、俺の夢の中に出てきたんだよ。いつ見た夢だったか……さっきかな？　今朝だったかな？　それともずっと前のことだったか……」

彦次は記憶を辿るように話し出した。

「今日のように皆で花見をやっていたんだけれど、夢の中ではあいつもちゃんといてな。他にも誰かしらいたんだけれど……まあ、とにかく皆で楽しくやってんだ。酒飲んだり、歌ったり、踊ったり、それはもう楽しい花見だ。でも、あいつは狡いんだよ。一番楽しい時にそっといなくなっちまう」

大体あいつっていつもそうだろ？　と彦次は凜々しい眉を顰めた。

「こっちの都合なんてお構いなし、手前勝手が過ぎる。あいつは心の用意が出来ているからいいけれど、こちとら何も出来てねえ……寂しいじゃねえか。だからさ、俺思ったんだ。今度は絶対に勝手に帰らせぬよう、奴に鈴でもつけとかなきゃならねえって」

「たかだか夢の中の話のくせに、そんなに熱するなよ」

平吉は彦次の額を弾きつつ、「でも、賛成」とにやりとした。

「私も大賛成です」

「俺も」

綾子と高市は小さく手を上げて、顔を見合わせて笑った。喜蔵はしばらく沈黙した後、重い口を開いた。

「今ここへ来たら、この桜の木にくくってやればいい。身動きを封じてやれば、厄介ごとを招くこともなくなるだろうし」

「喜蔵さんが言うと、何だか人身御供みたいですね……あ、ごめんなさい！」

綾子の失言に、どっと笑いが起きた。顔を顰めたのは喜蔵ただ一人である。

「いいんですよ、綾子さん。まったくその通りなんで……あっはっはっ」

「くく……綾子さん面白いなあ、そんな冗談。くくく……」

ひとしきり笑い合った後、高市は下瞼にたまった涙を拭いながら言った。

「来年もまた、こうして皆さんとお花見したいなあ」

高市があまりにしみじみと言うものだから、皆して胸が詰まったような心地になってしまった。込み上げてくるものはそれぞれ違ったが、誰もそれを声に言葉に出来なかったのだ。辺りはそれこそ桃源郷のように、美しさや楽しさだけが広がっている。しかし、ひゅうっと吹いた一陣の風に、春の使いは無残にも散ってしまった。落ちた花びらは人に踏まれ、色を失くし、土に還る――。

（人間と同じようなものだ）

人の一生と同じように、桜はどうにも別れを連想させる。別れのない世などどこにもないというのに、皆はそれをすっかり忘れてしまっていて、今の今になって強く思い出してしまったのだろう。

「――お花見しましょう、来年も皆で」

皆はっとしたような顔をして、深雪を見た。深雪の目はまだ腫れていたが、そこには少しの哀しさもない。別れなどなかったような明るい表情をして、

「彦次さんに綾子さんに高市さん、平吉さんとお兄ちゃんと私、それに小春ちゃんも。来年も皆でお花見しましょう」

喜蔵と目が合った深雪は「ねえ？」と朗らかに笑った。

「翌年の話をすると鬼が笑うと言うが」

そう言いつつ、喜蔵は首を縦に引いた。皆もじっくりと頷いた。年が明けてまだ四月。今年が終わるまでまだ半年以上ある。鬼が馬鹿にして笑うのももっともかもしれぬと喜蔵は思ったが、深雪は小首を傾げてぽそりと言った。

「でも、小春ちゃんならいつも笑っているわよね？」

「鬼はやはりあれか」

喜蔵は面白くなさそうに鼻を鳴らしたが、口元にはうっすらと笑みを浮かべていた。深雪が、今日一番の笑みでこう言ったからである。

「ええ――さしずめ、花守り鬼ね」

本書は、書き下ろしです。

一鬼夜行《いっきやこう》 花守《はなも》り鬼《おに》

小松《こまつ》エメル

2012年3月5日初版発行

発行者……坂井宏先
発行所……株式会社ポプラ社
〒160-8565 東京都新宿区大京町22-1
電話……03-3357-2212（営業）
03-3357-2305（編集）
0120-666-553（お客様相談室）
ファックス……03-3359-2359（ご注文）
振替……00140-3-149271
フォーマットデザイン 荻窪裕司（bee's knees）
印刷・製本 凸版印刷株式会社

乱丁・落丁本は送料小社負担でお取り替えいたします。
ご面倒でも小社お客様相談室宛にご連絡ください。
受付時間は、月～金曜日、9時～17時です（ただし祝祭日は除く）。

ポプラ文庫ピュアフル

ホームページ http://www.poplarbeech.com/pureful/

N.D.C.913/334p/15cm
ISBN978-4-591-12886-2

ポプラ文庫ピュアフル5月の新刊

松尾由美『フリッツと満月の夜』

夏休みを港町で過ごすことになったカズヤ。月の光と不思議な猫に導かれ、彼が知ることになった秘密とは——？　個性豊かな登場人物が織り成す爽やかなミステリー。

飯田雪子『きみの呼ぶ声（仮）』

校舎の片隅で、僕はひとりぼっちの幽霊・真帆と出会う。2人の静かな時間は、謎めいた少女・はるかの出現で微妙に変わり始め……せつなさが胸を打つ深い愛の物語。

宗田理『ぼくらのモンスターハント』

ある日、本好きの摩耶は書店で「モンスター辞典」を見つける。それは次々と町のモンスターたちが現れる不思議な本で……。人気の横浜開港編、第二弾！